VERLAG 34

Claretta Cerio

Rom und deine Liebe

Roman

Verlag Vierunddreißig

CIP-Kurztitelaufnahme der Deutschen Bibliothek

Cerio, Claretta
Rom und deine Liebe: Roman/Claretta Cerio
München: Verlag Vierunddreißig, 1980
ISBN 3-88406-001-5

ISBN 3-88406-001-5

Lizenzausgabe mit Genehmigung des Schneekluth Verlages, München
Gesamtherstellung: Freiburger Graphische Betriebe, Freiburg i. Br.
Printed in Germany 1980

Für Silvia

»O Julia,
deine Jugend, eine herbe Gabe . . .«

Fragment einer altrömischen
Grabinschrift

I

Als Valeria auf der gegenüberliegenden Straßenseite Guido erkannte, sprang die Verkehrsampel auf Rot. Ich komme noch hinüber, dachte sie und begann zu laufen. Ein paar Autos hupten ärgerlich; ein Wagen bremste so dicht neben ihr, daß sie die Hitze des Kühlers warm an den Beinen spürte, ein Motorrad wich ihr im Bogen aus. Der Fahrer schrie etwas Wütendes. Guidos Hände packten sie und rissen sie auf den Gehsteig. Außer Atem lehnte sie einen Augenblick an seiner Brust.

»Bist du im Institut gewesen? Hatte man die Resultate schon ausgehängt?«

»Ja. Du bist die Erste.«

»Nein!«

»Ehrenwort! Achtundzwanzig Punkte, sogar zwei mehr als der Japaner.«

»Toll, einfach toll, ich kann es gar nicht glauben! Dabei hatte ich solche Heidenangst vor dieser Aufnahmeprüfung . . .«

». . . und jetzt ist Valeria Vanni Italiens schönste Hoffnung auf dem Gebiet der Restaurierungskunst!« ergänzte er. »Ein bißchen ist das auch mein Verdienst. Bei so einem Lehrer . . .«

Sie nickte strahlend. Er schob seinen Arm unter den ihren, und sie überquerten den Platz Largo Argentina.

»Das müssen wir natürlich feiern«, setzte er hinzu.

»Wie denn?«

»Wenn du das errätst, kriegst du von mir noch zusätzlich zehn Punkte.«
»Daß dir aber auch nichts anderes einfällt!«
»Die entsprechende Würdigung eines solchen Ereignisses, oder weißt du eine bessere?« Sie lachten übermütig.
Guidos Wohnung lag in einer der alten Gassen Roms hinter dem Corso, die so eng sind, daß keine Autos durchfahren können – was die Fahrer nicht abhält, es dennoch zu tun.
Valeria folgte ihm die abgetretenen Steinstufen nach oben und durch den dunklen Gang. Er schloß die Tür auf.
»Verzeih die Unordnung, ich bin heute früh weggegangen . . .«
Er ließ das Fenster offen und legte nur die hölzernen Läden vor. Durch die Schlitze fiel die Nachmittagssonne wie durch ein Filter, unten vom Hof drangen Kindergeschrei und Radiomusik ins Zimmer. Trotz der vorgeschrittenen Jahreszeit war es sommerlich warm.
Mit Schwung warf er seine Hose und sein Strickhemd auf den Sessel, wo noch der Anzug lag, den er am vorhergehenden Tag getragen hatte. Sein gebräunter Körper hob sich dunkel von der weißgekalkten Wand ab. Ungeduldig streifte er ihre Kleidungsstücke ab und zog sie auf das Bett. »Jetzt bist du nicht nur meine wunderschöne Geliebte, sondern auch meine hochverehrte Kollegin; das muß man doch feiern!«
Als sich sein Mund von ihrem löste, fragte sie: »Und was hättest du gemacht, wenn ich durchgefallen wäre?«
»Dasselbe natürlich, ich hätte dich doch trösten müssen . . .« Sein Gelächter vibrierte in ihr. Jede seiner Be-

wegungen, die Finger, die ihre Schultern umklammerten, der Druck seines Körpers, sein Atem – sie spürte alles gleichzeitig und dennoch für sich. Sie sah seine geschlossenen Augenlider und die Haarsträhne, die ihm ins Gesicht fiel und sie an der Nase kitzelte.

»Du bist wunderbar!« sagte er atemlos, als er sich an ihrer Seite ausstreckte. »Was ich dir nicht alles beigebracht habe in so kurzer Zeit! Ars amandi et restaurandi!«

Sie fand seinen naiven Stolz so rührend, daß sie mit nachsichtiger Zärtlichkeit seine noch geschlossenen Augenlider küßte. Matt und reglos ruhte er neben ihr. Den Ellbogen in das Kissen gebohrt und den Kopf auf die Hand gestützt, ließ sie den Blick durch das halbdunkle Zimmer gleiten.

Auf der weißgetünchten Wand an der Längsseite des Bettes konnte sie »das Entjungferungsporträt«, wie Guido es nannte, erkennen – ihr Profil, das von der Nachttischlampe als Schattenriß riesengroß an die Mauer geworfen worden war und dessen Konturen er gekonnt mit einem Rötelstift nachgezogen hatte. Das lag nun schon zwei Monate zurück, als sie das erste Mal in seine Wohnung gekommen war, einen Tag nachdem sie sich auf dem Rückflug von New York kennengelernt hatten.

Sie lehnte sich über den Bettrand und streckte den Arm aus, bis sie einen Apfel erfassen konnte, der auf dem Tisch zwischen den Büchern lag. »Ich habe richtiggehend Hunger.«

»Wenn man hinterher Hunger hat, ist es gut; durstig sein ist schlecht: ›Post coitum si fameo, bene; si sitio, male‹.«

»Woher hast du diese Weisheit?«
»Vom humanistischen Gymnasium!«
»Uns hat man das nicht beigebracht.«
»Ja, die Schulen werden leider immer schlechter.«
Sie umarmten sich lachend.
»Du, erzähl mal etwas Genaueres über die Resultate der Prüfungen«, sagte sie kauend.
»Von den zweiundsechzig Geprüften ist die Hälfte auf der Strecke geblieben – es stehen ja nur fünfzehn Plätze zur Verfügung –, unter den Abgeschobenen natürlich die Blonde, Marcella ...«
»Die Arme! Sie hatte geschworen, sie würde auf den Strich gehen, wenn sie nicht durchkäme.«
»Warum so unnötig kompliziert? Das tat sie doch schon vorher.«
»Du bist scheußlich! Und nach mir kommt der Japaner, hast du gesagt?«
»Ja. Wie die meisten Ausländer hat er schon ein Jahr mit einem Stipendium im Institut verbracht, daher seine Erfahrung. Ich habe Arbeiten von ihm gesehen, zum Beispiel einen Goldgrund von Crivelli, den er kopiert hat, so was von minuziös, echter als das Original! Technisch ist er auf der Höhe, aber mündlich hat er weniger gut abgeschnitten, nur fünf Punkte. Dann kommt die Neapolitanerin ...«
»Oh, Mirella, das freut mich, sie scheint nett zu sein.«
»... und mit der gleichen Bewertung die beiden Schwulen.«
»Piero und Luca? Sei nicht so beleidigend, ich mag sie gern.«
»Wieso beleidigend? Das ist eine Tatsache. Gern mögen

kannst du sie trotzdem.« Er nahm ihr das Kerngehäuse des Apfels aus der Hand, zielte und warf es genau durch den Spalt der Jalousieläden in den Hof hinunter. Zärtlich verspielt streichelten seine Finger über ihre Brust. »Es gibt übrigens noch einen Grund zum Feiern.«

Sie sah ihn erwartungsvoll an. »Nun sag schon!«

»Vor einem Monat habe ich mich bei der UNESCO um einen Auftrag beworben. Ich habe nichts davon gesagt, weil ich erst sicher sein wollte, bevor ich mit dir darüber rede. Heute morgen ist die Antwort gekommen. Ein fabelhaftes Angebot: Ich soll ein Jahr im Jemen verbringen und eine Schule schaffen, in der die Einheimischen zu Restauratoren ausgebildet werden. Im Jemen! Ein tolles Land, das einstmalige Königreich von Saba! Das ist meine erste große Chance, und wenn man in dem Betrieb drin ist, macht man auch Karriere.« Er beugte sich über sie: »Was ist, warum sagst du nichts?«

»Was soll ich sagen?«

»Na, herzlichen Glückwunsch fände ich angebracht! Ich habe mich so über deinen Erfolg gefreut und versteh jetzt nicht, warum du meinen mit dieser Miene hinnimmst.«

»Du gehst für ein ganzes Jahr weit weg, und ich soll mich freuen?«

»Ach, deshalb . . .« Er lachte leise. »Bis zu meiner Abreise ist es noch lange hin, die neuen Arbeitsmissionen starten ab Mitte April, und heute haben wir den dreißigsten Oktober, also gute fünf Monate. Valeria . . .« Seine Lippen glitten, stumm überredend, von ihrem Hals über die Brust hinab. Da zog sie die Beine hoch und rückte von ihm weg.

»Nein, laß, ich mag nicht mehr!«
Das Licht, das von draußen durch die Schlitze kam, war jetzt blaugrau und wurde rasch schwächer. Unten im Hof war es still geworden; die Mütter hatten ihre Kinder in die Wohnungen gerufen.
Valeria hatte aufstehen wollen; statt dessen zog sie sich fröstelnd die Bettdecke über. Die übermütige Freude, die sie noch vor wenigen Minuten erfüllt hatte, schien mit der Sonne untergegangen zu sein.
»Ich dachte nicht, daß du es so schwernehmen würdest«, sagte Guido gedämpft. »Glaub mir, es fällt auch mir nicht leicht . . .« Sein Ton wurde eindringlich: ». . . aber mir bleibt keine andere Wahl. Ich bin seit drei Jahren Restaurator, und noch habe ich kein festes Einkommen. Mein zusätzliches Stipendium läuft nächsten Frühling ab und wird nicht erneuert. Soll ich weiter im Institut bleiben als provisorischer Assistent? Das kannst du mir unmöglich wünschen, nicht wahr?«
Sie nickte wortlos.
»Ein Jahr Trennung muß man überstehen können, wenn man sich liebt.« Seine Worte strichen mit dem Atem über ihr Gesicht. »Oder kannst du mir nicht so lange treu bleiben?«
»Ich schon.«
»Aber ich nicht, meinst du? O Valeria, geliebter Dummkopf, hab' ich dir nicht von Anfang an gesagt, daß es mir ernst ist mit dir, ernst wie nie zuvor in meinem Leben?«
Er schlang die Arme um sie und zog sie fest an sich. »Glaubst du mir nicht?« Sie drückte das Gesicht an seine Brust, ohne zu antworten. »Du, Valeria – damit du weißt, wie ernst es mir ist: Wollen wir vor meiner Ab-

reise heiraten? Dann wissen wir beide, daß wir zusammengehören, für immer.«

»Willst du das wirklich?« Sie versuchte sich aufzurichten, doch seine Arme ließen sie nicht los.

»Und ob ich es will! Bisher hatte ich nie an Heiraten gedacht, aber mit dir könnte ich es mir vorstellen. Ich bin dein erster Mann gewesen und will der einzige bleiben, versprich mir das ... Oh, wir werden ein herrliches Leben haben!«

»Ja, ja«, flüsterte sie atemlos zwischen seinen Küssen. Seine leidenschaftliche Begierde schien jetzt einen ganz anderen, neuen Sinn zu haben, die Gewißheit der Beständigkeit, denn sie liebten sich ja, sie gehörten zusammen, für immer.

Sie strich ihm die feuchten Haare aus der Stirn, als er sich keuchend von ihr löste.

»Du bist wunderbar«, sagte er.

Wie vorhin, dachte sie verwirrt. Gehörte das dazu, daß man sich anschließend bekomplimentierte? Sie wollte seine Eitelkeit nicht verletzen, aber einen schmeichelhaften Kommentar brachte sie nicht über die Lippen. Es wäre ihr zu lächerlich und peinlich vorgekommen. Sie sagte deshalb nur: »Ich habe dich lieb ...«

Die Frauen in den Wohnungen um den Hof herum waren jetzt dabei, das Essen anzurichten; aus den offenen Fenstern stieg der Geruch von heißem Öl und Tomatensauce und drang zusammen mit dem Wetterbericht in Guidos Zimmer.

Valeria knipste die Nachttischlampe an. »Fast acht! Und meine Großmutter wollte, daß ich zeitig zum Abendbrot da bin!«

»Ruf sie unten von der Bar aus an und sag, du bist eingeladen. Heute abend müssen wir unbedingt zusammen essen.«
»Na schön. Aber jetzt stehen wir sofort auf, bevor dir ein dritter Grund zum Feiern einfällt.« Sie sprang aus dem Bett, und er versuchte sie lachend zu erhaschen.
»Haben wir: unsere bevorstehende Heirat, futura signora Lucentini, gibt es einen besseren Grund?«
»Den werden wir in Zukunft noch ausgiebig feiern können.« Signora Lucentini, wie das klang! Als sei jemand anders damit gemeint. Sie mußte sich erst daran gewöhnen.
Guido zog eine frische Hose und das dazu passende Hemd an, beide aus tabakfarbenem Nappaleder, der letzte Schrei der Herbstmode. Er legte großen Wert auf sein Aussehen, und Figur und Geschmack unterstützten ihn dabei aufs beste.
Als sie aus dem Zimmer ging, warf Valeria einen Blick auf den mit Kleidungsstücken bedeckten Sessel. Sollte sie aufräumen? Das wäre doch eigentlich ihre Sache. Nein, vorläufig noch nicht, entschied sie mit einem vagen Schuldgefühl.
Während Guido in der Bar einen Espresso trank, rief sie ihre Großmutter an. »Sie hatte es sehr eilig«, erzählte sie nachher, »um nicht zu spät ins Konzert zu kommen – Rubinstein.«
»Echt deutsch! Wenn sie Italienerin wäre, würde sie mit einer halben Stunde Verspätung erscheinen und voraussetzen, daß Rubinstein auf sie gewartet hat. Sie scheint eine nette alte Dame zu sein. Sooft du sie erwähnst, geht sie gerade in eine Vorstellung, in ein Konzert.«

»Ja, zu sämtlichen Konferenzen in der Hertziana, zu allen Vorlesungen im Goethe-Institut.«
»Sie genießt das Leben auf ihre Weise.«
»Vielleicht entflieht sie ihm nur auf ihre Weise«, sagte Valeria zerstreut. Sie fühlte sich benommen, leicht taumelig, als sei sie beschwipst; unter ihren Beinen schien der Boden nachzugeben.
»Hungrig?« Er grinste verschmitzt. »Wir brauchen beide eine ordentliche Mahlzeit, um wieder zu Kräften zu kommen. Gehen wir ins ›Da Maria‹, das kleine Gasthaus hinter dem Institut. Kein feudales Lokal, aber man trifft dort immer Bekannte, du wirst schon sehen.«
Die Begründung störte sie. Wenn man gerade beschlossen hat, zu heiraten, wollte man da nicht lieber allein zu zweit sein und machte sich nichts aus Bekannten?
Er setzte hinzu: »Ich will denen doch von deinem Examen und meinem UNESCO-Auftrag erzählen. In unserem Beruf kann man es sich nicht leisten, sich bescheiden im Schatten zu verkrümeln, sonst macht man nie Karriere.«
Gewiß hatte er recht. Sie überschritten die Piazza Venezia und gingen in Richtung der Via Cavour.
»Da Maria«, wie in primitiven Lettern auf der Scheibe der Eingangstür stand, war noch fast leer. Maria, die Besitzerin, die hinter der Theke des Weinausschanks stand, grüßte freundlich: »Buona sera, Signor Guido!« Auch ihr Mann steckte einen Augenblick grüßend sein fettglänzendes Gesicht durch den Vorhang aus Kunststoffketten, der die Küche abtrennte.
»Dich kennen sie noch nicht«, sagte Guido, als sie sich setzten. »Aber wenn du das zweite Mal kommst, wer-

den sie dich schon als Stammkundin empfangen. Während deiner drei Jahre im Institut wirst du bestimmt oft herkommen. ›Da Maria‹ liegt bequem, kostet wenig, und man ißt gut; sehr einfach, versteht sich, jeden Tag dieselben sechs, sieben Gerichte, aber die anständig. Die Leute vom Institut sieht man alle hier, auch die großen Tiere. Gestern war Maselli, der Direktor, mit dem Sopraintendente Franchi da. Natürlich gehören auch Straßenkehrer und Gepäckträger zur Kundschaft, das schadet nicht, sie geben dem Lokal einen Anstrich von Boheme, der den Restauratoren, die sich ja alle für verkappte Künstler halten, gefällt. Außerdem sollte man sich immer an Straßenkehrer und Gepäckträger halten, die wissen, wo man ordentlich ißt und nicht übers Ohr gehauen wird.«

Der Kellner in Hemdsärmeln ersetzte das fleckige Papier auf der Tischplatte durch ein frisches.

»Das ist Vincenzo«, stellte Guido ihn vor, und dieser musterte Valeria mit Kennerblick. »Bella«, sagte er beifällig; väterlich riet er ihnen ab, »cannelloni« zu bestellen. »Die sind von gestern. Heute ist der Risotto frisch.«

»Dann also Risotto und zur Feier des Tages eine gute Flasche Wein, nicht den offenen Frascati. Wir sind nämlich gerade beide preisgekrönt worden!« verkündete Guido übermütig.

»Complimenti ed auguri!« Vincenzo verschwand in der Küche.

Valeria pikste nachdenklich mit ihrer Gabel Löcher in die papierene Tischdecke. »Ich will mich jetzt so bald wie möglich nach einer eigenen Wohnung umsehen, um

unabhängig zu sein. Bei meiner Großmutter wollte ich nur so lange bleiben, bis ich wußte, was ich machen würde. Jetzt, nach bestandenem Examen, weiß ich es.«
»Ich kann verstehen, daß du selbständig leben willst. Aber such dir vorläufig bloß was für eine Zwischenlösung. Wenn ich aus dem Jemen zurück bin, mieten wir uns eine richtige Wohnung. Dich jetzt schon festlegen zu wollen, wäre sinnlos und außerdem viel zu teuer.«
»Teuer? Ich habe keine Ahnung von Mietpreisen. Wieviel zahlst du für deine Wohnung?«
»Lächerlich wenig. Für Altbauwohnungen gibt es einen Preisstopp. Aber die Preise auf dem freien Markt sollen ganz unmöglich sein. Glaubst du, dein Vater wird dir Schwierigkeiten machen wegen des Geldes?«
Ihr Blick verdunkelte sich. »Nein. Diese drei Studienjahre wird er gern für mich aufkommen, wie ich ihn kenne. Doch ich will so wenig wie möglich von ihm annehmen.« Sie strich sich mit entschlossener Geste die langen rotbraunen Haare zurück. »Da ich bis zu deiner Rückkehr allein wohnen werde, brauche ich bloß eine bescheidene Behausung, ein, zwei Zimmer, Hauptsache, ich habe einen eigenen Schlüssel. Das wird nicht viel kosten, außerdem hast du doch gesagt, man kann ziemlich bald etwas verdienen, noch vor dem Diplom.«
»Ja. Wenn man bereits zum Institut gehört und sich ein bißchen umtut, kriegt man schon Aufträge, nicht von staatlichen Stellen, für die müßt ihr als Schüler unentgeltlich arbeiten, aber die Antiquitätenhändler haben immer Arbeit zu vergeben. Allerdings sind sie schwer zufriedenzustellen und unzuverlässig, was die Bezahlung anlangt. Am besten sind natürlich Aufträge von

Privatleuten. Es gibt eine unwahrscheinliche Anzahl Leute, die überzeugt sind, einen Tintoretto oder was weiß ich zu besitzen, der bloß frisch gefirnißt zu werden braucht, damit sich Christie's und Sotheby darum reißen.«

Vincenzo hatte den Wein und den Risotto gebracht. Guido hob sein Glas und trank ihr zu: »Auf dich, auf mich, auf unsere Zukunft . . .« Er beugte sich vor und küßte ihre nassen Lippen. Sie wich unwillkürlich zurück, denn Maria sah ihnen von der Theke mit indiskretem Lächeln zu.

»Oh, ich freue mich . . .«, flüsterte sie.

»Mach dir nicht allzuviel Illusionen. Im Institut werden dir noch die Augen aufgehen!«

»Das meinte ich gar nicht! Ich dachte an die Zeit, wenn du wieder zurück sein wirst und wir uns eine gemeinsame Wohnung einrichten können.«

»Ja, darauf freue ich mich auch, das wird herrlich. Wir werden uns ganz unkonventionell einrichten, jeder natürlich seinen eigenen Arbeitsraum, damit man sich nicht gegenseitig im Wege steht. Jeder vollkommen frei und ungebunden, bloß nicht wie die Kletten zusammenhaften, das wäre mein Tod!«

Sie bejahte lebhaft. Wie die Kletten, entsetzlich!

»Ich bin mit einem jungen Ehepaar befreundet«, redete er weiter, während er wieder ihre Gläser füllte, »bei Gelegenheit wirst du die beiden kennenlernen – sie ist auch Restauratorin, im Institut ausgebildet, er Maler –, die haben sich toll eingerichtet: In Trastevere, mit Blick auf den Tiber, bewohnen sie die letzten zwei Stockwerke eines alten Palazzo; er hat in dem oberen sein großes Atelier, sie gleich darunter ihres. Manchmal sehen sie sich wochenlang nicht, eine phantastisch unkonventionelle Ehe! Sie haben streng getrennte Kunden und teilweise getrennte Freunde. Keiner pfuscht dem anderen drein, eine Ehe kann ich mir nur so vorstellen. Ich bin auch für absolute Gleichberechtigung. Die Frau muß einen Beruf haben; den ganzen Tag Windeln waschen und nur stolz sein, weil sie den Nudelteig dünner ausrollt als ihre Nachbarin, ist ja grauenhaft . . .« Er winkte zu einem Tisch hinüber, an dem gerade drei junge Männer Platz genommen hatten. »Die sind vom Institut, Assistenten wie ich, aus der archäologischen Abteilung. Ihr Stipendium ist abgelaufen, jetzt sitzen sie auf dem trockenen und warten auf die große Chance. Wenn die von meinem Auftrag im Jemen hören, vergeht ihnen der Appetit.«

Valeria nickte ungeduldig. Sie wünschte sich, daß er fortfahren möge, ihre unkonventionelle eheliche Zukunft auszumalen. Doch damit war es vorläufig vorbei, denn nun brach eine ganze Schar in das Lokal herein, ein paar Mädchen, mehrere junge Männer und einige ältere. Guido schien sie alle zu kennen. Valeria erkannte nur Mirella wieder, die grazile Neapolitanerin, die wie sie die Aufnahmeprüfung bestanden hatte.

Laute Begrüßungen, gutmütig spottende Bemerkungen, die Tische wurden zusammengerückt; die drei vom anderen Tisch setzten sich auch dazu. Man duzte sich sofort ohne lange Vorstellerei.

»Das ist Valeria«, sagte Guido nur und machte eine Handbewegung dazu.

Ein ungefähr vierzigjähriger Mann mit melancholischen

Augen sagte: »Du bist wohl eine von den Neuen, ich habe dich schon ein paarmal im Institut gesehen.«
»Filippo hat einen Blick für alte Meister und junge Weiber«, warf Guido ein, »du mußt ihn dir warmhalten, er ist die rechte Hand von unserem Direktor.«
»Von einem so hübschen Mädchen warmgehalten zu werden, wäre mir ein Vergnügen«, entgegnete Filippo mit einem Lächeln, das die Schwermut in seinen Augen nicht aufhellte.
Einer der beiden Assistenten fragte sie: »In welche Abteilung kommst du?«
»Malerei.«
»Das ist vernünftig. Mit Bildern kann man im freien Beruf viel besser verdienen als in unserer Sparte. Alle reichen Leute haben ein paar reparaturbedürftige Schinken hängen und sind zu neunundneunzig Prozent Kunstbanausen, denen man vormachen kann, was man will. Plastiken hingegen haben sie leider selten. Wer wie Guido und ich archäologische Funde oder überhaupt Skulpturen und Keramiken restauriert, ist deshalb von staatlichen Aufträgen abhängig, und im Denkmalsamt sitzen die Experten und machen es einem sauer. Außerdem kann man von den Behörden seinen Lohn erst nach Jahren einstreichen, wenn er bei dieser Inflation nicht mehr die Hälfte wert ist. Zum Auswachsen! Ich hätte es mir beizeiten überlegen sollen.«
Valeria fand alles sehr verwirrend. Sie hatte Mühe, die Namen und Gesichter um sich herum auseinanderzuhalten, den Gesprächsfetzen einen Sinn zu geben, die verkappten Bosheiten zu entschlüsseln, die Witze (offenbar Witze, dem Gelächter nach) zu verstehen, die ge-

heuchelten Komplimente in ihrer wahren Bedeutung zu erfassen.
Mirella schien von dieser Gesellschaft genauso befremdet zu sein. Sie saß schweigend da, den Kopf vorgestreckt und ein bemühtes Lächeln auf den Lippen, das Dabeisein vortäuschen sollte.
Valeria rückte den Stuhl in ihre Nähe. »Ein Glück, daß wir das Examen hinter uns haben . . .«
»Ich traute mich heute kaum, meinen Namen auf der Anschlagtafel zu suchen! Ich wußte, daß du als Beste abschneiden würdest. Bei deiner mündlichen Prüfung habe ich zugehört, du wußtest alle Antworten . . .«
»Die paar Punkte Abstand zwischen uns haben praktisch keine Bedeutung«, wehrte Valeria ab. »Was hast du jetzt vor? Wirst du wie die letzten zwei Monate weiter bei den Nonnen bleiben oder eine eigene Wohnung mieten?«
Mirella schüttelte den Kopf. »Vorhin, als ich das Resultat erfahren hatte, habe ich meine Eltern in Neapel angerufen. Sie wollen eigens nach Rom ziehen, damit ich bei ihnen wohne. Von Alleinleben kann bei ihren Prinzipien keine Rede sein. Und du?«
»Ich werde mich nach einer Wohnung umsehen, aber nur einer sehr kleinen. Es soll jetzt alles furchtbar teuer sein.«
»Du Glückliche!« sagte Mirella traurig.
Es war fast Mitternacht, als Valeria auf den Klingelknopf unter der Visitenkarte mit dem Namen Hilde Bruckmann-Vanni drückte.
»Ich bin es, Nonna«, sagte sie durch die Sprechanlage. Obwohl sie und ihre Schwester immer deutsch mit der

Großmutter gesprochen hatten, gebrauchten sie die italienische Bezeichnung.
Das Haustor öffnete sich leise surrend, und ohne den Aufzug abzuwarten, lief sie die beiden Stockwerke, immer zwei Stufen auf einmal nehmend, hinauf.
»Es tut mir leid, daß es so spät geworden ist . . .«, sagte sie atemlos.
Die Großmutter kam ihr in der Diele lächelnd entgegen.
»Das macht nichts. Ich bin auch erst seit einer halben Stunde zurück.«
»Wie war es, hat dir das Konzert gefallen?«
»Großartig! Rubinstein ist einmalig. Besonders in den Nocturnes von Chopin. Gewiß, seine Tempi sind etwas rascher geworden, seitdem ich ihn das letzte Mal gehört habe, im Herbst 1969 – man wird nicht jünger mit den Jahren –, dennoch, hervorragend.« Sie blieben im Wohnzimmer stehen. »Und du, mein Kind, hast du dich vergnügt?« Die hellen Augen musterten sie wie aus weiter Entfernung.
»Ja. Ich war zum Abendessen eingeladen. Wir waren eine ganze Schar, alles Leute aus dem Restaurierungsinstitut. Übrigens, heute sind die Ergebnisse der Aufnahmeprüfung für den neuen Studienkurs bekanntgegeben worden. Ich bin mit achtundzwanzig Punkten durchgekommen, der besten Bewertung.«
»Das ist aber eine schöne Überraschung! Die müssen wir feiern!«
Ihre Großmutter nahm zwei Kristallgläser aus der Vitrine und füllte sie mit dem alten, trockenen Sherry, den sie bevorzugte.
»Auf dein Wohl und deinen Erfolg, Valeria! Dein Vater

wird sich freuen ... Du wirst es ihm doch mitteilen, nicht wahr?«

»Ja, natürlich. Er wird doch die nächsten drei Jahre für meinen Unterhalt aufkommen müssen!«

»Das wird er gewiß gern tun«, antwortete die alte Dame gelassen, als habe sie den spröden Ton der Enkelin nicht wahrgenommen. Sie schien sich noch in der gesammelten Atmosphäre des Konzertsaals zu bewegen, doch hatte das mit dem Konzert nichts zu tun, diese ganz eigene, nicht zu definierende Haltung gehörte einfach zu ihr, überlegte Valeria. Sollte sie ihr auch von Guido, von ihrer baldigen Heirat erzählen? Ein andermal. Sie unterdrückte ein Gähnen und leerte ihr Glas.

Die Großmutter nahm es ihr aus der Hand und erhob sich.

»Du wirst müde sein nach diesem anstrengenden Tag. Schlaf gut, liebes Kind.«

2

Auf dem Briefbogen stand nur »Lieber Papa«, aber Valeria legte den Kugelschreiber hin und blickte zum Fenster hinaus. Wenn sie saß, konnte sie draußen eben noch die Wipfel der Pappeln erblicken, zartverästeltes Filigran gegen den hellen Himmel. Von unten kamen die Stimmen der Kinder, die am Sonntagmorgen auf der Straße immer Fußball spielten. »Goal! Goal!« schrien sie schrill.

Guido war über das Wochenende zu seinen Eltern nach Perugia gefahren, ein besonders langes Wochenende diesmal, denn es fiel mit Allerseelen und dem vierten November, einem Nationalfeiertag, zusammen. Er würde erst am Dienstag wieder zurück sein, wenn das neue Unterrichtsjahr im Institut begann.

Sie schaute auf den leeren Briefbogen. Sich so knapp wie möglich fassen, nur Tatsachen.

»Nach meiner Rückkehr aus New York habe ich beschlossen, den dreijährigen Kurs im Istituto Centrale zu besuchen, um mich als Restauratorin auszubilden . . .«

Daß sie die Aufnahmeprüfung so gut bestanden hatte, brauchte sie ihm nicht mitzuteilen. »Ich bin sehr stolz auf dich, Valeria!« würde er sagen. Warum sollte er stolz auf sie sein? Sie war nicht stolz auf ihn, weiß Gott nicht!

»Seitdem ich wieder in Rom bin, habe ich bei der Nonna gewohnt, aber mein Stundenplan wird jetzt von ihrem sehr verschieden sein. Ich mag nicht ihre Gewohnheiten stören, deshalb will ich umziehen und in der Nähe des Instituts eine kleine Wohnung mieten. Ich habe ausgerechnet, daß ich mit monatlich . . .« Auf einen Zettel schrieb sie nach flüchtiger Überlegung einige Zahlen: fünfzigtausend für Miete würde bestimmt ausreichen; essen konnte sie einmal täglich im »Da Maria«, dort war es billig, hatte Guido gesagt, und abends würde ein Butterbrot und Obst genügen. Dann noch zwanzigtausend für Bücher, Verkehrsmittel und andere kleine Ausgaben. Sie rechnete die Posten zusammen. ». . . hundertfünfzigtausend Lire auskommen kann. Ich werde mich jedoch bemühen, vor Ablauf der drei Studienjahre selbst genug zu verdienen, um . . .« Um auch dein Geld nicht mehr zu brauchen und dich ganz loszuwerden, dachte sie, schrieb aber: ». . . Deinen finanziellen Beistand nicht mehr in Anspruch nehmen zu müssen.«

»Goal!« brüllten die Kinder unten.

»Antworte mir vorläufig hierher; ich werde Dir dann so bald wie möglich meine neue Adresse mitteilen.«

Sie überlas den kurzen Brief. Ja, so war es richtig: kühl, unpersönlich, nichts Überflüssiges und vor allem keine nicht gefühlten Gefühle.

Ein paar Minuten blieb sie unschlüssig am Fenster stehen, dann ging sie zu ihrer Großmutter ins Wohnzimmer.

»Ich will heute zu Mama hinausfahren; in nächster Zeit werde ich kaum Gelegenheit dazu haben. Aber warte nicht auf mich mit dem Mittagessen, ich weiß nicht, wie lange ich mich bei ihr aufhalten werde, und mit den Verkehrsmitteln ist es ohnehin unmöglich, pünktlich zu sein.«

»Schon gut, Valeria, und sag der Mama, ich lasse sie sehr herzlich grüßen.«
Auf der Straße warf sie den Brief in den Postkasten. Nachher merkte sie, daß sie den für Stadtkorrespondenz bestimmten Schlitz übersehen hatte. Bisher hatte sie noch nie jemandem geschrieben, der in derselben Stadt wie sie wohnte. Ankommen würde der Brief trotzdem, dachte sie, während sie den Tiber entlang zur Haltestelle am Ponte Milvio ging.
Die Villa del Fauno lag am neunten Kilometer der Via Cassia. Sie durfte nicht vergessen, dem Busfahrer Bescheid zu sagen, damit er sie rechtzeitig aussteigen ließ. Wer sonst zur Villa del Fauno wollte, kam mit dem eigenen Wagen, deshalb gab es keine Haltestelle.
Am Ponte Milvio war Endstation. Der Fahrer hatte es nicht eilig; er rauchte eine Zigarette und wartete, daß sich alle Plätze füllten. Als er endlich losfuhr, wurde er nach wenigen Metern von einer Horde junger Kerle aufgehalten, die johlend rot-gelbe Fahnen schwangen und die ganze Straßenbreite einnahmen.
»Fußballfans . . . Heute haben sie ihren großen Tag, Roma spielt gegen Napoli«, sagte jemand im Bus.
»Warum die sich deshalb so aufführen müssen!« murrte ein beleibter Herr, und eine alte Dame ergänzte: »Wie die Wilden!«
»Ein paar Verwundete gibt es bei Roma – Napoli garantiert, ganz gleich, wie das Spiel ausgeht«, kam eine Stimme von der hintersten Sitzreihe.
»Sollen sie sich ruhig die Köpfe einschlagen, es ist nicht schade um die Rabauken«, sagte der Dicke.
Die Fahrt ging nur ein paar Minuten weiter, bevor ein

neues Hindernis die Straße sperrte, diesmal ein Umzug – Männer und Frauen mit Schildern und Spruchbändern.

»Gegen die faschistische Regierung in Griechenland«, bemerkte ein Alter im Bus, und sein Nachbar klärte ihn nachsichtig auf: »Die gibt's doch nicht mehr! Das ist eine Demonstration für die Unterdrückten in Chile.«

»Warum kümmern wir uns nicht um unseren eigenen Dreck, davon haben wir weiß Gott genug zu Hause«, schimpfte die Stimme im Hintergrund.

»Ich finde, Kommunisten und Faschisten sollten sich gegenseitig umbringen, dann hätten wir endlich Ruhe«, schlug der Dicke vor. Da drehte sich der Fahrer ruckartig nach ihm um.

»So! Damit die Kapitalisten am Ruder bleiben und ungestört die Arbeiter ausnützen! Das könnte Ihnen so passen!«

»Ich bin auch nur ein Arbeiter«, mischte sich ein anderer Passagier ein, »aber daß wir mit diesen Methoden bald alle auf den Hund kommen, müßte inzwischen jedem aufgegangen sein. Ewig diese Streiks, Revolten, Anschläge – noch heute morgen ist am Bahnhof eine Bombe geplatzt, und der Attentäter ist selbst in die Luft geflogen.«

»Geschieht ihm recht«, sagte eine zierliche Dame.

»Wir blamieren uns vor allen. Andauernd müssen wir Anleihen erbetteln, ich seh es schon noch kommen, daß man uns aus der Wirtschaftsgemeinschaft schmeißt!« prophezeite der Alte, und sein Nachbar ergänzte: »Und die reichen Protzen tragen ihr Geld in die Schweizer Banken!«

»Es sieht überall schlimm aus, die ganze Welt ist krank . . .«, lenkte die zierliche Dame ein, doch der Fahrer schnitt ihr das Wort ab:
»Wir sind kränker als die anderen, kein Wunder, bei unserer Regierung. Erst müssen die Bonzen an die Luft gesetzt werden . . .« Er brach ab, denn die Straße war wieder frei.
Jetzt ging es reibungslos durch das elegante Villenviertel von Vigna Clara zur Via Cassia hinaus. Nach den herbstlichen Regengüssen war die ausgedörrte Campagna neu ergrünt. Wolkenlos klar spannte sich der Himmel darüber; der weiße Auspuffstreifen eines Düsenflugzeugs schnitt ihn in zwei Hälften.
»Halten Sie bitte vor Villa del Fauno!« Valeria merkte, daß alle Augen neugierig auf sie gerichtet waren. Auch der Fahrer wandte sich nach ihr um, während sie ausstieg.
Ein Wärter öffnete das schmiedeeiserne Tor; sie schritt über den tanzenden Faun auf dem Mosaikfußboden und ging auf das hinter Bäumen verborgene Haus zu.
»Ich möchte zu Signora Vanni. Ich bin ihre Tochter.«
Die Schwester, die in der Eingangshalle in einer gläsernen Zelle die Telefonverbindungen herstellt, sah in ihrem Nonnenhabit wie ein Engel aus, der auf einer seltsamen Orgel spielt. Von ihr herbeigerufen, glitt eine zweite Schwester über den blankgewichsten Marmorboden heran, auch diese schlank und makellos. Während Valeria mit ihrer Begleiterin im Aufzug nach oben schwebte, überlegte sie, daß der vornehme Nonnenorden der Salvatorianerinnen, der die Villa del Fauno führte, seine Mitglieder nach den Maßstäben ästheti-

scher Perfektion auszusuchen schien, wie ein Impresario seine Revuegirls.
»Valeria, wie lieb von dir, mich zu besuchen!« Ihre Mutter saß vor der offenen Balkontür in einem Liegestuhl und richtete sich nur ein wenig auf, um ihr die Wange hinzuhalten. »Komm, setz dich zu mir und erzähl, was du Neues erlebt hast seit deinem letzten Besuch vor ... ich glaube, vor zwei Wochen.«
»Vier.«
»Vier? Wie die Zeit verfliegt ...«
»Wie geht es dir, Mama?«
»Mein Professor will ab Montag eine ergänzende Therapie versuchen.«
»Wirst du noch lange hierbleiben müssen?«
»Das weiß ich nicht ... Aber erzähl mir von dir!«
Das bestandene Examen, ihre Studienpläne, nur wenige Sätze, aber sie beobachtete, wie die Aufmerksamkeit der Mutter rasch abnahm und sich ihr Blick geistesabwesend im Geäst der Ahorne verlor.
»Ich werde nach Weihnachten heiraten.« Sie sagte das abrupt, als hoffe sie auf eine Schockwirkung, um die Mutter aus ihrer Teilnahmslosigkeit zu reißen.
Es klopfte diskret; eine Schwester trat mit der Speisekarte des Tages ins Zimmer.
»Heute werde ich unten im Saal speisen. Zwei Gedecke, bitte. Du leistest mir doch Gesellschaft, Valeria?« Und als sie wieder allein waren, sagte sie: »Sonst esse ich immer auf meinem Zimmer. Hier bin ich ungestört. Was sagtest du eben?«
»O nichts weiter.«
In dem stuckverzierten Speisesaal, den hellgrüne Gardi-

nen vor den Terrassentüren in eine glasige Aquariumsbeleuchtung tauchten, saßen nur wenig Gäste. An einem Tisch ihnen gegenüber starrte ein älterer Herr reglos in seinen Teller. Ein junges Paar saß rechts vom Kamin; der Mann deutete eine Verbeugung in ihre Richtung an.
Die Mutter flüsterte einen Namen, den die Tochter nicht auffing: ». . . der bekannte Geiger. Er ist seit einem halben Jahr hier. Heute hat er Besuch von seiner Frau.« Verstohlen durchforschte Valeria das Gesicht der jungen Frau, als könnte sie ihr Aufschluß geben, warum man hier landete, weshalb man hier blieb. Die Schwestern schwebten über die Teppiche und servierten lautlos; das Summen der gedämpften Stimmen, das zarte Klimpern der Bestecke – es verwob sich zu einer sanften Musik. Valeria kam es vor, als würden sie alle mitsamt den Speisen und dem Mobiliar durch den hellgrünen Glast schwimmen. Sie war erleichtert, daß sich die Mutter gleich nach der Mahlzeit erhob. Der Geiger grüßte wieder schweigend, als sie den Saal verließen. Dann zerriß plötzlich ein Schrei die Stille und verebbte in keuchendem Gewimmer. Erschrocken wandte sie sich um und sah, daß der alte Herr auf seinem Stuhl zusammengesackt war und ihn drei Schwestern wie ein weißes Zelt umschlossen.
Ihre Mutter schien nichts gehört zu haben. »Es hat mich gefreut, dich zu sehen. Laß dich bis ans Tor bringen, ein paar Schritte werden mir wohltun. Um vier Uhr habe ich meine Sitzung. Auch am Sonntag.« Während sie durch die Platanenallee schritten, setzte sie hinzu: »Mein Professor hält die Kontinuität für ein unerläßliches Sine qua non seiner Therapie.«

Das mußte der Professor gesagt haben, der Ausdruck gehörte nicht zum Vokabular ihrer Mutter. »Ich soll dich von Nonna grüßen.«

»Danke. Ich hoffe, sie ist rüstig wie immer. Grüße sie von mir und grüß Valentina, Sandro und natürlich Papa, wenn du ihn siehst.«

»Ich sehe ihn nicht.«

»Ich meine, wenn du ihn sehen solltest.« Der Wärter blickte ihr besorgt entgegen, als fürchtete er, sie wolle entweichen. Aber sie dachte gar nicht daran. Sie hielt der Tochter kurz die Wange hin und entfernte sich leichtfüßig, ohne sich noch einmal umzusehen, über den tanzenden Faun schreitend wie ein Gast, der in sein exklusives Hotel zurückgeht.

Die Rückkehr in die Stadt fiel mit dem Ende des Fußballspiels zusammen. Am Ponte Milvio mußte sich Valeria durch die erhitzte, verärgerte Menschenmenge kämpfen, die dem gegenüberliegenden Stadion entströmte. Das Spiel war 0:0 ausgegangen, und alle fühlten sich betrogen. Dem Schiedsrichter war eine Flasche an den Kopf geworfen worden, und zwei Sportfans hatte man verhaftet. In den Gesichtern der Leute spiegelten sich Müdigkeit, Enttäuschung und die Erkenntnis, daß das die ganze Woche über ersehnte Vergnügen hinter ihnen lag. Für heute blieb nur noch übrig, in der Bar unten im Haus den anderen auseinanderzusetzen, was alles falsch gemacht worden war, und wie man selbst das Spiel gewonnen hätte.

Die Leute verliefen sich; und die breite Straße längs des Tibers war bald leer. Bloß einzelne Autos schossen mit Höchstgeschwindigkeit aus der Unterführung ans Tageslicht und sausten vorbei. Die Fahrer wußten, daß sie an Feiertagen kaum einem Verkehrspolizisten begegnen würden. Valeria blieb unschlüssig am Ponte Margherita stehen und sah auf die Uhr. Eine ehemalige Schulfreundin hatte sie aufgefordert, heute mit ihr den neuen Film von Fellini anzusehen, aber da kam sie nun nicht mehr rechtzeitig hin. Ihr fielen Piero und Luca ein; die beiden, mit denen sie die Prüfung bestanden hatte, und die ihr die neueingerichtete Wohnung zeigen wollten. Doch wahrscheinlich hatten sie einen Ausflug gemacht und waren noch nicht zurück, denn niemand meldete sich, als sie dort anrief.

Vergitterte Schaufenster, leere Bürgersteige, und vor den Hauseingängen nicht wie sonst tratschende Portiersfrauen, nur die hohen Drahteimer mit den grauen Müllsäcken – Sonntagsnachmittagsstimmung mit ihrer ganz eigenen Melancholie und Einsamkeit. Auch die Zeit schien anders zu sein als sonst: Es war für alles schon zu spät oder noch zu früh.

Gedankenverloren hatte Valeria die Brücke überquert. Sie beschloß, ihre Schwester zu besuchen, Valentina, die eben erst von einer langwierigen Grippe genesen war und bestimmt zu Hause sein würde. Sie und Sandro lebten seit ihrer Heirat in einer kleinen Eigentumswohnung in dem Hochhaus, das die Firma gebaut hatte, für die Sandro gelegentlich als Architekt arbeitete. Schon von weitem hob sich der auf Pfeilern errichtete Bau aus Beton, Stahl und Glas mit seinen Scharten gleichenden Fenstern von den alten Häusern der Via Flaminia ab. In der großen Vorhalle betonten abstrakte Skulpturen das avantgardistische Gepräge.

»Valeria, wie lieb von dir, mich zu besuchen!«
Die Begrüßungsworte ihrer Mutter! Auch der Ton war genauso, freundlich und doch wie abwesend. Sie musterte die drei Jahre ältere Schwester und fand, daß sie angegriffen aussah. Der Bauch zeichnete sich unförmig unter dem Kleid ab und schien die Zartheit der Schultern, die Blässe der Züge noch hervorzuheben.
Sie gingen in das »Wohnzimmer«, das von einem jungen Designer, einem Kollegen Sandros, eingerichtet worden war. Stahl, Kunstleder, Plastik; an den Wänden Posters. Durch die Fensterscharte stieß das Tageslicht gleich der Schneide eines Messers in den kleinen Raum. Nur ein Korb mit Wollknäueln wirkte wie eine schüchterne Andeutung von Gemütlichkeit.
Valeria hob einen Babyschuh hoch: »Hast du den gehäkelt?«
»Ja. Aber zu dem zweiten werde ich es nie bringen. Ist auch unnütze Mühe. Jetzt gibt es Babykleidung, die man nach Gebrauch wegwirft, das ist bequemer und hygienischer. Möchtest du eine Coca-Cola?«
»Nein, danke. Und Sandro?«
»Der ist heute morgen gleich nach dem Frühstück weggegangen. Seine Parteigruppe traf sich zu einem Protestumzug.«
»Wieder wie vorigen Sonntag?«
»Nein, das war eine Solidaritätsdemonstration für die Barackenbewohner; die Kundgebung heute ist gegen die amerikanische Waffeneinfuhr nach Israel«, sagte die Schwester gähnend. »Gott, bin ich müde . . . Gestern haben wir bis spät nachts Flugblätter gedruckt. Wir haben einen Vervielfältiger gekauft.«

»Also doch! Und wo habt ihr das Ding in dieser kleinen Wohnung untergebracht?«
»Im Badezimmer.«
Als Student war Sandro Mitglied der kommunistischen Partei geworden. Alle Architekturstudenten waren Kommunisten, und während des heißen Mai 1968 hatten sie sich, um ihre Verbundenheit mit den Parisern zu bezeugen, in der Fakultät verbarrikadiert und die Einrichtung in Brand gesetzt. Sandro war festgenommen worden. Damit man ihn laufen ließ, hatte sein Vater, ein bekannter Jurist, alle Hebel in Bewegung setzen müssen. Aber der Kommunismus in »archaischer Form«, wie er sich ausdrückte, lag jetzt hinter ihm, und er sprach davon, als handle es sich um Windpocken oder Ziegenpeter, eine Krankheit, die sich ein Erwachsener nicht zuziehen sollte. Er stand jetzt »links von links«. Valeria wußte nicht, was das eigentlich bedeutete, und hatte den Verdacht, daß auch ihre Schwester es nicht genau wußte.
»Ich war heute morgen bei Mama.« Da ihre Schwester diese Mitteilung zu überhören schien, ergänzte Valeria: »Du könntest auch einmal hinfahren!«
»Ich denke nicht daran! Was soll ich bei ihr? Übrigens, ich war ein paarmal bei Papa – nicht zu Hause, sondern in seinem Büro –, und er sagte, dich habe er seit Juni nicht mehr gesehen.«
»Da ich kein Bedürfnis danach verspüre, wird er mich wohl weiterhin so wenig sehen wie bisher.«
Valentina schüttelte den Kopf. »Was ich nicht verstehe, ist, warum du ihm böse bist und unserer Mutter nicht! Daß sich ein Fünfzigjähriger eine junge Freundin zulegt,

finde ich immer noch begreiflicher, als sich freiwillig in ein Irrenhaus zurückzuziehen.«

»Ich bin ihm nicht böse, ich korrespondiere sogar mit ihm. Heute morgen habe ich ihm geschrieben, denn ich habe vor, von Nonnas Wohnung wegzuziehen und mich während der nächsten drei Jahre als Restauratorin auszubilden. Da brauche ich vorläufig seinen Beistand . . .«

»Übersetzt: sein Geld.«

»Klar. Warum hätte ich ihm sonst schreiben sollen?«

»Wieviel hast du monatlich verlangt?«

»Hundertfünfzigtausend.«

»Was, für Wohnung, Essen und was sonst noch an Ausgaben anfällt? Damit kommst du nie im Leben aus, so wie jetzt die Preise steigen. Schinken kostet bereits siebentausend das Kilo . . .«

»Ich mach mir nichts aus Schinken.«

»Sei nicht blöd«, sagte Valentina schwesterlich. »Das war nur als Beispiel gedacht. Du hättest ruhig mehr verlangen können. Auch ich muß ihn manchmal um Geld angehen – bei dem, was Sandro verdient –, und er gibt mir immer ohne langes Fragen. Ich glaube, das erleichtert sein Gewissen.«

»Ich habe nicht die Absicht, sein Gewissen zu erleichtern. Außerdem, der Brief ist schon abgeschickt. Macht nichts, es wird schon gehen.«

Sie schwiegen beide.

»Gibt es sonst Neues?« fragte Valentina schließlich.

»Daß ich heiraten werde. Wahrscheinlich nach Weihnachten, jedenfalls vor Ostern, wann, weiß ich noch nicht genau . . .«

»Hoffentlich weißt du wenigstens wen.«
»Guido Lucentini. Du hast uns einmal zusammen getroffen, auf der Straße, vor ein paar Wochen.«
»Ja, ich entsinne mich; in der Via Condotti, ein großer Dunkelhaariger. Er sieht gut aus . . .« Sie horchte auf. »Das ist Sandro!«
»Oh, wir haben Besuch, ciao, Valeria! Kinder, das war ein Tag heute!« Er ließ sich in einen zwischen Stahlrohr gespannten Beutel – das neueste im Stuhldesign – fallen und hielt sich ein blutbeflecktes Taschentuch an die Stirn. »Es ist nichts weiter, reg dich nicht auf, Valentina, kaum eine Beule. Ein Polizist wollte unbedingt auf mir seinen Knüppel ausprobieren, und ich mußte es ihm energisch ausreden. Ein paar Verwundete hat es wie üblich gegeben.«
»Du suchst dir ja merkwürdige Sonntagsvergnügen aus«, sagte Valeria, und während ihre Schwester ein Pflaster über die Verletzung klebte, erzählte sie: »Heute morgen ist ein Attentäter von einer Bombe zerrissen worden, habe ich im Autobus gehört, als ich zu Mama hinausfuhr.«
»Und du warst bei deiner Mutter im Irrenhaus? Das scheint mir als Sonntagsvergnügen noch ausgefallener!« Sandro lachte, aber Ressentiment schwang in seinen Worten mit. Es wurde noch deutlicher, als er hinzufügte: »Irrenhaus sagt man wohl nicht, wenn es so feudal ist, wie die Villa del Fauno.«
»Was kostet es dort täglich?« fragte Valentina.
»Ich weiß es nicht genau, ungefähr fünfzigtausend . . .«
»Mein Gott, das macht ja im Monat . . .« Sandro schnappte nach Luft und begann im Kopf zu multipli-

zieren. »So ein teures Verrücktsein läßt sich aushalten! In einer unserer staatlichen Klapsmühlen wäre sie sofort wieder normal geworden.«
»Sie nimmt dir doch nichts weg!« entgegnete Valeria ärgerlich. So gut sie mit ihrem Schwager sonst auskam, sein politisches Gerede wurde ihr manchmal zuviel. »Sie bezahlt ihre Kur selbst mit der Rente aus der Familienstiftung, die ihr Großvater in Amerika für seine Enkel eingerichtet hat.«
»Hier haben wir es! Das ist ja geradezu ein Schulbeispiel für das Unheil, das die Kapitalisten mit ihren gehorteten Reichtümern anrichten: Geld, das immer wieder Geld gebiert und seinen Besitzern gestattet, verrückt zu spielen . . .« Sandro unterbrach seine Tirade und sagte versöhnlich: »Nichts für ungut, Valeria, das war nicht gegen dich gerichtet.«
Sie nickte lächelnd und versicherte, daß sie es auch nicht so aufgefaßt habe. Gleichzeitig aber fragte sie sich, warum Leute, die sich über den Reichtum der anderen aufregen, meistens von Geld reden, und warum Friedenskämpfer ihre Ansichten gewöhnlich so blutrünstig durchsetzen müssen.
Auch Valentina schien das Gespräch auf ein anderes Thema bringen zu wollen, denn sie sagte: »Weißt du, daß sich Valeria als Restauratorin ausbilden will? Sie wird das Istituto del Restauro besuchen.«
»Ach ja, das in der Via Cavour. Ich kenne es nur von außen. Sag mal, was haben die Leute dort für eine Tendenz?« erkundigte sich Sandro.
»Politisch, meinst du? Keine Ahnung. Gemischt, nehme ich an, und viele sind wahrscheinlich völlig uninteres-

siert. Ein Drittel der Studenten besteht zudem aus Ausländern.« Valeria sah auf die Uhr. »Ich muß jetzt gehen. Nonna wartet auf mich mit dem Abendessen. Ciao, Sandro, sieh dich vor, daß sie dir morgen nicht wieder den Kopf einschlagen!«

»Auf jeden Fall gebe ich doppelt zurück!«

Valentina begleitete sie zum Aufzug. »Du, war das ernst gemeint vorhin, das mit dem Heiraten?«

»Ja natürlich, warum auch nicht? Guido wird im April für ein Jahr nach dem Jemen versetzt, ein Auftrag der UNESCO, und da wollen wir vorher heiraten.«

»Weshalb diese Eile? Du bist gerade erst zwanzig geworden, wartet doch, bis er zurück ist . . . Oder habt ihr einen besonderen Grund?«

»Ja, daß wir uns lieben!«

»O Gott!« Valentina seufzte. »Dann ist dir wahrscheinlich nicht zu helfen.«

In dem Bassin unten in der Vorhalle schwammen drei Goldfische tot an der Oberfläche, und nur einer zog noch langsame Kreise im Wasser. Die avantgardistische Umgebung bekam auch Goldfischen nicht, konstatierte Valeria im Vorbeigehen.

Nach dem Abendessen blieb sie im Nachthemd am Fenster stehen, sah auf die nächtlich leere Straße und dachte an den vergangenen Tag. Sie hatte ihrem Vater geschrieben, Mutter, Schwester und Schwager besucht, mit ihrer Großmutter die Abendstunden verbracht – man könnte das einen Familientag nennen, dachte sie ironisch. Auch wenn diese Familie nur mehr aus Scherben bestand.

Ihre Familie war im letzten Frühjahr auseinandergebrochen. Nicht mit einem Knall, sondern vollkommen lautlos, wie eine unterirdische Atombombenexplosion, deren Intensität nur die zitternden Nadeln entfernter Instrumente registrieren. Es hatte bei diesem Zerfall eine Reihenfolge gegeben, und der Anfang war ihr so alltäglich und normal vorgekommen, daß ihn keiner als erstes Anzeichen der endgültigen Auflösung ansehen konnte, keiner – oder jedenfalls nicht sie.

Im März hatte Valentina geheiratet und das Elternhaus verlassen – ein alltägliches Geschehnis, das alltäglich blieb, auch wenn es jetzt wie der Auftakt zu den folgenden Ereignissen wirkte. Kurz danach war ihre Großmutter umgezogen. Das war wiederum nicht überraschend, denn die alte Dame hatte seit Jahren die Absicht geäußert, die große Wohnung ihres Sohnes mit einer eigenen, bescheideneren zu vertauschen. Valeria war, während sie ihr beim Umzug half, dennoch etwas verwundert gewesen, daß es nun ernst gemeint sein sollte – oft wiederholte Vorsätze werden zusehends unglaubwürdiger –, aber große Gedanken hatte sie sich nicht darüber gemacht. Sie hätte in diesen Wochen auch wenig Zeit gehabt, über andere nachzudenken, weil sie vor dem Abitur stand, und erst Monate später glaubte sie sich genau zu entsinnen, daß ihre Mutter den Auszug der beiden Familienmitglieder mit seltsamer Teilnahmslosigkeit, gleichsam abwesend hingenommen hatte. Stimmte diese Erinnerung, oder war sie von ihr nur nachträglich konstruiert worden? Gleichviel – kein Indiz oder Symptom konnte ihr erklären, warum sich ihre Mutter noch am Abend des Abiturtages, als habe sie nur auf diesen Termin gewartet, von einem Wagen abholen und in die Villa del Fauno einliefern ließ.

»Warum, sie ist doch nicht krank?« hatte sie gefragt.
»Krank nicht. Sie braucht nur Ruhe. Du und Valentina seid jetzt erwachsen, ihr habt sie nicht mehr nötig, sagt sie, da kann sie mehr an sich denken. Die Wechseljahre ... Wenn es ihr wieder besser geht, kommt sie nach Hause zurück.«
Diese Erklärung ihres Vaters fand Valeria vorübergehend überzeugend. Vermutlich hatten er und die Mutter alles schon längst untereinander abgemacht gehabt, und nur ihr war dieser Entschluß befremdlich vorgekommen. Sie war dann sogar froh gewesen, den Vater eine Weile ganz für sich allein zu haben, wie sie es sich schon seit ihrer Kindheit gewünscht hatte. Er war der Mensch, dem sie sich tiefer verbunden fühlte als jedem anderen, und er schien dasselbe zu empfinden.
Sie hatten zusammen über Valerias Zukunft diskutiert. Sollte sie sich auf der Universität einschreiben? Fast alle ihre bisherigen Klassenkameraden hatten ein Hochschulstudium gewählt, auch wenn sie weder Veranlagung noch Lust dazu besaßen, aber es gehörte sich eben so in ihren Kreisen. Deshalb gab es überfüllte Universitäten und hinterher arbeitslose Akademiker. Sie konnte in sich keine Neigung für ein bestimmtes Fach entdekken, und nur eine alberne Mode mitzumachen, widerstrebte ihr; ihr Vater hatte ihr geraten, sich Zeit zu lassen.
»Ich schlage dir vor, nach New York zu fliegen und den Sommer bei den Verwandten deiner Mutter zu verbringen. Du sprichst gut englisch, die neue Umgebung wird dich anregen, und vielleicht beschließt du dann sogar, dort zu studieren.«

»Ich bin viel lieber bei ihm in Rom, was soll ich in New York!« hatte sie zu ihrer Schwester gesagt.
»Das ist doch klar! Er will dich loswerden, um ungestört mit seiner Freundin zusammen sein zu können.«
»Welcher Freundin?«
»Sag mal, lebst du hinterm Mond? Mit Simona natürlich! Sie ist genau so alt wie du und war mit Sandros Bruder verlobt, bis Papa sie auf unserer Hochzeit kennengelernt hat. Hübsch, mittellos und enorm ehrgeizig. Sie will Schauspielerin werden, deshalb braucht sie vorerst einen einflußreichen Freund, einen *sugar daddy*, und Carlo Vanni mit seinen Verbindungen ist anscheinend das Richtige. Die Verlobung ist in die Brüche gegangen, aber in der Familie bleibt sie ja trotzdem . . .«
Am übernächsten Tag war Valeria nach New York geflogen. Während der zwei Sommermonate hatte sie mit ihren Vettern und Kusinen deren Universitäten und Colleges besucht, war mit ihnen nach Newport zur Segelregatta gefahren, nach Long Island zum Pferderennen, nach Martha's Vineyard zum Schwimmen – und in ihren Gedanken war sie immer in Rom geblieben. Eine völlig sinnlose Reise, sagte sie sich.
In dem Flugzeug, mit dem sie zurückfliegen sollte, hatte sich ein junger Mann neben sie gesetzt, und als die Maschine startete, hatte er sich ihr zugeneigt und vertraulich geflüstert.
»Würden Sie mich für einen Luftpiraten halten?«
Sie war erschrocken zurückgewichen: »Nein . . . warum?«
»Nur so. Luftpiraten sind aktuell, und irgendwie muß man ein Gespräch schließlich anfangen. Oder wäre Ih-

nen lieber gewesen: ›Verzeihen Sie, Signorina, sind wir uns im vorigen Sommer nicht in Amalfi begegnet?‹«

»Ja, die Masche ist zu veraltet«, mußte sie zugeben.

Über den ganzen Atlantik, über fünf Längenkreise hinweg, hatten sie sich unterhalten. Guido Lucentini war unverfroren, schlagfertig, intelligent und der erste Mensch, dem sie alles von sich anvertraute. Was sie ihm sagte, war ihr nicht neu und überraschte sie dennoch, denn nie vorher hatte sie für sich eine so genaue Bilanz aufgestellt. Als sie über die Alpen flogen, konnte sie das Fazit ziehen:

»In ein paar Stunden werde ich wieder zu Hause sein, ohne zu wissen, wo mein Zuhause ist. Meine ganze Familie lebt in Rom – verstreut –, zu niemandem fühle ich mich mehr gehörig. Und welchen Beruf soll ich wählen? Ich bin so unentschlossen wie vor meiner Abreise. Theoretisch stehen mir alle Türen offen, wie man so sagt, aber praktisch? Ich spreche zwei Fremdsprachen, vielleicht habe ich ein bescheidenes Zeichentalent, sonst nichts weiter, keine besonderen Begabungen, Kenntnisse, Fähigkeiten . . .«

»Du hast noch kein Ziel«, hatte Guido sie unterbrochen, »wenn du erst eines hast, kommt alles andere von selbst, was du da eben aufgezählt hast, die Fähigkeiten, Kenntnisse, sogar die Begabungen. Ich mache dir einen Vorschlag: Bilde dich als Restauratorin aus. Die Aufnahmeprüfung ist Ende Oktober, und ich werde dich darauf vorbereiten.«

Ihre Bedenken hatte er lachend abgetan. »Unsinn, du schaffst es bestimmt! Für die Aufnahmeprüfung genügt es, daß du nicht farbenblind bist und einigermaßen zu zeichnen verstehst. Nachdem du durchgekommen bist, kannst du während der folgenden drei Jahre feststellen, ob du auch die anderen Voraussetzungen für diesen Beruf hast: Einfühlungsvermögen, einen kritischen Blick, Fleiß und – ganz großgeschrieben – Geduld. Also abgemacht?«

Jajajajajaja, sie hätte jeden Vorschlag angenommen, um ihn wiederzusehen. Verzagt und gleichgültig war sie morgens am Kennedy Airport in den Flug hundertelf der Alitalia gestiegen, und mit der seligen Gewißheit ihrer Liebe landete sie am Flughafen Leonardo da Vinci – acht Stunden, die der ganzen sinnlosen Reise einen Sinn gegeben hatten.

Sie war nicht in die Wohnung des Vaters zurückgekehrt; ihre Großmutter hatte sie, ohne Fragen zu stellen, bei sich aufgenommen, und täglich hatte sie sich mit Guido getroffen.

Ars amandi et restaurandi – eine doppelte Einführung, in der sich für sie beide Aspekte ergänzt und miteinander verquickt hatten. Und beides – Liebe und Arbeit – hatte sie mit denselben fünf Sinnen aufgenommen. Schraffieren, streicheln, Pinseltupfen, Küsse, die Konturen seines Körpers und die nachgezeichneten Umrisse der Gemälde; der Geruch von Ölfarbe und Terpentin an ihren Händen – von Zahnpasta und einem hastig getrunkenen Espresso auf seinen Lippen; Perspektive, Kolorit und Proportion; gemalte Faltenwürfe und kühle Bettlaken; Arm in Arm durch die langen Fluchten der Museumssäle, fliegende Engel an den Kirchengewölben über ihren Köpfen und sein heftiger Atem über ihrem Gesicht in der Geborgenheit seiner kleinen Wohnung.

Das Leben, die ganze Welt um sie hatten sich so schlagartig gewandelt, daß sie selbst nicht mehr die gleiche sein konnte, und forschend und verstohlen hatte sie sich zuweilen im Spiegel betrachtet.

»Frauen haben nach der Entjungferung einen stärkeren Hals«, hatte Guido behauptet. Ihr Hals schien unverändert; allerdings hatte sie ihn bisher nie weiter beachtet, deshalb hatte sie jetzt keine Vergleichsmaßstäbe. Aber wer kommt auch schon auf den Gedanken, vorher seinen Hals zu messen? fragte sie sich.

Valeria trat vom Fenster zurück. Er hatte nicht angerufen, und jetzt wurde sie sich bewußt, daß sie den ganzen Abend auf das Läuten des Telefons gewartet hatte.

Auf nackten Sohlen ging sie lautlos ins Wohnzimmer und schloß die Tür, bevor sie den Hörer abnahm. Hoffentlich war es nicht zu spät für einen Anruf. Sie wußte nichts von den Gewohnheiten seiner Eltern.

Eine Frauenstimme meldete sich; das mußte die Mutter sein, denn sonst waren nur noch der Vater und ein jüngerer Bruder im Haus. Sie nannte ihren Namen. Er war der Frau offenbar unbekannt; also hatte er seiner Familie nichts von ihr und seinen Heiratsabsichten gesagt, und sie empfand eine leise Enttäuschung.

»Guido ist schon wieder abgefahren, Signorina ... Nein, nicht nach Rom, er hat gesagt, er müsse nach Florenz.«

»Oh, danke ...«

Die Frau am anderen Ende hatte schon aufgelegt.

3

Am nächsten Morgen ging Valeria auf Wohnungssuche.
Wegen des Nationalfeiertags am vierten November war an allen öffentlichen Gebäuden die Trikolore aufgezogen worden. Die graugrünen Polizeiwagen patrouillierten langsam durch die Straßen, um bei den Raufereien zwischen den außerparlamentarischen Extremisten, die an solch einem Tag unvermeidlich waren, gleich bei der Hand zu sein.
Als sie die Piazza del Popolo erreichte, bestieg der kommunistische Parteiführer, von roten Fahnen umflattert, die Rednertribüne. Bei dem Menschenandrang war es aussichtslos, auf einen Autobus zu warten; zu Fuß legte sie den ganzen Corso zurück, bekam nach der halben Strecke, bei der Piazza Colonna, noch ein Stück der Ansprache mit, die der Abgeordnete der Christdemokraten hielt, und als sie schließlich auf der Piazza Venezia anlangte, umbrauste sie die Ovation, die dem Wortführer der Sozialisten zuteil wurde. Wäre sie die andere Route – Spanischer Platz, Via del Tritone, Piazza Barberini – gegangen, hätte sie vermutlich die Vertreter der übrigen politischen Strömungen mitgekriegt. Es schoß ihr flüchtig durch den Kopf, wie die Exponenten der verschiedenen Parteien sich bei diesen patriotischen Anlässen die Brennpunkte der Topographie Roms wohl untereinander aufteilten.

In einem kleinen Café vor dem Institut, der Asso-Bar, trank sie einen Espresso und überflog noch einmal die Inseratenseite des »Messagero«, mit den von ihr angekreuzten freien Wohnungen in diesem Stadtteil.
Drei Stunden später stand sie wieder, müde und entmutigt, vor dem Institut, nachdem sie ungefähr ein Dutzend Wohnungen besichtigt hatte. Wenige hatten den Beschreibungen in den Annoncen entsprochen, kaum eine ihren Wünschen und keine ihren finanziellen Möglichkeiten.
Abbröckelnder Verputz, leckende Wasserhähne, abgewetzte Fliesen, muffige Treppenhäuser. Manche Wohnungen waren offenbar eben erst von den bisherigen Mietern verlassen worden, denn noch lagen Haufen von Unrat in den Ecken, die Küchen waren von dem Geruch abgestandener Gerichte durchzogen, sogar die zankenden Stimmen schienen noch von den Wänden zu widerhallen.
»Achtzigtausend und drei Monate im voraus.«
»Es sind doch nur zwei Zimmer!«
»Kleine Wohnungen kosten soviel wie große wegen der starken Nachfrage.«
Eine Hausbesitzerin hatte sie schon auf der Türschwelle abgewiesen: »Ich vermiete nur an alleinstehende Herren!« Bei der nächsten Adresse war sie vom Portier neugierig gemustert und in einen komfortabel eingerichteten Wohnraum geführt worden.
»Separater Eingang, wie Sie sehen. Ihrer Kundschaft können Sie absolute Diskretion garantieren, auch die üblichen Beanstandungen der anderen Hausbewohner fallen da weg. Die Miete ist natürlich entsprechend,

hundertfünfzigtausend ...«, er hatte gezwinkert, »aber für eine bella bambola wie Sie eine Lappalie.«
Das mochte für die Callgirls zutreffen, für die diese Unterkunft gedacht war, dachte sie niedergeschlagen. Sie hatte sich die Wohnungssuche anders vorgestellt, und dieser erfolglose Morgen erschien ihr so enttäuschend, daß er keine Hoffnung mehr zuließ.
Während sie langsam weiterging und in die Seitenstraße am Institut einbog, grüßte jemand. Sie erkannte Vincenzo vom »Da Maria«, der die Milchglasscheibe der Eingangstür putzte. »Schönes Wetter«, sagte er verbindlich.
»Ja, wirklich schön ...« Sie blieb stehen. »Ich suche gerade eine kleine Mietwohnung, hier in der Nähe, nicht zu teuer, wissen Sie vielleicht eine?«
Er wiegte nachdenklich den Kopf. »Nicht zu teuer, ha! Die Hausbesitzer sind alle gewissenlose Spekulanten. Wenn Sie aber mit einem möblierten Zimmer zufrieden sind, kann ich Ihnen Signora Arcangeli empfehlen. Ihre Mieter sind oft Studenten aus dem Institut, sie ist eine reelle Person, ich habe noch nie Klagen gehört.« Mit dem Wischtuch wies er zur gegenüberliegenden Straßenseite. »Der Eingang links vom Feinkostgeschäft, fünfter Stock.«
Das Gebäude mit dem rotbraunen Verputz der alten römischen Häuser hatte keinen Fahrstuhl. In dem dunklen Vorhof floß aus dem Marmorkopf eines Satyrs ein dünner Wasserstrahl in einen grünbemoosten Sarkophag, und das Geplätscher begleitete sie die abgetretenen Steinstufen hinauf. Die Treppe wurde bei jedem Stockwerk etwas enger und mündete im fünften vor einer Tür

mit einem Namensschild, auf dem in verschnörkelten Lettern Argi Arcangeli und darunter, eingeklammert, Gia Angelia, stand. Der Klingelknopf war seitlich an der Wand in dem weitaufgerissenen Mund eines kleinen Gorgonenhauptes aus Alabaster angebracht worden. Er sah aus wie der letzte, auch schon lockere Zahn der Medusa, und als Valeria vorsichtig darauf drückte, wimmerte ein Schmerzgebimmel durch die Wohnung.
Signora Arcangeli war ungefähr sechzig und füllig; mit dem aufgesteckten, pechschwarz gefärbten Haar und dem wie ein Kimono geschnittenen Morgenrock sah sie wie eine altgewordene Ciociosan aus, und aus der Butterfly hätte auch die theatralische Gebärde stammen können, mit der sie in den »Salotto« bat, ihre gute Stube, die wie die sorgfältige Rekonstruktion der Wohnkultur der dreißiger Jahre für einen Film von Visconti wirkte. Es gab auch ein Klavier, und an den Wänden hingen eingerahmte Aufnahmen der jugendlichen Signora in den verschiedensten Aufmachungen.
»Zwei Zimmer sind bereits belegt, aber zwei noch frei.« Unvermittelt fragte sie: »Sie singen doch hoffentlich?«
»Singen? Nein! Warum denn?«
»Mietern, die singen, gebe ich den Vorzug, da ich Gesangsunterricht erteile. Ich war selbst Sängerin, un soprano spinto, dann ist meine Karriere durch den Krieg unterbrochen und endgültig ruiniert worden.« Sie seufzte tief und wies auf die Zimmerwände: »Das war ich im Regio von Parma als Desdemona, dort als Norma und darüber als Rosina im ›Barbier von Sevilla‹ . . . Gia Angeli, mein Künstlername, vielleicht haben Sie ihn gehört.«

Valeria schüttelte verlegen den Kopf.
»Sie sind zu jung«, sagte Signora Arcangeli nachsichtig. Ein Hoffnungsschimmer erhellte ihre Miene: »Es könnte gut sein, daß Sie Veranlagung haben, ohne davon zu wissen. Probieren Sie es doch mal . . .« Sie klappte den Klavierdeckel hoch und schlug ein paar Tasten an. »Die Arie aus der ›Butterfly‹: ›Un bel dí vedremo‹, die kennen Sie bestimmt, ecco, passen Sie auf, jetzt kommt der Einsatz . . .«
»Nein, wirklich nicht, ich habe keine Spur Begabung zum Singen«, wehrte Valeria lachend ab.
Die Arcangeli ließ die Arme sinken. »Jammerschade! Ja, vor drei Jahren hatte ich Glück: Zwei Amerikaner haben sich damals eingemietet, der eine ein Bariton und der andere ein ganz begnadeter Tenor. Beide haben jetzt schon Verträge mit der Scala. Das war eine herrliche Zeit! Zusammen konnten wir die ganze Traviata singen, ich die Violetta und sie den Alfredo und den alten Germont. Aber in diesem Jahr habe ich nur Pech mit meinen Mietern.« Sie seufzte wieder. »Ein Zimmer ist von einem Handelsreisenden besetzt, das andere von einem Japaner, der sich im Restaurierungsinstitut hier nebenan ausbildet – beide gänzlich unmusikalisch.«
»Ein Japaner? Das muß Okamoto Ikura sein, wir besuchen den gleichen Kurs im Institut.« Sie wünschte jetzt die Konversation zu beenden: »Darf ich bitte die freien Zimmer sehen?«
Signora Arcangeli zögerte, bevor sie sich nach einem neuerlichen Stoßseufzer mit der Tatsache abfand, daß sie in diesem Jahr kein Opernensemble in ihrem Heim zusammenbringen würde. Noch bestand Hoffnung, es mit

dem vierten Mieter gut zu treffen, tröstete sie sich, und wenn ein Partner auch nicht für eine ganze Oper reichen würde, so konnten sie immerhin Duette singen.
Valeria wählte das Zimmer zum Hof, weil es ruhiger sein würde als das nach der Straße. Die Einrichtung war dürftig und abgenutzt, aber es gab zwei große Fenster, und die Monatsmiete betrug nur vierzigtausend Lire. Als Zwischenlösung, wie Guido gesagt hatte, konnte sie es hier aushalten, und so ein möbliertes Zimmer hatte gewiß Vorteile, denn die Arcangeli würde es täglich saubermachen, die Bettwäsche wechseln und Anrufe für sie beantworten während ihrer Abwesenheit. Sie zahlte einen Monat im voraus und sagte, daß sie im Verlauf der Woche einziehen würde.

Als sie am nächsten Morgen, dem Eröffnungstag des neuen Studienjahres, zeitig das Institut betrat, stand vor dem noch geschlossenen Tor nur der Japaner, der wortlos lächelnd eine Verbeugung in ihre Richtung machte.
»Ich habe gestern entdeckt, daß wir in demselben Haus wohnen werden, Okamoto! In den nächsten Tagen ziehe auch ich zur Signora Arcangeli«, verkündete sie freundschaftlich, doch er quittierte die Nachricht mit dem gleichen festgefrorenen Lächeln und wiederholte nur schweigend die Verbeugung. Daß der einzige Japaner, dem sie bisher begegnet war, so ganz dem traditionellen Klischee entsprach, überraschte sie mehr, als wenn er das Gegenteil des herkömmlichen japanischen Typs gewesen wäre. Jedenfalls fand sie es verständlich, daß die gesprächige Arcangeli mit diesem Mieter nichts anfangen konnte.

Einer der Wärter schloß von innen das Tor auf, und sie traten in die Eingangshalle. Bald wurde es lebendig. Die Studenten vom zweiten und dritten Jahr kamen an, meist in kleinen Gruppen, scherzten vertraulich mit den drei jungen Pförtnern, den Transportarbeitern, den anderen Angestellten und verschwanden eilig die Treppe hinauf. Alle riefen sich beim Vornamen, duzten sich und schienen sich seit Ewigkeiten zu kennen. Das wenigstens war Valerias Eindruck. Sie wich nicht von dem Tor, aus Furcht, Guidos Ankunft zu verpassen, und als er endlich mit einem der Assistenten eintrat, die sie im »Da Maria« kennengelernt hatte, platzte sie sofort mit der Frage heraus, die sie sich fest vorgenommen hatte, nicht zu stellen:

»Warum hast du mich nicht angerufen? Ich habe so darauf gewartet!«

»Das wollte ich, Ehrenwort! Aber ich hatte keinen Augenblick Zeit, vor allem keine Ruhe, andauernd kam jemand an, alle möglichen weitentfernten Verwandten. Ich bin eben erst zurückgekommen, der Zug hatte wieder mal Verspätung.«

»Deine Mutter hat gesagt, du bist nach Florenz gefahren.«

Er sah sie unsicher an. »Ja, natürlich, das auch noch. Ich mußte dort Dokumente abholen, die von der UNESCO verlangt werden, damit der Arbeitsvertrag abgeschlossen werden kann.«

»Und die hat man dir während der Feiertage ausgestellt? Da sind die Behörden in Florenz wesentlich fleißiger als unsere!«

»Sag mal, soll das ein Verhör sein?« entgegnete er ärger-

lich. »Ciao, ich muß jetzt gehen. Wir sehen uns nachher.« Er holte den anderen Assistenten ein.
Eine letzte Gruppe Studenten stieg nach oben, und nur die fünfzehn Neuen blieben in der Eingangshalle zurück – zehn Italiener und fünf Ausländer.
Ich bin nicht eifersüchtig, aber anlügen lasse ich mich nicht von ihm. Sonst kann er tun, was er will. Was er will, wiederholte Valeria im Geist.
»Auf wen warten wir hier?« unterbrach Mirella ihre Gedanken.
»Keine Ahnung.«
»Auf Maselli, den Direktor«, gab Piero Auskunft, und sein Freund Luca ergänzte: »Er wird mit uns einen Rundgang durchs Institut machen, das ist immer so am ersten Tag. Wir beiden sind in der Abteilung Bilder, ihr auch, nicht wahr?«
»Da bleiben wir alle zusammen!« sagte Mirella erfreut, doch Piero widersprach: »Nein, nein, wir werden aufgeteilt, und jedem wird für eine Periode – ein paar Wochen, es kommt drauf an – ein Gebiet zugewiesen, beispielsweise Fresken, Reintoilierung, Vergoldung, Parkettierung und so weiter . . .«
». . . Auspolierung, Spritzwurf, Rauhputz, Firnisauftrag . . .«, ergänzte Luca.
»Danke, ihr wißt ja gut Bescheid«, sagte Valeria freundlich.
Die Schwulen, wie Guido sich ausdrückte, oder die Keßler-Zwillinge, wie man im Institut Piero und Luca getauft hatte, weil sie sich immer gleich kleideten und auch sonst in ihrer blonden Grazie dem bekannten tanzenden Schwesternpaar glichen – sie fand die beiden

sympathisch, und was gingen andere ihre sexuellen Neigungen an? sagte sie sich. Wesentlich nur, man war gut zueinander und aufrichtig, alles andere war schließlich Privatsache.
Die anderen waren nähergetreten und wollten auch Auskunft haben, nur Okamoto begnügte sich damit, aus einiger Entfernung zuzuhören. Manuel, ein Peruaner, der noch schlecht italienisch sprach, ließ sich von Colette, der Schweizerin, das Gesagte ins Französische übersetzen.
»Bis sich Maselli zu uns bequemt, wird man wohl rauchen dürfen.« Der rundliche Sizilianer Alfio bot reihum seine Zigaretten an.
»Danke, ich rauche nicht, auch Johana nicht«, antwortete Jaroslav für sich und seine Frau und setzte hinzu: »Maselli ist sonst immer pünktlich.« Sie waren polnische Flüchtlinge, die mit einem Stipendium schon ein Jahr im Institut gearbeitet hatten und jetzt den dreijährigen Kurs mitmachen wollten, weil sie beruflich ein Diplom benötigten. Nach ihrer Flucht hatten sie sich in Rom kennengelernt und geheiratet. Sie waren beide Anfang Zwanzig, wirkten aber älter, vielleicht, weil sie das einzige Ehepaar in der Gruppe waren, und weil hinter ihren lächelnden Mienen immer der verhaltene Ernst zu spüren war. Und während ihre Altersgenossen der Mode des Augenblicks folgend eine saloppe Armut mit exotischem Anstrich vortäuschten, glichen sie die echte Dürftigkeit ihrer Kleidung durch peinliche Sauberkeit aus.
»Wer gehört nun alles zur archäologischen Abteilung?« fragte Pia, deren kokette venezianische Mundart mit ihrem bewußt männlichen Auftreten kontrastierte. Sie

zählte an den Fingern ab: »Donatella, Marco, Martino, Jaroslav, Johana und ich, das macht sechs.«
»Nein, Johana hat sich nun doch für Gemälde entschlossen«, entgegnete Jaroslav, und seine Frau erklärte: »Wir haben uns überlegt, daß es vernünftiger ist, wir teilen uns auf: Wenn der eine von uns dann später keine Aufträge hat, kann der andere aushelfen. Für die Restaurierung von Plastiken soll es weniger Nachfrage geben.«
Martino, ein dünner Jüngling, der seine langen Haare hinten mit einem Gummiband gebändigt hatte, bemerkte: »Das hängt von den Umständen ab. In mageren Zeiten wird niemand Geld für kostspielige Reparaturen übrig haben, gleichviel welcher Branche.«
»Ja, in Krieg und Revolution stirbt jedes Gefühl für Kunst und Ästhetik, wir würden rettungslos draufgehen . . .« Luca schüttelte sich, doch seine düstere Zukunftsschau wurde von Alfio – seiner Veranlagung nach offenbar Optimist – in etwas rosigeres Licht getaucht: »Solange Krieg und Revolution dauern, muß man sich irgendwie über Wasser halten, hinterher werden wir dann um so mehr Arbeit kriegen, um alle Scherben zusammenzuleimen, die angesengten Bilder auszubessern, den ganzen kaputten Kram heilzumachen. Eigentlich müßten wir uns nur Katastrophen wünschen, Kriege, Brände, Überschwemmungen . . .«
Der Peruaner wollte ihn unterbrechen: »Und . . . und . . .«, fand das italienische Wort nicht und fuchtelte nur aufgeregt mit den Händen.
»Ach ja, richtig, Erdbeben!« half ihm Alfio drauf. »Mit Erdbeben habt ihr bei euch reichlich Erfahrung, soviel

wie Okamoto wahrscheinlich bei sich zu Hause. Allerdings können wir in Sizilien uns auch nicht beklagen in dieser Hinsicht.«

»Warum müssen es unbedingt Katastrophen sein? Es gibt doch den Zahn der Zeit, auf den man sich immer verlassen kann«, warf Ilario blasiert ein. Er wirkte, wie die meisten Florentiner, sehr selbstbewußt; außerdem war sein Vater ein bekannter Kunsthistoriker und Direktor eines bedeutenden Museums.

Laute Geräusche draußen auf der Auffahrtsrampe veranlaßten alle, hastig ihre Zigaretten auszudrücken und eine feierliche Haltung anzunehmen. Doch es war nicht der erwartete Direktor. Vor dem Tor hatte ein Lastwagen gehalten, und die Transportarbeiter luden ein großes Tafelbild ab, das sie jetzt in die Eingangshalle trugen. Sie hielten es verkehrt. Soviel man erkennen konnte, schien es eine Grablegung darzustellen.

Alfio hatte sich gebückt und verdrehte den Kopf, um die Schrift auf der Messingplatte zu lesen.

»Raffael!« verkündete er bewegt.

Da beugten sich auch die anderen nieder, um noch schnell einen Blick auf das Gemälde zu werfen, bevor es im Depot verschwand. Ilario jedoch, der stehengebliebene war, sagte:

»Unsinn, Raffael! Das ist von seinem Vater, Giovanni Santi, der malte ebenfalls, und schlecht. Heute allerhöchstens nur noch kunsthistorisch interessant. Die Tafel ist aus unserem Museum hergeschickt worden.«

Ach so! Man richtete sich ernüchtert wieder auf.

Gleich danach tauchte der Direktor aus einer ganz unerwarteten Richtung auf, nämlich aus dem Aufzug, kam

mit kleinen, nervösen Schritten auf die neuen Studenten zu. Es überraschte sie, daß er schüchtern wirkte und sich höflich für die Verspätung entschuldigte.
Er hielt eine kurze Ansprache: ». . . Verpflichtung, sich mit Ernst und ethischem Einsatz für die bevorstehende Lebensaufgabe vorzubereiten . . . Ihr seid die zukünftigen Bewahrer des universalen Kunstgutes . . . Das Vermächtnis, das die großen Künstler mit ihren Werken der gesamten Menschheit anvertraut haben . . . Sein Können mit Demut und Selbstlosigkeit in den Dienst eines als Mission empfundenen Berufs stellen . . .«
Man hörte den Worten an, daß sie jedes Jahr Anfang November bei der Begrüßungsrede herhalten mußten; aber es war wohl auch schwer, neue Formulierungen für alte Begriffe zu finden.
Bevor sie den Rundgang antraten, wies Maselli darauf hin, daß dieses ehrwürdige Gebäude, ein ehemaliges Kloster aus dem siebzehnten Jahrhundert und seit fünfzig Jahren Standquartier des Istituto Centrale del Restauro, modernen Ansprüchen nicht mehr genüge, eine Tatsache, die das Kultusministerium verantwortungsvoll zur Kenntnis genommen habe. ». . . Ich kann Ihnen daher mitteilen, daß das Institut in absehbarer Zeit verlegt wird.«
Seine Zuhörer nickten. Auch diese Formel hatte schon eine alte Tradition in der Begrüßungsrede, und sie wußten, daß »in absehbarer Zeit« nur eine freundliche Redensart war, nicht mehr, und sie jedenfalls ihre drei Studienjahre noch hier absolvieren würden.
Von seinem Assistenten begleitet – Filippo, den Valeria als einen der Gäste an jenem Abend im »Da Maria« wie-

dererkannte, und der sie mit einem verstohlenen Lächeln grüßte –, führte Maselli die Gruppe durch die Räumlichkeiten des Erdgeschosses und der vier Stockwerke. Okamoto, Jaroslav und Johana waren als Stipendiaten mit der Topographie des großen Gebäudes bereits vertraut, den anderen aber kam es vor, als gingen sie durch ein Labyrinth, eine nie endende Flucht von Sälen, Labors, Lagerräumen und Werkstätten. Die Studenten der vorgeschrittenen Jahrgänge saßen in weißen Kitteln, einige mit Schutzbrillen und Mundschutz, an Staffeleien und Arbeitstischen und blickten nur flüchtig und, wie es Valeria schien, geringschätzig zu ihnen hin, doch dieser Eindruck konnte falsch sein, da man als Neuer immer etwas empfindlich ist.

Guido war in einem Saal des dritten Stocks und setzte eine römische Glasschale zusammen, die in unzähligen Splittern auf einem Teller vor ihm lag. »Um ein Uhr in der Asso-Bar«, flüsterte er ihr zu. Sie vermied es, ihn anzusehen, und tat, als habe sie nicht gehört.

Auf einer Tafel stand der Stundenplan für die Neulinge, den sie sich abzuschreiben hatten: jeden Morgen Restaurierungsarbeiten und nachmittags theoretischer Unterricht, Mikrobiologie, Zeichnen, Physik, Chemie, Laboranalysen.

Während sie von einem Raum in den anderen gingen, machte Maselli sie mit den verschiedenen Lehrkräften bekannt und erläuterte die besonderen Obliegenheiten der anderen Fachleute. Das ganze System schien auf den ersten Blick recht kompliziert, und Valeria bezweifelte, daß sie sich je unter den unzähligen Lehrern, Assistenten, Technikern, Arbeitern, Handwerkern und dem

sonstigen Personal zurechtfinden und die subtilen Intrigen und komplizierten Wechselbeziehungen dieser Hierarchie begreifen würde.
Nachdem der Direktor seinen kleinen Trupp auch durch das vierte Stockwerk geführt hatte, rezitierte er die Schlußformel seiner Begrüßungsrede:
»So, meine Damen und Herren, unser Rundgang wäre beendet. Sie haben jetzt ungefähr einen Überblick ...«
Er unterbrach sich und ging auf eine ältere, aber noch auffallend gut aussehende Frau zu, deren ebenmäßige Züge jedoch nicht über die Härte des Ausdrucks hinwegtäuschen konnten. Das mußte »die Pompadour« sein, von der Guido oft gesprochen hatte, so genannt, weil sie, wenn auch inoffiziell, im Institut das Regiment führte.
»Dottoressa Tieri und ihr Bruder Professor Tieri sind unsere Chefrestauratoren«, sagte Maselli, und obwohl sie zu seiner Erklärung zuvorkommend lächelte, wirkte er eingeschüchtert. »Ich möchte Sie jetzt bitten, dottoressa, unseren Eleven hier die zukünftigen Arbeitsplätze anzuweisen«, sagte er abschiednehmend und verzog sich schnell, sichtlich erleichtert, sich wieder in die Geborgenheit seines Arbeitszimmers flüchten zu können.
Der Pompadour war jedenfalls nichts von weltflüchtiger Schüchternheit eigen, und Valeria merkte erstaunt, daß sie bereits nicht nur ohne Zögern jeden mit seinem Namen anreden konnte, sondern auch die jeweilige Bewertung bei der Aufnahmeprüfung im Gedächtnis behalten hatte. Sie erweckte den Eindruck ehrgeiziger Kompetenz und absoluter Selbstsicherheit.
Zuerst bestimmte sie das Pensum der fünf, die in der ar-

chäologischen Abteilung arbeiten würden, dann steuerte sie, die restlichen zehn in ihrem Kielwasser mitziehend, zu der weit ausgedehnteren Gemäldesektion, während ihre Absätze in martialischem Stakkato über die Fliesen trommelten.

»Hoffentlich läßt sie wenigstens uns beide zusammen . . .«, flüsterte Mirella Valeria zu.

»Signorina Vanni, in Anbetracht Ihrer erfreulichen Aufnahmeprüfung würde ich vorschlagen, Sie fangen im Freskensaal an.«

Das war kein Vorschlag, sondern ein Befehl, erkannte Valeria, aber sie nickte bereitwillig, da der Freskensaal anscheinend eine Auszeichnung bedeutete und es anderseits ziemlich gleichgültig war, welcher Abteilung man zugeteilt wurde, wenn man sie doch alle nacheinander durchmachen mußte.

Die Pompadour wies auf ein großes Tryptychon. »Diese drei Heiligen stammen aus einer Krypta von Orvieto. Fangen Sie morgen damit an: reinigen, die schadhaften Stellen stuckieren und mit Wasserfarben schraffieren. Von der sorgfältigen Wahl des Kolorits hängt es ab, ob sich die ausgebesserten Stücke ohne störend aufzufallen in das Werk einfügen.« Sie wandte sich jetzt an alle Zuhörer, ihr Ton wurde schärfer, und man merkte, daß sie im Begriff war, etwas Grundsätzliches zu sagen, das man sich gut merken sollte:

»Es ist keineswegs Ihre Aufgabe, fehlende oder beschädigte Teile eines Kunstwerks so zu rekonstruieren, wie sie Ihrer Ansicht nach im Originalzustand ausgesehen haben. Abgesehen davon, daß Ihre Fähigkeiten dafür noch kaum ausreichen dürften, würde dadurch auch der

profane Kunstbetrachter hereingelegt werden, der ein zu drei Vierteln vom Restaurator X. wiederhergestelltes Bild für ein Werk von, sagen wir, Michelangelo halten könnte. Eine Restaurierung darf den Betrachter nicht ablenken, muß aber als solche eindeutig erkannt werden und dient einzig dem Zweck, die Struktur der noch erhaltenen Partien zu festigen und den sonst fortschreitenden Verfall zu bremsen. Daher beschränken wir uns in der Malerei darauf, leere Stellen zu schraffieren.«
Spitz setzte sie hinzu:
»So halten wir es jedenfalls mit unserem staatlichen Kunstbesitz. Wenn Sie dann später für Privatleute arbeiten sollten, werden Sie allerdings mit unseren Prinzipien auf Widerstand stoßen, denn der Laie wünscht sich eine Restaurierung, die schön ›echt‹ aussieht, sonst gibt er sich nicht zufrieden.«
Valeria verließ das Institut kurz vor ein Uhr und ging nicht in die Asso-Bar.
Zu Hause lag ein Brief von ihrem Vater.
»Es hat mich sehr gefreut, wieder von Dir zu hören und noch dazu so gute Nachrichten. Deine Pläne haben meine ganze Zustimmung.« (Wer hatte die verlangt?) »Du hast eine ausgezeichnete Wahl getroffen und wirst in diesem Beruf bestimmt viel Erfolg haben. Ich bin sehr stolz auf Dich.« (Also doch, es war anscheinend nicht zu vermeiden!) »Beiliegend ein Scheck für diesen Monat. Allerdings scheint mir, daß Du Deinen Kostenanschlag bei den täglich steigenden Preisen sehr bescheiden angesetzt hast. Solltest Du mit dieser Summe nicht auskommen, hab keine Bedenken und wende Dich an mich. Ich bin jeden Tag im Büro zu erreichen . . .«

Daß sie nicht zu ihm in die Wohnung gehen würde, hatte er endlich begriffen. Aber ins Büro auch nicht, wenn es sich vermeiden ließ.

Am Nachmittag packte sie ihre Sachen.

»Es wird mir hier sehr leer vorkommen ohne dich«, sagte ihre Großmutter.

Sie hatte ihre Schwester gebeten, im Elternhaus abzuholen, was dort an Büchern und Kleidung von ihr noch zurückgeblieben war, und als sich Valentina durch die Sprechanlage meldete, lief sie hinunter auf die Straße.

»Hoffentlich habe ich nichts vergessen! Ich glaube aber nicht, denn in deinem Zimmer war alles wie früher. Sogar eine Zeitschrift vom Juni lag noch auf dem Tisch. Zu Hause war nur diese Simona. Sie tat sehr kameradschaftlich, hat mir sogar geholfen, einzupacken, und dann hat sie alles selbst in den Wagen tragen wollen, weil ich mich in meinem Zustand nicht anstrengen soll. Tatsächlich, sie war wirklich nett. Auch die restliche Wohnung schien mir ganz so, wie wir sie kannten – soviel ich davon gesehen habe, denn in Mamas und Papas Schlafzimmer war ich nicht. Neu im Wohnzimmer war nur ein großes Tonbandgerät, das braucht Simona, wenn sie ihre Rollen einstudiert. ›Carlo hört sie mir immer abends ab‹, hat sie mir erklärt, ›er hat ein tolles Gefühl für den richtigen Ausdruck, überhaupt für Theater . . .‹« Valentina lachte. »Diese Talente unseres Vaters haben bisher im Verborgenen geblüht.«

Als während des Abendessens das Telefon klingelte, wußte Valeria, daß es Guido war, und auch sein erster Satz entsprach ihren Erwartungen:

»Willst du mir bitte erklären, was in dich gefahren ist? Du führst dich ja merkwürdig auf!«
»Merkwürdig? Weil ich mir keine Lügen von dir erzählen lasse? Oder glaubst du, mir aufbinden zu können, daß man dir ausgerechnet an den Feiertagen Dokumente ausgestellt hat?«
»Wer hat denn von Ausstellen geredet?« Sein Ton klang ehrlich entrüstet. »Ich mußte mir bloß bei meiner Tante mein Abiturzeugnis und das Diplom der Kunstakademie abholen, weiter nichts. Du weißt doch, daß ich bei ihr gewohnt habe, als ich in Florenz die Schule besuchte.«
Jetzt war sie unsicher geworden. »Da habe ich dich vielleicht falsch verstanden . . .«
»Ja, wenn du einem auch keine Zeit zu Erklärungen läßt und gleich deine Schlußfolgerungen ziehst . . .« Er machte eine beleidigte Pause, und während sie nach Worten suchte, setzte er vorwurfsvoll hinzu: »Dabei habe ich mich in Florenz auch noch nach einem Mitbringsel für dich umgesehen! Aber alle Geschäfte waren an den Feiertagen geschlossen, und ich habe nur in einer Andenkenbude am Bahnhof ein Ledertäschchen kaufen können – weißt du, so Touristenkram mit ›Ricordo di Firenze‹ beschriftet – doch es sollte ja nur ein Jux sein und dir zeigen, daß ich an dich gedacht habe.«
»O Guido, danke und verzeih mir . . .« Ich bin ein Schafskopf, ein Schafskopf, dachte sie betreten und erleichtert.

4

Während der ersten Wochen im Institut kam Valeria gar nicht recht dazu, die Fülle der neuen Eindrücke und Empfindungen in sich aufzunehmen, weil die ungewohnte Arbeit sie so müde machte. Über Gerüste balancieren, Leitern hinauf und hinunter, meist im Stehen arbeiten, stundenlang alten Stuck abklopfen, starren Kleister mit dem Skalpell wegkratzen, verhärteten Firnis auflösen, immer wieder Säuberungsproben machen, bis man endlich das geeignete Lösemittel fand, ausgedörrte Farben geduldig und behutsam abschaben – das erforderte alles in ungeahnter Weise Kraft und Ausdauer.

Darauf, daß ihr Fleiß und ihre Geschicklichkeit gefordert würden, war sie gefaßt gewesen, auf Muskelkater und steifen Hals nicht; sie erkannte schnell, daß für ihren zukünftigen Beruf Talente wenig nützten, wenn man nicht obendrein eine robuste Gesundheit mitbrachte. Die ihre war offenbar robust, und zum ersten Male freute sie sich darüber, genauso wie sie mit Befriedigung die ungewohnten Schwielen an ihren Händen entdeckte.

Die lähmende Erschöpfung, die sie am Ende eines Tages überfiel und in der sich alle Gedanken auflösten, war ihr bisher so unbekannt gewesen wie der animalische Genuß, endlich die müden Glieder ausstrecken zu können.

Ihr Bett war vorher von dem Amerikaner belegt gewesen, der jetzt an der Scala engagiert war. Daß er das Zeug zum Heldentenor hatte, mußte sich auch an seiner Korpulenz gezeigt haben. Zurückgeblieben waren jedenfalls die ausgeleierten Federn der Drahtmatratze und eine tiefe Mulde; doch die Unbequemlichkeit des Bettes störte sie so wenig wie die Gesangsübungen der Arcangeli.

Sie kuschelte sich in die Vertiefung und sank, von der quälend gewimmerten Frage der Argia-Eurydike: »Doch warum, warum bist du so grausam?« unbelastet, in einen traumlosen Schlaf.

Die zaghafte Ehrfurcht, mit der sie in den ersten Tagen darangegangen war, das ihr zugewiesene Fresko zu säubern, ließ etwas nach, als sie erfuhr, daß diese drei Heiligen schon seit einigen Schülergenerationen der Prüfstein der Anfänger waren. Ein besonders eifriger Vorgänger hatte mit einem zu stark konzentrierten Lösemittel gleich den ganzen Kopf des mittleren Märtyrers abgewaschen. Ob dieses Fresko dank ihrer Restaurierung endlich wieder in seine Krypta zurückkehren würde, erschien ihr zweifelhaft; trotzdem ging sie mit bereitwilligem Ernst an ihre Aufgabe. Gewissenhaft machte sie zahlreiche Probequadrätchen, um das passende Reinigungsmittel herauszufinden, ungeachtet des kollegialen Rates eines Studenten des zweiten Jahres, der mit ihr im Freskensaal arbeitete:

»Immer erst mit Spucke probieren! Es ist unglaublich, für was alles man die beim Restaurieren verwenden kann. Gesunde Spucke ist leicht alkalisch und eignet sich daher ausgezeichnet zum Säubern, sie enthält Eiweiß, weshalb man Farben damit bestens verdünnen kann, ist auch als leichter Klebstoff zu gebrauchen und zum Glätten von Stuck ...«

Der ganze Betrieb im Institut war so ungezwungen – es sei denn, die Pompadour erschien auf der Bildfläche –, daß sich die Neuen schon nach einer Woche nicht mehr als solche fühlten.

Als erstes Zeichen ihrer endgültigen Zugehörigkeit eigneten sie sich den Jargon der Alteingesessenen an und die blasierte Manier, kategorische Urteile über die gesamte Kunstgeschichte zu fällen.

»Raffael ist genial, aber dumm. Genie gibt es bekanntlich in allen Preislagen.«

»Crivelli, um Gottes willen, unausstehlich! Wenn seine Madonnen Stimmbänder hätten, würden sie bähen.«

Man versuchte, sich interessant zu machen, indem man weltweit anerkannte Künstler mit müdem Achselzucken abtat:

»Leer, total leer ... Ja, handwerkliches Können, sicher, gutes Metier, zugegeben, aber nichts dahinter ...« und statt dessen ungeahnte Finessen bei völlig obskuren Malern entdeckte:

»Uccio da Poggiolino, ein Meister erster Garnitur! Ein gutes Jahrhundert vor Paolo Uccello hat er schon alle Kniffe der Perspektive beherrscht, und was sagt Vasari über ihn? Kein Sterbenswort!«

Von den zehn Neuen aus der Abteilung »Bilder« verfielen nur Johana und Okamoto nicht dieser naiven Pose, denn die sparsamen Äußerungen der Polin waren stets sachlich und nüchtern, und der Japaner war seiner Natur nach zu schweigsam, als daß er derartiges Gerede mitge-

macht hätte, und außerdem beschränkte sich sein Interesse einzig auf die Sieneser Maler des Trecento.
Die nachmittäglichen Unterrichtsstunden wurden für jeden Jahrgang getrennt erteilt, aber morgens arbeiteten Studenten, Assistenten und diplomierte Restauratoren in denselben Sälen, und in dieser Gemeinschaft hob sich die Distanz zwischen den Anfängern und den anderen auf. Trotzdem fußte auch das ungezwungene Zusammensein auf nicht leicht zu durchschauenden Wechselbeziehungen, und Valeria fand die komplizierte Rangordnung im Institut ziemlich verwirrend, vor allem wegen der ständigen Veränderungen.
Maselli stand in dieser Hierarchie ganz oben und konnte innerhalb des Instituts nicht nach höheren Zielen trachten, aber alle anderen, von seinem nächsten Mitarbeiter bis hinunter zum Handwerker, bemühten sich um eine Beförderung, und sogar die Pförtner, Nadire dieses Firmaments, kamen sehr bald zu der Überzeugung, daß der tägliche Umgang mit Kunstwerken sie zu Höherem bestimmte.
Man klatschte viel, vermutete Intrigen, diskutierte Stipendien, schimpfte über eine vermeintliche Günstlingswirtschaft, und doch bestand zwischen Lehrern, Studenten, Technikern bis zu den bescheidensten Arbeitskräften ein freundschaftliches Verhältnis, das zuweilen auch großzügig und selbstlos sein konnte.
Bei rasch improvisierten Mahlzeiten – von der Asso-Bar gegenüber wurden heiße Pizza und Bier geholt, oder Masellis Assistent Filippo hatte Wein und Schinken vom väterlichen Landbesitz mitgebracht – lösten sich Konkurrenzkampf und Neid immer wieder in Gelächter auf,

und man war nur besorgt, daß die Pompadour nicht in dieses genußvolle Intermezzo hineinplatzte. Ihr Bruder, Professor Tieri, störte niemanden.

»Meine Herrschaften, können Sie Ihr Symposion nicht auf eine andere Tageszeit und außerhalb dieses Bereichs verlegen?« fragte er milde und leerte hastig das ihm angebotene Glas Wein. Wahrscheinlich wäre auch ihm das Erscheinen seiner Schwester peinlich gewesen.

Es gab Miesmacher. (»Bei dieser Krise werden der Bude bald keine Fonds mehr zugeteilt und sie kann zumachen; restaurieren ist in unserer Zeit ohnehin sinnlos!«) Es gab Skandalsüchtige und ewige Besserwisser; es gab Töchter reicher Familien mit Schuhen von Gucci und Seidentüchern von Hermès, die sich im Institut nur einschrieben (»Restauratorin ist schick!«), weil das jetzt als »in« galt, seitdem die bisherigen Traumberufe – Fotomodell, Mannequin und Hosteß – »out« waren; und es gab Protestierer und Störenfriede, doch sie waren nicht mehr als Randfiguren in der breiten Masse der Studenten, die mit Hingabe und Ernst ihr Pensum erledigten.

Wie den anderen war Valeria ein Arbeitstisch mit Schubfach für ihre Materialien angewiesen worden, doch das bedeutete keine Gewähr für gesicherte Aufbewahrung, denn wer gerade etwas brauchte, nahm sich ungeniert aus fremden Schubfächern den gewünschten Gegenstand. Man mußte sich entweder damit abfinden oder es wie Okamoto machen, der nach der Arbeit seine Werkgeräte wohlgesäubert in eine Kassette packte und nach Hause mitnahm.

Unter dem Vorwand, Farben trocknen zu lassen oder sich ein paar Minuten von dem beißenden Geruch der

Chemikalien erholen zu müssen, besuchte man, wenn die Pompadour nicht in der Nähe war, Freunde und Kollegen in den anderen Sälen. Um zehn Uhr ging Valeria meistens auf eine Zigarettenlänge in die archäologische Abteilung, wo Guido mit dem Epheben beschäftigt war.

Der Diebstahl dieser einen Meter hohen Marmorskulptur hatte im letzten Sommer, sensationell aufgebauscht, zusammen mit den Fußballkämpfen für die Weltmeisterschaft und dem Bombenattentat in Mailand (neun Tote) die Schlagzeilen der Zeitungen beherrscht. Das Kunstwerk – ein griechisches Original von Skopas, wie man erfuhr –, bislang kaum beachtet, wurde plötzlich einmalig und unersetzlich, als es im Juni aus dem Museum von Agrigent verschwand. Man vermutete einen Diebstahl im Auftrag eines reichen Kunstsammlers oder sogar eines ausländischen Museums und startete eine große Suchaktion. Zollstationen, Häfen und Grenzübergänge wurden alarmiert, und es kam auch zu einem diplomatischen Zwischenfall, als man das Gepäck eines Konsuls durchsuchen wollte. So wurde der griechische Ephebe selbst für Hinterwäldler ein Begriff; da aber alle Nachforschungen erfolglos blieben, war er sehr bald von neuen Sensationen übertrumpft worden, und als ihn im September ein paar Kinder auf einer Wiese beim Flughafen stark beschädigt auffanden, bekam er nur noch eine kleine Zeitungsnotiz.

Guido hatte den Kopf wieder aufgesetzt und war jetzt dabei, die abhanden gekommenen Finger zu rekonstruieren.

»Mach mir bitte eine Zigarette an, mit diesen gipsverschmierten Händen kann ich es nicht ...« Er sah auf. »Übrigens, den Christus von Vivarini, der in Urbino gestohlen worden ist, hat man auch wiedergefunden – das heißt, die Diebe haben ihn nach Zahlung des geforderten Lösegelds zurückerstattet, doch diese Nachricht ist inoffiziell, und die vom Denkmalsamt haben eine Heidenangst, daß es sich herumspricht und die Kidnapperei von Kunstwerken erst richtig anfängt. Der Christus ist jetzt nebenan und wird gerade frisch geleint.«

»Ah, dann wohl von Mirella, die im Reintoilierungssaal arbeitet. Sie wollte viel lieber bei mir mit Fresken anfangen ...«

»Mirella, ist das die Neapolitanerin? Sei beruhigt, über die Enttäuschung hat sie sich längst hinweggesetzt. Sie fühlt sich in ihrer Abteilung sauwohl mit diesem Florentiner – mir fällt sein Name nicht ein ...«

»Ilario.«

»Stimmt. Gestern mußte ich in den Lagerraum, und da kamen die beiden auf einmal hinter den großen Regalen hervor. Ihm war nichts anzumerken, aber sie sah so verlegen aus, daß es auch für ihn reichte.«

»Weil sie so streng erzogen worden ist. Abends muß sie schon um acht Uhr zu Hause sein, und nachher darf sie nicht mehr ausgehen. Ihre Eltern sind sehr religiös ...«

»Wahrscheinlich Leute, die überzeugt sind, daß ein Mädchen nur nachts die Integrität ihres Jungfernhäutchens riskiert.«

Valeria schwieg. Manchmal störten sie Guidos krasse Kommentare, aber dann fand sie sich wieder übertrieben empfindlich, und das Bedürfnis, sich einen Ausgleich zu verschaffen, verführte sie dazu, selbst andere zu schok-

kieren, wie vor ein paar Wochen ihre Großmutter, als sie ihr die bevorstehende Heirat mitgeteilt hatte.
»Ja, ich glaube, ich habe den jungen Mann ein paarmal vom Fenster aus gesehen, als er dich nach Hause brachte ...« Kleine Pause und dann mit forschendem Blick: »Liebst du ihn, Kind?«
Die Frage war ihr lächerlich konventionell vorgekommen und hatte sie irritiert: »Na, selbstverständlich, was denn sonst! Wir haben gemeinsame Interessen und verstehen uns wunderbar – auch sexuell natürlich.«
Zu dieser Mitteilung hatte ihre Großmutter wortlos genickt, und sie war sich ärgerlich der unangebrachten Provokation bewußt geworden. Das hatte man von einer prüden Erziehung: Offenheit klang noch falscher als scheinheilige Tugendhaftigkeit. Wenn sich die Erzieher wenigstens an ihre Prinzipien halten würden, statt sie, wie ihr Vater, bei der ersten besten Gelegenheit über den Haufen zu werfen!

Ihren ersten Auftrag bekam sie durch den Vater ihres Schwagers Sandro, dessen Bekannter, ebenfalls ein Richter, ein Gemälde restaurieren lassen wollte. Es handelte sich um ein Bild in einem protzigen Goldrahmen, vermutlich Ende des vorigen Jahrhunderts entstanden, das jemand, wohl um es »antik« zu machen, mit einem dunkel und glashart gewordenen Firnis überzogen hatte.
Sie trug es auf ihr Zimmer und verwandte das nächste Wochenende darauf, es nach den frisch gelernten Anweisungen gewissenhaft zu säubern. Dabei wiederholte sie sich die unermüdlich eingebleute Mahnung des Che-

mielehrers: »Vorsicht bei Bildern ab achtzehnhundert! Da sind die Farben schon Industrieprodukte, und man kann beim Säubern schlimme Überraschungen erleben. Je älter ein Bild, um so solider die Farben; denn die haben sie selbst hergestellt. Auf einem Gemälde von Tizian kann man spazierengehen – bei den Bildern von heute noch lebenden Künstlern fallen die Farben schon ab, wenn man nur zu scharf hinschaut.«

Sie pfiff vergnügt vor sich hin, während sie mit dem Wattebausch in der Pinzette vorsichtig den erweichten Firnis abtupfte. Die Arbeit machte Spaß, und daß das Gemälde ziemlich häßlich war, störte sie nicht, sie fand es nur komisch: ein nacktes Weib, spielerisch den Fuß in eine Wanne tauchend; im Hintergrund waren beim Säubern zwei alte Männerköpfe zum Vorschein gekommen. Offenbar eine Susanna im Bade.

»Titania ist herabgestiegen . . .«, sang die Arcangeli in ihrem Salotto; einmal kam sie herein und sah eine Weile zu.

»Bellissimo, so natürlich das Fleisch! Sie haben schon eine Menge gelernt, Signorina! Von dem, was der Japaner macht, kriegt man nie was zu sehen, sein Zimmer schließt er immer ab, und sogar fegen und abstauben will er nur selbst.«

Das war Okamoto nicht zu verdenken, sagte sich Valeria, er war gewiß gründlicher als die Arcangeli, die sich darauf beschränkte, mit einem bunten Federwedel den Staub aufzuwirbeln. Auch was die für ihre Mieter bestimmten Anrufe betraf, war sie ganz unzuverlässig, verstand die Namen falsch, gab verkehrte Auskunft und vergaß, die Botschaften auszurichten.

Noch ein Wochenende genügte, die schadhaften Stellen auszubessern und das Bild frisch zu firnissen; dann brachte sie es Guido zur Begutachtung.
»Wieviel soll ich dafür verlangen? Wir haben über den Preis nicht gesprochen.«
»Sechzigtausend.«
»Was? Das scheint mir aber zuviel!«
»Ist es auch, aber wenn man nicht zuviel verlangt, wird man nicht für voll genommen. Außerdem, mit restaurierten Bildern ist es wie mit Uhrreparaturen; ein Laie kann nie beurteilen, was da gemacht worden ist. Und dann vor allem: Ruf an, daß man es abholen läßt, das wirkt professioneller.«
Er hatte bestimmt recht, trotzdem trug sie das Bild selbst hin, und in ihrer Verlegenheit reduzierte sie auch den Preis um die Hälfte.
Der Richter steckte die Geldscheine umständlich in einen Briefumschlag und schien mit ihrer Arbeit äußerst zufrieden zu sein. »Ich werde Sie an meine Bekannten weiterempfehlen, Signorina Vanni. Übrigens Vanni, sind Sie mit dem Ingenieur Carlo Vanni verwandt? Ah, Ihr Vater! Seine Firma soll jetzt eine Straße durch ein Grundstück bauen, das ich parzellieren lasse. Wir sehen uns morgen, da kann ich ihm sagen, was er für eine tüchtige Tochter hat.«
Den Rückweg ging sie zu Fuß. Sie war heute so froh, und diese Hochstimmung schien ein Ventil zu brauchen. Als Kind hatte sie manchmal vor lauter Freude zu tanzen begonnen. Jetzt war ihr ähnlich zumute.
Bis Weihnachten fehlten knapp zwei Wochen, und noch war dieser goldene Herbst nicht Winter geworden. Die

Sonnenstrahlen stachen durch die brüchigen gelben Blätter der Kastanienbäume, und die Tische auf den Gehsteigen vor den Cafés waren vollbesetzt. Die meisten Leute benützten diesen Samstagnachmittag anscheinend dazu, Weihnachtseinkäufe zu machen, und flanierten im Stadtinnern, wo Fahrverbot herrschte, in Gruppen über die ganze Straßenbreite.
Auf dem Spanischen Platz hatte ein neues Modegeschäft eröffnet, und sie blieb einen Augenblick vor der Auslage stehen. Ein Brautkleid, eine weiße Kaskade aus Tüll und Spitzen, nahm das ganze Schaufenster ein. Brautkleider, unvorstellbar altmodisch! Schon aus Protest würde sie Jeans zu ihrer Hochzeit tragen.
Die Männer sahen sich heute häufiger als sonst nach ihr um. Warum wohl? Vielleicht ging man anders, wenn man froh war. Ein junger Kerl im Lederanzug auf einem Motorrad bremste neben ihr am Bürgersteig. »Mit dir möchte ich ums Leben gern mal . . .«, und brauste weiter. Ein glatzköpfiger Mann, der an der Eingangstür seines Ladens lehnte, flüsterte nur sehnsüchtig: »Ah, bambola . . .« Beide meinten sie wohl dasselbe.
Bei einem Altwarenhändler in der Via della Croce erstand sie eine guterhaltene Staffelei. Den Preis von fünfzehntausend Lire konnte sie auf zehntausend herunterdrücken. Für den Rest ihres selbstverdienten Geldes kaufte sie ein Feuerzeug für Guido.

Valentinas Kind, ein Junge, wurde Heiligabend geboren. Valeria ging am ersten Weihnachtsnachmittag in die Klinik, nachdem sie vorher ihre Mutter besucht hatte.
»Mama schickt dir diese Rosen und das hier – ich glaube,

einen Scheck. Sobald es der Professor erlaubt, soll ich dir ausrichten, will sie in die Stadt kommen, um ihren Enkelsohn kennenzulernen.«
»Rote Rosen und ein Scheck – genau wie Papa, der mich heute morgen besucht hat. Ein harmonisches Elternpaar«, sagte Valentina gleichgültig. »Stell bitte die Blumen draußen in den Flur, ich kriege Kopfschmerzen von dem Geruch.«
Die anderen beiden Wöchnerinnen in dem Zimmer hatten auch Besuch, und Valeria rückte ihren Stuhl nahe an das Bett, damit nicht alle hörten, was sie sich sagten.
»War es schlimm?«
»Ja, doch . . . Aber ich glaube, es muß so sein.«
»Und jetzt . . . Wie fühlst du dich?«
»Wie ausgenommen.«
»Du bist doch froh, nicht wahr? Und er ist gesund?«
Valentina nickte matt. »Sandros Mutter war vorhin hier. Sie wollen, daß er am Silvesternachmittag in ihrer Wohnung getauft wird, in demselben Taufkleid, das auch ihre Kinder anhatten. Sie sind so schrecklich traditionell . . .« Sie verzog schmerzhaft das Gesicht, als sie ihre Lage im Bett änderte. »Sein Kopf war so groß – man hat den Riß nachher nähen müssen . . . Sandro wird dagegen sein, daß er getauft wird. Noch dazu bei seinen Eltern! Aber wir dürfen sie nicht brüskieren, wir sind noch von ihnen abhängig, und sie sind eben so. Hoffentlich versteht er das.«
Eine Krankenschwester kam ins Zimmer und sagte, die Besucher müßten gehen, weil die Neugeborenen jetzt den Müttern zum Stillen gebracht würden.
»Hast du Milch?« fragte Valeria verlegen.

Valentinas blutleeres Gesicht verzog sich zu einem Lächeln. Sie nickte, wurde aber gleich wieder ernst. »Ich hatte gehofft, Sandro würde heute noch einmal kommen – aber es ist schon zu spät . . .« Sie sah zu der Schwester hin, die ungeduldig an der offenen Tür wartete. »Du mußt jetzt gehen!« Leise und hastig fragte sie: »Willst du seine Taufpatin sein? Ich brauche jemanden von meiner Familie – dich . . .«
»Ja, gewiß, sehr gern!« Valeria beugte sich plötzlich über das Bett und küßte ihre Schwester. Zärtlichkeitsbezeugungen zwischen ihnen waren ungewohnt, aber Valentina kam ihr auf einmal so verlassen und hilflos vor, so schwach mit dem winzigen Wesen, das man ihr in die Arme legte, daß sie eine seltsame Rührung empfand. Wir sind beide Waisen noch nicht verstorbener Eltern, dachte sie.

Als man am Silvesternachmittag in Sandros Elternhaus zusammenkam, wirkte Valentina noch schwach. Ein gezwungenes Lächeln lag auf ihren Lippen. Sie stand, den Säugling in einem pompösen Steckkissen mühsam im Arm haltend, neben ihrer Schwiegermutter, von den weiblichen Gästen umringt, die sich in entzückten Ausrufen ergingen, und ihr Blick wanderte immer wieder unruhig zu Sandro und seinem Vater am Kamin, deren Stimmen trotz des Geschnatters deutlich zu hören waren.
»Die Polizei war nach der gestrigen Explosion vor der Chilenischen Botschaft wieder hier, um mich über dich auszufragen. Du seist auf der Liste der extremen Linken . . .«

»Die Polizei wird es ja wissen.«

»So! Und vorigen Monat, nach dem Attentat bei der kommunistischen Arbeiterkundgebung, hatte ich sie auf dem Hals, weil man dich offenbar als Faschisten verdächtigte. Hab wenigstens die Gefälligkeit, mich aufzuklären, wo du stehst, ob extrem links oder extrem rechts – eins müßte wohl wegfallen.«

»Extrem, auf alle Fälle extrem, Papa! Die goldene Mitte sei dir und deinesgleichen vorbehalten!«

Die Ankunft des Geistlichen, eines befreundeten Monsignore, wurde mit Erleichterung begrüßt, und die Gäste gruppierten sich vor der Kommode, die mit Armleuchtern und einer gestickten Decke als Altar hergerichtet worden war. Der Säugling, im frischgestärkten Taufkleid, wurde Valeria in die Arme gelegt. Sie sah den Monsignore, der seine spitzenbesetzte Tunika überzog und das Weihwasserbecken bereitstellte, die Schwiegermutter, die die Kerzen anzündete, das Dienstmädchen, das Salz und Öl in Silberschälchen brachte, und empfand die ganze Leere einer Tradition, die keine Fundamente mehr im Glauben hatte und nur noch mondäne Ansprüche befriedigte.

Die elegante Wohnung war überheizt und überfüllt, und in die beklemmend schwere Luft mischte sich der Geruch der Kerzen, Blumenduft und das Parfum der Damen. Der Priester begann aus einem kleinen Buch auf lateinisch vorzulesen, und Valeria zählte die Tage seit ihrer letzten Menstruation. Mit heute eine Woche Verspätung. Trotz der Hitze war ihr plötzlich kalt. Sie merkte, daß der Priester die Augen von seinem Buch hob und sie wartend ansah, und wußte nicht, was er

wollte. Da stellte sich Sandros Mutter an ihre Seite und sprach geläufig die Antworten der Patin.
Mit steifgewordenen Armen hielt Valeria ihren Neffen so weit wie möglich von sich ab, als sei er ansteckend, und sie könne sich allein durch die Berührung mit dem Säugling eine Schwangerschaft holen – wie eine Infektion.
Seitdem sie und Guido beschlossen hatten, zu heiraten, war sie manchmal unvorsichtig gewesen, und nun war es wahrscheinlich passiert. Alles sträubte sich in ihr gegen diese Möglichkeit, und der beängstigende Gedanke machte ihre Knie weich. Sie wollte kein Kind, nicht jetzt, auf keinen Fall. Was sollte sie damit? Eine Abtreibung, um jeden Preis eine Abtreibung. Guido würde wissen, an wen man sich wenden mußte.
Sandros Mutter gab ihr einen leichten Schubs.
»Jetzt wird er getauft! Den Kopf über das Becken halten, leicht nach unten . . .«
Nach beendeter Zeremonie, während die Erfrischungen gereicht wurden, ging sie zu ihrer Schwester, die in einem anderen Zimmer den Kleinen trockenlegte.
»Entschuldige mich bei all denen da drinnen, daß ich früh und grußlos verschwinde. Mir ist nicht gut, es ist so warm hier, an der frischen Luft draußen wird mir bestimmt sofort besser.« Sie fühlte ein bekanntes Ziehen im Kreuz – vielleicht war doch alles in Ordnung, lieber Gott, hoffentlich, lieber Gott . . . Als Valentina sie besorgt musterte, sagte sie rasch:
»Es ist nichts weiter. Ich bekomme meine Tage.«
Da ihr der kleine Neffe nicht mehr wie die abschreckende Verkörperung ihrer Ängste vorkam, strich sie

ihm zärtlich über den Kopf. »Er ist so brav gewesen, der Kleine, die ganze lange Taufe, ohne zu weinen! Aber ich habe mich schrecklich blamiert als Patin . . .«

Wie verabredet, wartete Guido um neun Uhr im Salotto, denn die Arcangeli erlaubte den Mietern nicht, Besuche in ihren Zimmern zu empfangen, seitdem einmal ein anonymer Brief an die Polizei sie bezichtigt hatte, ein Stundenhotel zu führen. Sie zeigte ihm gerade ein Album mit Szenenfotos. Er erhob sich mit unverhohlener Erleichterung, als Valeria endlich fertig angekleidet eintrat.

»Du siehst bezaubernd aus, aber Ewigkeiten hat es gedauert!« sagte er auf der Treppe. »Und trotzdem war die Arcangeli mit den Bildbeweisen ihrer Triumphe im Belcanto erst im Jahr 1940 angelangt!«

»Dann hast du noch alles mitgekriegt, denn der Krieg hat ihrer Karriere ein Ende gemacht.«

»Nur Schlechtes kann man dem Krieg also auch nicht nachsagen . . .«

Der Silvesterrummel war bereits in vollem Gang. Horden junger Burschen brausten durch die Straßen auf Motorrädern, denen sie die Auspufftöpfe abmontiert hatten, um den Krach noch zu erhöhen, und warfen den Fußgängern Kanonenschläge und Knallfrösche zwischen die Beine.

»Ich dachte, die Knallerei sei dieses Jahr verboten worden!«

»Die wird jedes Jahr verboten, was besagt das schon? . . . Achtung!« Er zog sie an eine Hausmauer. Ein Fenster war oben aufgerissen worden, eine Rakete stieg knatternd und sprühend hoch, und gleichzeitig wurden aus anderen Fenstern Flaschen, Geschirr und ausgebrannte Glühbirnen geworfen, die prasselnd auf dem Pflaster zersplitterten.

»Die üben schon vor für Mitternacht! Komm schnell, das ›Satyricon‹ liegt gleich um die Ecke.«

Am Eingang des Lokals empfing sie ein als antiker Römer verkleideter Portier und wies sie eine schmale Treppe hinunter, auf der »Ad inferos«, in die Unterwelt, stand. Wie Brandungsrauschen schlugen Stimmengewirr und Orchestermusik nach oben durch den engen Schacht. Ein zweiter Talmirömer schob einen schweren Türvorhang beiseite, und sie traten in einen überfüllten Raum, dessen Größe sich in der dunkelroten Beleuchtung nicht bestimmen ließ. Von einem Kellner wurden sie an einen reservierten Tisch geführt.

»Souper, Tanz und auch der obligate Champagner um Mitternacht sind alles umsonst«, beantwortete Guido ihren erstaunt fragenden Blick. »Das sollte eine Überraschung für dich sein. Ich kenne nämlich den Besitzer und habe ihn bei der Ausstattung dieses Nachtlokals beraten. Er wollte alles ›auf pompejanisch‹ – wie du siehst, habe ich es nicht verhüten können. Die Säulen sind aus Polystyrol, wenn man sich anlehnt, kippen sie wahrscheinlich um. Das Ganze ist wahrheitsgetreu einem klassischen Triklinium nachgebildet – so prostituiert man seine kunsthistorischen Kenntnisse ... Friese, Reliefs, Skulpturen, täuschend echt in Kunststoff. Scheußlich, nicht wahr? Aber der Koch ist ausgezeichnet und vor allem das Orchester. Die hinteren Räume sind in Sépares aufgeteilt und mit erotischen Fresken verziert worden, doch nur für ein paar sichere Kunden bestimmt, da man keine Scherereien mit der Polizei riskiert. Hier für das breite Publikum hat der Besitzer seine obszöne Phantasie bezähmt, bis auf Details ...« Er wies auf die in der Tischmitte aufragende Pfeffermühle in Form eines Phallus.

»Ich würde mich ekeln, das Ding in die Hand zu nehmen«, gestand Valeria.

»Und ich würde mir wie ein Onanist vorkommen.«

Sie aßen eine Weile schweigend, denn es war mühsam, sich in dem Lärm zu verständigen. Die rauchige, verbrauchte Luft umgab die roten Lampen mit einem Dunstkreis. Sogar die Speisen schienen danach zu schmecken.

Guido nützte eine Pause des Orchesters aus. »Ich habe dir noch nicht das ganze heutige Festprogramm eröffnet: Anschließend gibt es einen Kotillon, weißt du, so einen gemeinsamen Tanz mit Verlosung von Geschenken, und dann kommt das Allerschönste – wir gehen zu mir!«

»Nein, das ist nicht möglich«, unterbrach sie ihn. »Der letzte Teil deines schönen Programms muß wegfallen, und du wirst mich zur Arcangeli zurückbegleiten. Heute können wir nicht zusammensein ...«

»Warum?«

»Captain Blood.«

»Ach so ... Schade!«

»Nein, gar nicht, ich bin heilfroh. Diesmal hatte ich eine Mordsangst, in die Patsche geraten zu sein. Stell dir das vor: ein Kind erwarten!«

»Das wäre ein Schlag ins Kontor gewesen, lieber Himmel! Dann will ich auch dankbar sein ...«

Nach dem Essen tanzten sie. An dem immer aufgeregter werdendem Lärm drinnen und der rasch zunehmenden Knallerei draußen in den Straßen merkte man, daß es auf Mitternacht zuging. Die Kellner hatten einen Kühler mit Champagner auf jeden Tisch gestellt.
Sie gingen zu ihren Plätzen zurück, und jetzt wurde es auf einmal stiller; alle sahen wartend auf ihre Uhren.
»Noch vier Minuten . . .« Guido hatte einen Arm um Valeria gelegt, sie blickte auf das Zifferblatt seiner Uhr, auf die zuckenden Runden des Sekundenzeigers, und unvermittelt sagte sie:
»Guido, es ist sinnlos, jetzt noch vor deiner Abreise zu heiraten. Wozu diese Eile? Warten wir lieber damit bis zu deiner Rückkehr.«
»Ja, viel vernünftiger! Ich bin ganz und gar einverstanden.«
Seine sofortige Einwilligung gab ihr einen Stich, aber er setzte gleich hinzu: »Liebe hat mit Heiraten nichts zu tun; und du liebst mich doch, daran hat sich nichts geändert. Sag es mir, daß du mich liebst, für immer . . .«
»Für immer.« Das Orchester blies plötzlich einen Tusch, und alle Lichter gingen aus. »Für immer . . .«
Sie fühlte Guidos Mund auf ihren Lippen, und ein paar Sekunden lang war es ganz still. Als die Lampen wieder aufleuchteten, lösten sie sich aus der Umarmung. Das Knallen der Champagnerpfropfen wurde von der Musik und dem Geknatter der Raketen draußen übertönt.
»Buon' anno nuovo!« schrien sich im Saal auch Unbekannte gegenseitig zu, als könne man durch bloßen Stimmaufwand das Glück für das angehende Jahr beschwören.

Der Besitzer des Lokals erschien armefuchtelnd auf der Tanzfläche: »Kotillon, Signori, hierher bitte zum Kotillon!« Unter seiner Regie bildeten die Gäste eine unordentliche Schlange, die sich mit hysterischem Gequieke durch die schmalen Passagen zwischen den Tischen zu winden begann. An der Decke war inzwischen ein riesiger Kronleuchter angegangen; das grelle Licht bestrahlte erbarmungslos aufgedunsene Gesichter und verschmiertes Make-up.
Guido und Valeria waren sitzen geblieben und blickten auf das Gewühl und die forcierte Lustigkeit.
»Warten wir noch eine Viertelstunde, bevor wir weggehen«, sagte er. »Bis die Irren ihren ganzen Krempel aus den Fenstern geworfen haben, damit wir nicht zu den paar hundert Leuten gehören, die jede Silvesternacht auf der Unfallstation landen.«
Die Kellner zwängten sich müde durch das Gewimmel und verteilten komische Hüte und Körbe voll Papierschlangen und Knallbonbons.
Erleichtert atmete Valeria draußen die ernüchternd kühle Luft ein. Der Fahrdamm war dicht mit Scherben besät; ein besonders Geistreicher hatte eine Klosettschüssel mitten auf den Asphalt geworfen. Zahlreiche Autos mit zerschnittenen Reifen waren von den Fahrern stehengelassen worden.
Jetzt war es fast still, nur die Glassplitter knirschten unter ihren Sohlen, und ab und zu stieg noch eine Rakete auf und entfaltete sich buntschillernd vor dem dunklen Himmel.
»Eine Überraschung zum neuen Jahr habe ich dir noch nicht verraten«, sagte Guido, als Valeria den Haustor-

schlüssel ins Schloß steckte. »Die nächsten zehn Tage, bis zum Ferienende, werden wir zusammen auf dem Monte Livata verbringen und schilaufen. Um zwölf Uhr hole ich dich ab, einverstanden?«

Weiße, Frische, Stille – beglückende Vorstellungen. Durch den Spalt, bevor das Tor zuschnappte, wünschten sie sich mit dem letzten Kuß zum ersten Mal: »Buon' anno nuovo!«

5

Die Monate bis zu Guidos Abreise vergingen für Valeria sehr schnell. Sie sahen sich täglich und verbrachten die knappe Freizeit, die ihnen Arbeit und Unterrichtsstunden im Institut übrigließen, zusammen.
Seitdem sie ihre Heiratspläne aufgeschoben hatten, war ihre Liebe leidenschaftlicher geworden und hatte den Schmelz der ersten Tage ihrer Begegnung zurückgewonnen.
Es war, als hätten sie sich eben erst entdeckt und müßten umeinander werben. Die Gefahr, den Partner durch ein verkehrtes Wort, eine falsche Geste verlieren zu können, wirkte so stimulierend, wie die Sicherheit ihrer Bindung vorher lähmend gewesen war. Dieser Schwebezustand, in dem alles möglich und nichts schon endgültig war, besaß einen ganz besonderen prickelnden Reiz.
Je näher der Abschiedstermin heranrückte, desto kostbarer, unersetzlicher erschien ihnen jeder Augenblick. Heirat hatte mit Liebe nichts zu tun, wie Guido behauptete, und das mußte wohl stimmen, fand Valeria, wenn bereits die bloße Aussicht auf die bevorstehende Eheschließung genügt hatte, ihre Empfindungen abzustumpfen und ihrer Beziehung Spannung und die Neugier auf den anderen zu nehmen. Sie wollten ja heiraten, das versicherten sie sich immer wieder, aber nicht überhastet, sondern erst, wenn ihre Gefühle so ausgereift

waren, daß ihnen auch die Monotonie des Ehelebens nichts mehr anhaben konnte.

Da ihre Heirat nun auf unbestimmte Zeit verschoben war und kein Muß sie mehr belastete, sprachen sie jetzt viel von ihrer ehelichen Zukunft und malten sich das gemeinsame Leben aus. Einmal besuchten sie auch das junge Künstlerehepaar in Trastevere, das mit Guido befreundet war, und dessen Ehe er wiederholt für seine eigene als Vorbild hingestellt hatte.

Das alte Stadtviertel Trastevere mit seinen winkligen Gassen, dem Kopfsteinpflaster, den in vielen Jahrhunderten dunkelbraun gegerbten Häuserfassaden, hinter denen nur das niedere Volk gewohnt hatte, war in den letzten Jahren bei der Edelboheme große Mode geworden. Es galt als schick, keinen Aufzug, keine Zentralheizung und kein ordentliches Badezimmer zu haben, statt dessen aber eine Dachterrasse, von der man über Hinterhöfe voller Wäscheleinen bis zur Kuppel der Peterskirche sehen konnte. Wer sich als Künstler eine malerische, baufällige, unbequeme Behausung in Trastevere leisten konnte, galt als arriviert.

»Kein renommierter Maler würde im Villenviertel Parioli wohnen wollen, wo du aufgewachsen bist«, sagte Guido, während sie die steile Treppe, die zur Wohnung seiner Freundin führte, erklommen.

»Warum denn? Wichtig ist doch nur, daß man ein guter Maler ist. Die häusliche Umgebung, ob gut oder schlecht, kann daran nichts ändern, sollte man meinen.«

»Wie man wohnt, ist immer Ausdruck einer bestimmten Mentalität«, gab er zurück, »und die Mentalität der Pariolileute ist die des satten Bürgertums, genauso blankgeputzt und frisch gebohnert wie ihre Türklinken und Parkettböden – für einen Künstler eine unmögliche Umwelt, absolut geisttötend und enervierend.« Er blieb auf dem Treppenabsatz stehen, um zu verschnaufen: »Außerdem muß man bedenken, daß der reiche Bourgeois, der ja die Kundschaft abgibt, bei einem Künstler eine ganz andere Umwelt als die eigene voraussetzt, und diese Vorstellung darf man nicht enttäuschen.«

Auf das Scheppern einer Kuhglocke, die die Klingel an der Wohnungstür ersetzte, öffnete ihnen eine junge Frau in einem mit Farbflecken bekleckten Kittel.

»Valeria – Rita«, stellte Guido sie vor. »Nachdem ich Valeria nun schon monatelang von euch erzählt habe, wollte sie euch unbedingt kennenlernen. Und Dino? Ist er in seinem Atelier bei der Arbeit?«

»Nein, er liegt im Bett, Grippe, aber schon fast vorbei. Geht hinauf, er wird sich freuen . . .«

Ein etwa dreijähriger Junge zog weinerlich an ihrem Kittel:

»Mama, Pipi!«

Rita schob ihn zerstreut zur Seite. »Bei ihm ist es wenigstens warm, wir haben dort einen Ofen. Ich komme gleich nach.«

Der obere Raum sah fast genauso aus wie der untere: an die Wände gelehnte Bilderstapel, leere Rahmen, Mappen; ein großer Tisch war mit Farbtuben, Fläschchen, Pinseln, Speiseresten und ungeleerten Aschenbechern übersät. Dino lag mit einem Halswickel auf einem niedrigen Lager. »Dieser verdammte Ofen! Bei Nordwind raucht er immer!« schimpfte er hustend.

»Was, ist er schon wieder ausgegangen?« fragte Rita, die hereingekommen war, und öffnete die Klappe. Rußig riechende Schwaden quollen ihr entgegen.

»Mama, Pipi . . .«, quengelte das Kind an ihrer Seite.

»Laß mich mal versuchen«, sagte Guido und öffnete den Rauchzug.

»Ja, danke.« Erleichtert hielt sie ihm den Schürhaken hin und wischte die verschmutzten Hände am Kittel ab. »Ich werde uns inzwischen Kaffee machen. Im Winter koche ich unser ganzes Essen auf diesem Primuskocher hier drinnen. Unsere Küche, wenn man sie so bezeichnen kann, befindet sich draußen, am Ende der Dachterrasse und ist so lausig kalt, daß das Wasser in der Leitung friert.«

»Mama, Pipi!«

»Soll ich den Kleinen auf die Toilette bringen?« erbot sich Valeria.

»Ach wo, er hat es bestimmt nicht nötig. Das sagt er nur immer, damit ich mich um ihn kümmern soll.« Dann wandte sie sich an das Kind. »Wenn du dich absichtlich naßmachst, hau ich dir eine runter. Basta!« Sie steckte ihm ein Stück Würfelzucker in den Mund.

»Und wie geht es mit eurer Arbeit?« fragte Guido, während sie um Dinos Lager stehend den Kaffee tranken.

»Saumäßig. Trotz der Inflation sitzen die Leute auf ihrem Geld, außerdem male ich gegenwärtig intuitiv abstrakt, für das breite Publikum völlig unverständlich. Trotzdem bereite ich eine Ausstellung vor; man muß sich der Öffentlichkeit immer wieder anbieten, auch wenn man am Ende meist draufzahlt. Für Rita ist es natürlich leichter. Sie hatte ein tolles Angebot, sie sollte in

Venedig einen ganzen Palazzo, den ein Amerikaner gekauft hat, restaurieren, alles Fresken von Tiepolo, stellt euch vor, aber sie hat absagen müssen, weil sie mich mit dem Kind hier nicht sitzenlassen konnte.«

»Ich hätte schon gekonnt, nur paßte es ihm nicht in den Kram«, korrigierte Rita scharf.

»Du wirst ein falsches Bild bekommen haben, heute hatten sie einen ausgesprochen schlechten Tag«, sagte Guido, als sie wieder auf der Straße waren. »Sonst geht es immer sehr lustig bei ihnen zu.«

Wie schlecht der schlechte Tag in einer Ehe aussah, konnte aufschlußreicher sein als alle Lustigkeit zusammen, dachte Valeria und versuchte sich zu entsinnen, ob es bei ihren Eltern auch schlechte Tage gegeben hatte. Wahrscheinlich schon. Wie hätte sonst die Ehe so schiefgehen können. Ihr und Valentina war allerdings nie etwas aufgefallen. Doch Kinder sind zu sehr mit sich selbst beschäftigt, als daß sie merkten, was in Erwachsenen vorgeht, und die besten Eltern sind für sie die, von denen sie nicht zuviel merken.

Einmal im Monat fuhr Valeria hinaus zur Villa del Fauno. Sie wußte selbst nicht, ob das einen Sinn hatte. Freute sich ihre Mutter über ihre Besuche? Sie bedankte sich zwar immer höflich für ihr Kommen, und zum Abschied trug sie ihr Grüße an alle auf, aber das wirkte wie angelernt. Nur diese Höflichkeitsfloskeln hatte sie in ihr jetziges Dasein herübergerettet, jede spontane Regung, jedes echte Gefühl war verschwunden. Nie stellte sie Fragen, als habe alles, was draußen geschah, jenseits der Mauer, die die Villa del Fauno umschloß, für sie keine Bedeutung mehr. Als sie eines Tages nachdenklich zögernd sagte: »Ja . . . und grüß bitte auch Valentinas Mann«, merkte Valeria, daß sie Sandros Namen vergessen hatte. Bei jedem Besuch erschien sie ihr unwirklicher, ferner. Manchmal hätte sie sie bei den Schultern packen und schütteln mögen: »Besinn dich doch, komm wieder raus hier!«

Ihren Vorsatz, mit dem Professor zu sprechen, um von ihm eine genaue Diagnose zu erfahren, gab sie schließlich auf. Was hätte er den Tatsachen hinzufügen können? Wer freiwillig in einer Irrenanstalt sein will, liefert selbst den überzeugendsten Beweis für seine Geisteskrankheit. Ihre Mutter hatte sich dem normalen Leben entzogen, und jetzt war sie eben ver – rückt.

Pünktlich jeden Monat erhielt Valeria den Scheck ihres Vaters. Er legte immer ein paar Zeilen bei: daß zu seinem großen Stolz ein Kunde von ihm sich äußerst lobend über ihre Arbeit ausgesprochen habe, und ob sie mit dem monatlichen Betrag tatsächlich auskommen könne, sonst sei er bereit, ihn zu erhöhen; der gegenwärtige Rückgang im Bauwesen mache sich auch in seinem Unternehmen stark bemerkbar, aber er würde ihr trotzdem jederzeit gern aushelfen.

Sie holte sich das Geld von der Bank, beantwortete aber seine Briefe nie. Ein kassierter Scheck war schließlich auch eine Antwort.

Es schien ihr, als denke sie jetzt kaum noch an ihre Eltern. Also hatte sie sie endgültig überwunden, es gab keinen Platz mehr für sie in ihrem Leben. Es überraschte sie, wie gut man ohne Eltern auskam, nachdem man die ganze Kindheit lang darauf dressiert worden war, ihnen eine übertriebene Wichtigkeit beizumessen. Auch auf die Schwierigkeiten und Nachteile ihrer eben errungenen Freiheit hätte sie auf keinen Fall verzichten wollen, redete sie sich ein, und dazu gehörten die ihr bisher unbekannten Geldsorgen.

Die beruflichen Aussichten, die sie nach dem ersten Auftrag so optimistisch beurteilt hatte, waren nach dem zweiten, den sie kurz danach ausführte, lange nicht mehr so rosig. Es handelte sich um eine Sammlung Stiche von Salvator Rosa, größtenteils stark beschädigt, die sie auffrischen und reparieren sollte, eine Arbeit, die weit langwieriger war, als sie geschätzt hatte. Es kostete viel Zeit, Feuchtigkeitsflecken auszubleichen, die von Mäusen angefressenen Ränder zu ersetzen, die Lochstickerei der Papierwürmer zu verkleistern.

Als sie die restaurierte Mappe endlich dem Besitzer zurückerstatten konnte, gab er ihr den Bescheid, mit der Bezahlung müsse sie sich bis zum Verkauf der Stiche gedulden.

»Das Geld wirst du nie sehen!« prophezeite Guido. »In unserem Beruf wird man immer wieder so reingelegt. Zieh wenigstens eine Lehre aus dieser Erfahrung: das Honorar immer vorher abmachen, möglichst schwarz auf weiß, eine Teilzahlung fordern und die fertige Arbeit erst abliefern, wenn man den Restbetrag in der Hand hat.«

Diese Ratschläge anzuwenden, hatte sie bisher keine Gelegenheit gehabt, denn auf den zweiten Auftrag waren keine anderen gefolgt – die Wirtschaftskrise machte sich eben auf jedem Gebiet bemerkbar. Alles wurde täglich teurer, und wenn sie von dem väterlichen Monatswechsel die Zimmermiete und die Ausgaben für Arbeitsmaterial und Verkehrsmittel abgezogen hatte, blieb eine Summe übrig, die ihr selten erlaubte, im »Da Maria« zu essen. Immer häufiger mußte sie sich begnügen, zwei Spiegeleier oder eine Suppe in der Küche der Arcangeli zu kochen (wofür ihr die Signora einen bescheidenen Zuschlag und viel Geduld abverlangte, da mit jedem Gericht auch die glorreiche Opernkarriere aufgewärmt wurde). Erst jetzt entdeckte sie, daß Wurst halb soviel kostet wie Schinken, daß Obst in Marktbuden billiger ist als im Geschäft, und daß sich Hackfleisch zwar nicht mit Kalbsfilet vergleichen läßt, aber genauso sättigend sein kann.

Sie wollte weder Guido auf der Tasche liegen, noch ihren Vater um einen Zuschuß bitten. Richtig zu hungern brauchte sie nicht, aber zuweilen bekam sie Sehnsucht nach einer richtigen Mahlzeit. Es konnte geschehen, daß ihre Besuche in der großmütterlichen Wohnung gerade zur Zeit des sonntäglichen Mittagessens stattfanden; und dann empfand sie den sorgfältig gedeckten Tisch, das Porzellan und das Silberbesteck noch wohltuender als die Speisen. Man mausert sich eben nicht so schnell vom Bourgeois zum Bohemien, versuchte sie sich zu rechtfertigen. Beim Abschied hatte ihre Großmutter dann gewöhnlich ein Päckchen für sie bereit.

»Tu mir doch den Gefallen und nimm diesen Bratenrest und das Stück Kuchen mit. Bei mir würden sie nur liegenbleiben . . .«

Wahrscheinlich durchschaute sie ihre Schwierigkeiten und hatte die Annahme des Geschenks taktvoll als Entgegenkommen Valerias hingestellt. Aus Dankbarkeit lud Valeria sie einmal zu einem Rundgang durch das In-

stitut ein, von der Schreinerwerkstatt im Erdgeschoß bis zum Freskensaal im obersten Stockwerk. In der archäologischen Abteilung stellte sie ihr Guido vor. Er zeigte sich von seiner charmantesten Seite, ganz der wohlerzogene junge Mann aus guter Familie, und erläuterte ihr eingehend, mit welcher Technik er gerade die Scherben einer römischen Glasvase zusammensetzte.
»Er ist gewiß ein intelligenter Mensch . . .«, bemerkte die alte Dame nachher bloß, und Valeria vermutete, daß ein einschränkendes Aber die nächsten Worte eingeleitet hätte. Auch Guidos leicht verletzbare Eitelkeit hatte bei ihr eine gewisse Reserviertheit gespürt.
»Gewogen und zu leicht befunden«, sagte er pikiert. »Aber das läßt sich ertragen; ich will ja auch nicht deine Großmutter heiraten.«
In den letzten Wochen vor seiner Abreise war es bereits Frühling. Ein paarmal schwänzten sie die Arbeitsstunden im Institut, um zusammen sein zu können. Es war, als müßten sie in aller Eile einen großen Vorrat gemeinsamer Erinnerungen anlegen. Der bevorstehende Abschied steigerte ihre Gefühle, und die rasch schwindende Zeit verlieh jeder Begegnung den Reiz des Unwiederbringlichen. Ein letztes Mal noch einen Spaziergang auf den Aventin, einen letzten Sonntagsbummel durch den Flohmarkt von Porta Portese, einmal noch auf der Terrasse der Engelsburg in der Sonne sitzen. In ihren Gesprächen übersprangen sie das Jahr der Trennung wie eine Kluft und waren schon wieder zusammen, schon wieder im Frühling.
Am Ostermontag begleitete Valeria Guido zum Flughafen.

»Bleib mir treu . . .«, flüsterte er ihr eindringlich zu bei der letzten Umarmung. Sie nickte wortlos und starrte ihm nach, bis er jenseits der Zollsperre verschwunden war. Im Bus, der sie in die Stadt zurückbrachte, schrieb sie in Gedanken bereits den ersten Brief an ihn. Durch einen Tränenschleier sah sie die violetten Blütenschauer, die der Schirokko von den Judasbäumen und Glyzinien schüttelte.

Am Abend rief er überraschend an.

»Ich mußte unbedingt deine Stimme hören! Du wirst lachen: Ich habe dir schon geschrieben . . .«

»Ich dir auch! Sag, wie ist es dort?«

»Keine Ahnung, ich habe noch nichts gesehen. Keine Lust. Du fehlst mir.«

»Du mir auch. Denkst du an mich?«

»An wen denn sonst?« Lachen. »Und du?«

»Ich auch . . .«

Jetzt wußte sie auf einmal mit ihrer Freizeit nichts mehr anzufangen. Sie stürzte sich mit ganzer Kraft auf das Studium, übernahm bereitwillig jede Arbeit und meldete sich mit erneutem Lerneifer zu allen Unterrichtskursen, die nur Wahlfächer waren. Als besondere Auszeichnung wurde sie von der Pompadour zeitweise einer Gruppe von Studenten des dritten Jahrganges zugewiesen, die auf dem Palatin arbeitete. Sie hatten im Haus der Livia, der Gemahlin des Kaisers Augustus, die berühmten Fresken zu überprüfen und Proben der durch Mikroorganismen hervorgerufenen Verfallserscheinungen zu sammeln.

Trotz der täglich zunehmenden Wärme draußen war es

in den feuchten Kammern eiskalt, und nachdem sie stundenlang modrige Kalkpartikel und schimmlige Farbsplitter mit dem Kratzmesser von den Wandmalereien in kleine Tüten geschabt hatte, damit man sie dann im Institut unter dem Mikroskop untersuchen konnte, mußte sie eine Pause einlegen. Zitternd stieg sie an die Oberfläche und wärmte sich wie eine Eidechse zwischen Lorbeersträuchern und Myrtenbüschen an dem besonnten Gemäuer der Ruinen, bis wieder Blut in ihre klammen Finger kam.

Abends, vor dem Schlafengehen, schrieb sie an Guido und erzählte ihm eingehend von den Ereignissen des Tages. Auch er schrieb ihr, weniger häufig allerdings und meistens sehr knapp, und wiewohl sie es sich nicht eingestehen mochte, fand sie seine Briefe enttäuschend, denn sie konnte sich aus ihnen kein richtiges Bild seines Lebens und seiner Umgebung machen. Er habe viel Arbeit, man müsse um vier Uhr morgens anfangen und gegen Mittag aufhören wegen der Hitze, den Rest des Tages könne man nur schweißgebadet auf dem Bett liegend verbringen. Sana, die Hauptstadt, sei ein mieses Nest. Kein Wort über seine Kollegen und die anderen Menschen, mit denen er zusammenkam, nichts über seine Unterkunft und ob und mit wem er sie teilte. Auch seine Sehnsucht nach ihr und seine Liebesbeteuerungen, die er auf Anfang und Ende der Briefe verteilte, wirkten, weil er immer dieselben Wendungen benutzte, allmählich nicht mehr überzeugend.

Vielleicht war er gehemmt, weil er sich schriftlich ausdrücken mußte, versuchte sie ihn zu entschuldigen. Oder die ungewohnten Lebensverhältnisse, das zermürbende Klima, die Plackerei mit den primitiven Hilfskräften setzten ihm sicherlich zu. Sie las in der Bibliothek des Instituts nach, was im Lexikon über den Jemen stand.

»... Jetzt weiß ich ein bißchen Bescheid. Sana liegt auf einer zweitausenddreihundert Meter hohen Hochebene, besitzt über fünfzig Moscheen, schöne Gebäude und ist besonders für seine herrlichen Gärten bekannt. Das Klima soll sehr gesund und auch im Sommer gut erträglich sein ...«

»Besten Dank für Deine Informationen. Seitdem Du mich belehrt hast, wie gesund das Klima hier ist, schwitze ich fast nicht mehr ...«, schrieb er zurück.

In dem nächsten Brief bat sie ihn um Verzeihung. »Ich wollte Dich nicht belehren, nur versuchen, mir Deine Umwelt vorzustellen ...«

Der Frühling ging vorüber, ohne daß sie es bewußt wahrnahm. Alles, was um sie herum geschah, schien sie nicht einzubeziehen, als sei sie die einzige Zuschauerin unter lauter Mitwirkenden.

In den Auslagen der führenden Modehäuser von der Piazza Barberini bis zur Via Condotti waren die neuen Sommermodelle zu sehen; im Hinblick auf die Wirtschaftskrise trug man dieses Jahr »arm«; zu jeder Gelegenheit kunstvoll verwaschene Jeansstoffe, Lappen, Flicken, Plunder, Patchwork, Kleider aus Ramsch, Abendroben, die wie uralte Ladenhüter aussahen. Aber teuer war alles.

Im Institut führten die Mädchen aus wohlhabenden Familien ihre kostspieligen Lumpen vor und sprachen davon, wo sie die bevorstehenden Sommerferien verbrin-

gen würden, und ob man dort den Tanga, einen Badeanzug, der nur noch aus drei winzigen Dreiecken bestand, tragen könne.
»Dazu muß man nach Frankreich fahren. In St. Tropez sind alle im Tanga, aber bei uns ist man noch so rückständig«, seufzten sie.
Außerhalb des Instituts und seines Stundenplans gab es für Valeria nur ziellose Einsamkeit; sie kam sich in dieser Stadt, in der sie geboren und aufgewachsen war, merkwürdig fremd, gleichsam ausgesetzt vor. Sie mied den gepflegten Wohnbezirk Parioli, wo ihr Elternhaus stand, aber auch zu den anderen Stätten, die ihr einmal vertraut gewesen waren, hatte sie keinen Zugang und keine Beziehung mehr. Die beiden Schulen, die sie besucht hatte, die Häuser ihrer Kindheitsfreunde und der Freunde ihrer Eltern, der Tennisplatz, Guidos ehemalige Wohnung waren wie verschlossene Tore, die sich nur ihrer flüchtigen Erinnerung öffneten. Sie wünschte sich nicht in diese Vergangenheit zurück, deren trügerische Beständigkeit jedes Bedauern über den Verlust hinfällig machte. Als sei sie auf einer Zwischenstation aufgehalten worden, schien sie untätig auf ein Abfahrtssignal zu warten, und wenn sie auch die Unnatürlichkeit dieses willenlosen Schwebezustands empfand, war sie doch erleichtert, keine Entscheidungen treffen zu müssen.
Mirella lud sie eines Sonntags ins Haus ihrer Familie zum Mittagessen ein.
»Meine Eltern erlauben mir nur, Mädchen einzuladen, und auch da sind sie noch mißtrauisch. Für sie sind alle hier aus dem Institut Kommunisten und rauschgiftsüch-

tig. Sag um Himmels willen nichts, was sie schockieren könnte!«
Sie wurde gleich nach ihrer Familie ausgefragt.
»Geschwister? Ja, eine ältere Schwester, die mit einem Architekten verheiratet ist. Mein Vater hat ein Bauunternehmen, stimmt, die Vanni Costruzioni auf der Via Aurelia. Nein, meine Mutter ist im Augenblick leider nicht zu Hause, sie macht eine Kur in einer Privatklinik, aber wir hoffen, daß sie bald gesund zu uns zurückkehren kann.«
»Das wünsche ich Ihnen von Herzen!« sagte Mirellas Mutter gefühlvoll. »Es ist schlimm, wenn die Hausfrau fehlt, und gerade in Ihrem Alter braucht man den mütterlichen Rat doch besonders!«
Valeria merkte, daß der Argwohn des schon bejahrten Paares zu schwinden begann. Gottlob kein Hippie, sondern gutbürgerlich, solide Familienverhältnisse, stand in ihren Augen.
Als sie bei Tisch einmal Ilario erwähnte, warf ihr Mirella einen entsetzt flehenden Blick zu, und sie wechselte verwirrt das Thema. Man sprach vom Papst:
»Der Heilige Vater hat es sehr schwer heutzutage, seine eigenen Leute verleugnen und verraten ihn«, warf die Mutter ein. »Nehmen Sie doch noch ein Schnitzel, es freut mich, daß Sie Appetit haben, Mirella will nie richtig essen, schon als Kind machte sie bei Tisch immer Schwierigkeiten . . .«
In ihrer Art gewiß rechtschaffene, wohlmeinende Menschen.
Am Schluß der Mahlzeit stand Mirella eilig auf. »Valeria will mit mir ins Kino, sie mag nicht allein gehen. Wir

werden uns einen alten Film mit Buster Keaton ansehen.«
Auf der Straße nahm sie Lippenstift und Wimperntusche aus der Handtasche und schminkte sich sorgfältig.
»Ich bin mit Ilario verabredet. Das mit dem Film war natürlich ein Vorwand, du nimmst es mir doch nicht übel, nicht wahr?«
»Nein, nein.« Die ganze Einladung war nur Mittel zum Zweck gewesen, erkannte Valeria, während sie allein nach Hause ging. Wenn einem keine Freiheit bewilligt wird, muß man sie sich nehmen, irgendwie, auch erlügen. Sie versuchte, die Freundin zu verstehen; aber ein zweites Mal würde sie sich nicht zu solchem Schwindel hergeben.
Auch die Lebensverhältnisse der beiden polnischen Flüchtlinge, Jaroslav und Johana, lernte sie kennen.
Das junge Paar hatte unentgeltlich bei einem alten Warschauer Unterkunft gefunden, der selbst mietfrei wohnte, denn ein Hilfsverband für die aus kommunistischen Ländern vertriebenen Katholiken hatte ihm in einem Haus – Kircheneigentum, gleich hinter dem Vatikan – zwei Zimmer zugewiesen. Er war eigentlich Nihilist, fluchte fürchterlich, ging aber jeden Sonntag in einem altmodischen schwarzen Anzug in die Messe, um, wie er sich ausdrückte, »bei meinem Hausherrn, dem lieben Gott, Eindruck zu schinden«.
Eines seiner Zimmer hatte er an seine Landsleute abgegeben. Dafür mußten sie saubermachen und ihm bei der Arbeit helfen. Er übertrug mit einem selbstentwickelten Verfahren die Fotos von Verstorbenen in Farbe auf Kunststofftäfelchen, die in Friedhöfen an Kreuzen und

Grabsteinen angebracht wurden. Den Kindern malte er kleine Flügel dazu, die Köpfe der Erwachsenen umgab er mit einem Goldschimmer, einer Art Glorienschein, was bei seinen Kunden den tröstlichen Eindruck erweckte, daß ihre Angehörigen wunschgemäß im Paradies Aufnahme gefunden hatten.

Mit Wäscheklammern festgemacht, trockneten an kreuz und quer durch beide Räume gespannten Leinen die Toten, während Jaroslav und Johana, flink und mager, geduckt darunter weghuschten. Sie kochten, wuschen, fegten, retuschierten. Von den Fenstern aus konnte man, jenseits einer hohen Mauer, in die Vatikanischen Gärten hinabsehen, wo der Papst, weiß und einsam, zuweilen spazierte.

Wenn Valeria zu ihnen kam, unterbrachen sie ihre Beschäftigung und boten ihr eine Tasse Nescafé an. Sie schienen sich über den Besuch zu freuen, und doch spürte man, daß diese Unterbrechungen ein Luxus waren, den sie sich nicht zu häufig leisten wollten. In seiner eisernen Selbstdisziplin und Zielstrebigkeit glich ihr Dasein dem in einem winzigen Kibbuz, dessen strenge Regeln keine frivolen Zerstreuungen gestatteten.

Valeria bewunderte den fleißigen Ernst der beiden, fand ihn aber zugleich etwas beklemmend, vielleicht, weil sie ihn an ihrer eigenen suchenden Ungewißheit maß. Deshalb hörte sie nach einiger Zeit mit diesen Besuchen auf.

Wenn sie Lust auf Geselligkeit verspürte, konnte sie jederzeit zu Manuel gehen. Der Peruaner hatte zusammen mit dem Sizilianer Alfio und mit Pia, die den archäologischen Kurs im Institut besuchte, eine Wohnung beim

Teatro Marcello, im ehemaligen Ghetto gemietet, die allen offen stand. Wer keine Bleibe hatte, durfte dort auch übernachten, falls er sich mit einer Decke begnügte und ihm der Fußboden als Lager nicht zu hart war. Die Einrichtung bestand ohnehin nur aus Strohmatten und Kissen, wie es die Indios in Peru gewöhnt waren, erklärte Manuel.

»Möbel sind eine Dekadenzerscheinung und in jeder Hinsicht ungesund. Alle alten Kulturvölker sitzen, essen und schlafen auf dem Boden, siehe Türken, Araber, Inder und so weiter.«

Es gab immer Sangrita und Maté zu trinken, Manuel tanzte Flamenco, und Pia hatte gelernt, ihn mit Kastagnetten zu begleiten. Die Wohnung war zu allen Zeiten voller Freunde, die ein und aus gingen, auf dem Boden saßen oder auch schliefen. Die Freunde wechselten gelegentlich, manche fuhren plötzlich ab oder verirrten sich woanders hin, wurden aber laufend durch andere ersetzt, die genauso aussahen, Sangrita und Maté tranken und die Gewohnheiten möbelloser Kulturvölker pflegten.

»Sie sind alle nett und harmlos«, schrieb Valeria an Guido, »und ich kann nicht verstehen, was die Polizei immer bei ihnen will. Vorgestern war wieder eine Durchsuchung, und wir mußten alle aufs Kommissariat. Am Abend kam dann einer sogar zur Arcangeli, um zu kontrollieren, ob ich meine Adresse richtig angegeben hatte, was mir natürlich peinlich war.«

Aus Furcht, die Polizei könnte das nächste Mal Erkundigungen auch bei ihrem Vater einholen, ging sie schließlich nicht mehr in Manuels Wohnung. Das fiel ihr nicht schwer, denn die Empfindung, in dieser Gesellschaft irgendwie fehl am Platze zu sein, hatte sie nie ganz verlassen.

Am wohlsten fühlte sie sich noch bei Piero und Luca, wo sie die schnurrende Siamkatze Melissa auf dem Schoß hielt, Musik hörte und ihren Gedanken nachhängen konnte.

».. . Sehr beruhigend für mich, Dich bei diesen warmen Brüdern sicher aufgehoben zu wissen, wo man Dich nicht verführen wird«, kommentierte Guido in einem Brief. »Ich kann mir vorstellen, wie es bei ihnen aussieht: alles geschmackvoll und hübsch gepflegt, Topfpflanzen, selbstgestickte Untersetzer, kalter Tee aus dem Eisschrank, ›Après midi d'un faune‹ aus der Stereoanlage, kein unflätiges Wort – Schwule sind überraschend prüde . . .«

Sein mokanter Ton irritierte sie; aber sie mußte zugeben, daß die Beschreibung stimmte.

Im Juni stellte sie die kleine schriftliche Arbeit zusammen, die am Ende jeden Studienjahres im Institut verlangt wurde. Sie hatte »Das Porträt in der altrömischen Malerei« gewählt und mußte sich große Mühe geben, Bildmaterial und wissenschaftliche Werke aufzutreiben, denn die meisten Museen waren wegen Personalmangels geschlossen, und die Angestellten der Bibliotheken streikten.

Professor Tieri war mit der Arbeit zufrieden, und seine Schwester, die Pompadour, bemerkte nur, die Chrysographien – Bildnisse auf Glas mit Goldgrund – hätten eine eingehendere Beachtung verdient.

Die Jahresabschlußprüfungen verliefen in allen Fächern

ohne Zwischenfälle, und im Juli wurde das Institut für die Sommerferien geschlossen.
Eine Woche verbrachte Valeria unschlüssig in der heißen Stadt, dann folgte sie der Aufforderung Valentinas, mit ihr, Sandro und dem Kleinen nach Sperlonga ans Meer zu fahren. Sie besaß nicht genug Geld, ein anderes Ziel zu wählen, und hätte auch keines gewußt.
In Sperlonga verbrachte sie den ganzen Tag am Strand, spielte mit ihrem Neffen, der jetzt schon krabbeln konnte, sprang, wenn es zu heiß wurde, ins Meer, aber meistens lag sie mit geschlossenen Augen im Sand, lauschte den Stimmen der Badenden und dachte an die Sommer ihrer Kindheit zurück, die, wie ihr schien, nicht sie, sondern jemand anderer erlebt hatte: Vater, Mutter, das zwischen Pinien verborgene Ferienhaus in Santa Marinella, sie und ihre Schwester, sorglos, ungefährdet in einer unantastbar sicheren Welt.
Im August geschah dann das Attentat in Brescia. Zwölf Tote.
»Diesmal werden sie ausnahmsweise nicht mich verantwortlich machen«, bemerkte Sandro. »Die Polizei weiß, daß ich seit drei Wochen am Strand sitze und mit meinem Sohn Sandkuchen backe.«
Er und Valentina stritten jetzt zuweilen, aber ohne Überzeugung, es war mehr ein müdes Geplänkel, als seien sie von der Hitze benommen und entkräftet.
»Nach den Ferien mußt du alles dransetzen, daß du in die Daedalus United hineinkommst. So wie bisher können wir auf keinen Fall weitermachen.«
»Denke nicht dran! Der Betrieb ist gegen alle meine Prinzipien. Und was würden sie mich dort auch tun las-

sen? Höchstens die Entwürfe der anderen kopieren. Außerdem lebt die ganze Organisation von amerikanischem Kapital, und ich bin mit meinem politischen Engagement und als Vorbestrafter für die sicherlich ein rotes Tuch.«

»Ich sehe durchaus kein Hindernis. Die werden dich liebend gern einstellen, wenn dein Vater seine Beziehungen spielen läßt. Soll er ruhig etwas für uns tun!«

»Ich bettle ihn nicht an wie du deinen!«

»So, ich bettle meinen Vater an? Glaubst du etwa, wir würden hier am Meer sitzen, wenn er mir nicht das Geld dazu gegeben hätte?«

Valeria lag im Sand und bemühte sich, nicht hinzuhören. Sie sah bunte Kringel hinter den geschlossenen Lidern. Dann versuchte sie Guidos Anblick zu beschwören, seinen schönen, gebräunten Körper, sein unbeschwertes Gelächter, seine animalische Dreistigkeit.

Seit einem Monat hatte sie keine Nachricht mehr von ihm. Sie wußte nicht, ob ihre Briefe ihn überhaupt erreicht hatten. Der Postverkehr war schon seit Wochen eingestellt. Vielleicht hatte er ihr noch vor dem Streik nach Rom geschrieben. In der Hoffnung, von ihm einen Brief vorzufinden, fuhr sie Mitte August in die Stadt.

Fast alle Geschäfte waren geschlossen; die leeren Straßen glichen ausgebluteten Adern; die weiten Plätze sahen grau und staubig im grellen Licht aus, und an allen Ecken türmten sich Abfallhaufen. Kleine Trupps verschwitzter Touristen quälten sich durch die brütend heißen Häuserschächte, flüchteten wie tagblinde Vögel ins Dunkel der Kirchen, tauchten die schmerzenden Füße in die Becken der Fontänen.

Die Arcangeli fächelte sich erschöpft. »Dieser Gestank! Die Straßenkehrer streiken, man weiß nicht mehr, wohin mit dem Müll . . . Ich bleibe nur wegen der Freiluftaufführungen in den Terme di Caracalla, aber auch die sind diesmal ein Skandal. Gestern die Mimi in der Bohème – sie hätte meine Großmutter sein können! Post für Sie? Ja, ein Einschreibebrief.«

Von ihrem Vater: ». . . ich schicke Dir die Schecks für Juli und August zusammen, denn im Hochsommer wirst Du nicht in der Stadt sein. Wenn Du Deine Ferien in Santa Marinella verleben willst, Du weißt, das Haus steht Dir immer zur Verfügung. Vielleicht kann ich mich an ein paar Wochenenden freimachen; bei dieser ewigen Streikerei darf ich mir nicht erlauben, Arbeitstage zu verlieren. Ich würde mich sehr freuen, Dich dort wiederzusehen, aber wahrscheinlich hast Du schon ein anderes und besseres Ferienziel . . .«

Sie beschloß zum erstenmal, Guido anzurufen. Es dauerte lange, bis die Verbindung hergestellt wurde.

»Signor Lucentini, bitte.«

»Ah, Guido«, antwortete eine Mädchenstimme. Er sei im Augenblick nicht da, sagte sie auf französisch; den Rest der Auskunft übertönten Geräusche, und dann brach die Verbindung ab.

Sie erreichte noch den letzten Abendzug nach Sperlonga.

Die Tage verstrichen zäh und träge. Vom Gesundheitsamt wurden am Strand Schilder aufgestellt, die Seebäder strengstens verboten, weil das Gewässer längs der Küste verschmutzt und gesundheitsgefährdend war. Die Sommergäste blieben. Den Prozentsatz Kolibazillen pro

Kubikmeter Meerwasser fanden sie weniger abschrekkend als die Hitze in der Stadt, und fast alle badeten trotzdem.

Die ersten Stürme schwemmten Plastiktüten, Kunststoffbehälter, Teerklumpen und Tang ans Ufer, aber die Luft wurde danach frischer, sauberer.

Valeria atmete auf. Jetzt sehnte sie sich voll Ungeduld danach, der beklemmenden Untätigkeit zu entfliehen.

Eine Woche vor Wiedereröffnung des Instituts fuhr sie zurück in die Stadt.

6

Piero und Luca hatten die Sommerferien an der Küste der Türkei verbracht. »Wunderbar, nicht zu beschreiben, und so spottbillig, und das Meer so sauber, wie man es sich hier nicht mehr vorstellen kann!«

Jaroslav und Johana hatten durch Vermittlung der Pompadour in Palermo die für ihre Kunstschätze berühmte Villa eines Barons restauriert. »Stuckplastiken von Serpotta und Wandmalereien eines Caravaggioschülers! Wir sind gut bezahlt worden, und der alte Baron war überaus liebenswürdig, er gestattete uns sogar, an seinem Privatstrand zu baden.«

Auch Okamoto war während der Ferien tätig gewesen, erzählte Ilario, der ihn in Siena, in der Pinakothek, mit einer Altartafel beschäftigt angetroffen hatte. Doch Okamoto, verschwiegen und wächsern bleich wie die Heiligen auf Goldgrund, denen seine Vorliebe galt, verriet nicht, wie er zu diesem Auftrag gekommen war.

Mirella hatte ihre Eltern begleiten müssen, die in Sorrent ein Haus besaßen, weshalb jeder Sommer dort verbracht wurde.

»Ich kann dieses Nest nicht mehr ausstehen! Es steckt voller Priester, Nonnen und Klatschbasen, die einem durch die Schlitze der Jalousien nachspionieren. Und immer dasselbe: Aufwartung beim Bischof, sonntags Messe, abends Andacht und Besuche bei langweiligen Bekannten, stundenlanges Getratsche . . . Ilario schrieb mir postlagernd, aber meine Eltern sind trotzdem dahintergekommen. Ein Riesenkrach, sie wollten mich sogar im Institut abmelden. Nur durch drei Tage Hungerstreik habe ich sie davon abgebracht.«

Jeder außer ihr, so kam es Valeria vor, hatte während der Ferien etwas erlebt, sogar die gelassene Genferin Colette konnte berichten, daß sie mit anderen Passagieren zwei Stunden auf dem Flugplatz in London von arabischen Terroristen als Geisel festgehalten worden war.

»Das würde ich gar nicht mehr erzählen, so gewöhnlich ist so was heutzutage«, bemerkte Piero blasiert, und Luca pflichtete ihm bei: »Ja, fast noch banaler als die Sache mit Manuel.«

»Warum, was ist mit ihm?« fragte Valeria.

»Das weißt du nicht?! Gab es denn da, wo du warst, keine Zeitungen?« Die Keßler-Zwillinge waren unverhohlen entzückt, eine Sensation loszuwerden. »Im Juli sind Manuel und Alfio auf der Piazza Navona dabei ertappt worden, wie sie einigen als Gammler verkleideten Polizisten Hasch verkaufen wollten. Beide natürlich verhaftet und ins Gefängnis gebracht – nach Regina Coeli.«

»Sie sind kahlgeschoren worden«, ergänzte Luca und schüttelte sich. »Kahlgeschoren wie richtige Sträflinge.«

»Und Pia? Wurde die Wohnung nicht durchsucht?«

»Sicher. Aber ergebnislos. Die drei wußten längst, daß die Polizei sie auf dem Kieker hatte. Und Pia hatte sich noch das Tollste geleistet: Sie hat erreicht, Manuel und Alfio besuchen zu dürfen, um ihnen einen Kuchen zu bringen, und wenig später tobten die beiden in ihren

Zellen – eine Überdosis Amphetamin oder so was Ähnliches. Ein Riesenskandal und Untersuchungskommissionen ohne Ende, Pia jedoch hat man nichts nachweisen können.«

»Und jetzt?«

»Manuel sitzt noch. Sein Anwalt versucht zu erreichen, daß man ihn nach Peru ausweist, wo Rauschgifthandel nicht so streng bestraft werden soll. Alfio konnte raus und macht jetzt eine Entziehungskur. Sein Vater ist in Sizilien ein hohes Tier, Präfekt oder Abgeordneter und hat die richtigen Verbindungen . . .«

Auch bei den Angestellten des Instituts gab es einige Veränderungen, und Valeria konnte an Guido schreiben, denn der Postverkehr funktionierte wieder einigermaßen: »Anscheinend hat man die Sommermonate ausgenützt, interne Angelegenheiten zu regeln, die einen zu befördern, andere auszubooten. Unser Chemieprofessor ist pensioniert worden; der neue behauptet, wir hätten bei dem alten nichts gelernt. Der eine Assistent, der mit Dir arbeitete, hat bei der Sopraintendenza von Venedig eine feste Stellung bekommen, und der andere (Franco?) soll bei der Pompadour in Ungnade gefallen sein, jedenfalls ist sein Stipendium nicht erneuert worden. Die beiden besten Fotografen sind, wie Filippo sagt, ›zur Konkurrenz‹ gegangen und arbeiten jetzt für die Restauratoren in Florenz . . .«

Sie schrieb ihm das alles nur, weil er sich brennend für diese Kulissenschiebereien zu interessieren schien, die sie nie ganz begriff, wie sehr sich Piero und Luca auch ereiferten, ihr die Zusammenhänge der Intrigen und Rankünen auseinanderzusetzen.

»... Der Herbst war diesmal lausig kalt und dazu andauernd Regen, gar nicht wie voriges Jahr, weißt Du noch? Oder kam mir der nur so warm und sonnig vor, weil Du da warst? Jetzt haben wir schon Mitte Oktober, und heute sind es genau sechs Monate, seit Du abgereist bist. Wann läuft Dein Vertrag für den Jemen ab? Schreib es mir, damit ich mich schon auf Deine Rückkehr freuen kann.«

Er ließ ihre Frage unbeantwortet.

Arbeit und Unterrichtsstunden kamen nur langsam wieder in Gang. Die Anwärter für die Aufnahmeprüfung zum nächsten dreijährigen Kurs standen allen im Wege. Sie baten um Rat und Auskunft, versuchten zu erfahren, ob man mit einer Empfehlung bessere Chancen habe und welche Marotten und Eigenheiten der Prüfer man sich merken und berücksichtigen solle.

Valeria versicherte denen, die sich an sie wandten, daß sie keine geheimen Tips zu vergeben hatte.

»Übt mit Wasserfarben schraffieren, kopiert in Bleistiftkonturen möglichst viele Gemälde und lernt einen Abriß italienischer Kunstgeschichte für das mündliche Examen – das ist alles.« Aber sie merkte, daß man ihr nicht glaubte: ihre Anweisungen klangen zu simpel, um Erfolg zu versprechen. Wahrscheinlich fand man sie auch hochnäsig; genauso waren ihr im vorigen Jahr die Studenten vorgekommen.

Während der Aufnahmeprüfung der Neuen und dem Abschlußexamen der Absolventen hatten die übrigen Ende Oktober eine Woche Ferien, und Valeria benützte die Zeit, sich nach einem Auftrag umzusehen, der ihr einen Verdienst verschaffen würde. Die gegenwärtige wirtschaftliche Situation war denkbar ungünstig, das war ihr klar. Sie erwog, ob sie den alten Richter, ihren ersten Auftraggeber, aufsuchen solle, doch seine Bekanntschaft mit ihrem Vater hielt sie davon ab. Ein Antiquitätenhändler aus der Via del Babuino bot ihr an, seine Sammlung von Exvoto-Bildern aufzufrischen. Sie besah sich diese gemalten Moritaten, die die Geretteten zum Dank ihren Dorfkirchen geweiht hatten – Fischer, mit berghohen Wellen kämpfend, von grellen Blitzen bedrohte Schäfer, aus brennenden Häusern fliehende Bauern und darüber in üppigen Voluten Spruchbänder, auf denen die Vorgänge erklärt wurden – und fand die primitiven Bildchen reichlich unter ihrer Würde. Deshalb lehnte sie bedenkenlos ab, als ihr Filippo, der Assistent des Direktors, ein verlockenderes Angebot machte. Der Auftraggeber sei sein persönlicher Freund und eine einflußreiche Persönlichkeit.

Rückblickend kam ihr dann diese ganze Episode mehr lächerlich als ärgerlich vor.

Filippo hatte die Verabredung für einen Abend abgemacht und sie selbst nach Frascati zu dem Industriellen gefahren, dessen Gemälde, angeblich zwei Guido Renis, sie restaurieren sollte. Die Bilder waren auch da, wiewohl die Vaterschaft, selbst in der intim gedämpften Beleuchtung, sogar ihrem noch ungeübtem Blick mehr als zweifelhaft erschien, und außerdem war ein junges Mädchen anwesend, eine Griechin, die sie aus der archäologischen Abteilung vom Sehen kannte. Die einflußreiche Persönlichkeit, ein älterer, aufgedunsener Mann, hatte sie mit einem zeremoniellen Handkuß begrüßt, dann aber gleich versucht, ihr vertraulich einen

Arm um die Schultern zu legen. Sie war ihm ausgewichen und hatte mit einem Blick den mit Kissen bedeckten Diwan und den für vier Personen gedeckten Tisch im Kerzenschimmer gestreift.
»Du brauchst mich nicht nach Hause zu fahren, ich werde den nächsten Zug nehmen«, hatte sie gesagt, schon die Türklinke in der Hand.
»Aber warum denn, warum?« Filippos Augen hatten schmerzliches Erstaunen ausgedrückt.
Sie kamen nie mehr auf diesen Vorfall zurück. Valeria überwand ihren Stolz, holte sich bei dem Antiquitätenhändler die Exvoto-Sammlung ab und kam während der Arbeit zu der Einsicht, daß diese Malereien in ihrer Art gar nicht so übel waren; zumindest waren sie echt. Nur ein paar Tage später fand sie dann die Stimmung und treuherzige Frömmigkeit der Bildchen in den Fresken des Benediktinerklosters wieder, das Ziel ihrer ersten »Mission« wurde.
Mission nannte man im Institut einen Auftrag, den kleine Gruppen von Studenten vom zweiten Kursjahr ab selbständig außerhalb von Rom ausführen durften. Diese erste Mission dauerte drei Wochen und war für Valeria eine reine Freude.
Jeden Morgen, noch vor Tagesanbruch, holten die Keßler-Zwillinge sie und Okamoto in ihrem kleinen Fiat ab; die anderen – Johana, Colette, Alfio (letzterer hatte die Entziehungskur beendet, seine Haarpracht war nachgewachsen, und er besuchte wieder regelmäßig das Institut) kamen in Ilarios Wagen. Mirella hatte von ihren Eltern nicht die Erlaubnis bekommen, sich so weit aus ihrer Obhut zu entfernen.

Man fuhr auf den nebligen, noch leeren Straßen bis zur Autobahn, dann nach Subiaco und von dort in die Berge. Das Kloster, eines der ältesten Italiens, war um die Felsgrotte entstanden, in der der heilige Benedikt im 5. Jahrhundert als Eremit gelebt hatte. Für den Zuschauer fast unsichtbar schmiegte es sich in die waldige Schlucht. Gänge, Treppchen, Zellen, Gewölbe und Kapellen verschachtelten sich tief bis ins Innere des Berges. Es war, als sei die ganze Architektur aus dem Stein herausgewachsen. Die dicht mit Legenden aus dem Leben des Heiligen bemalten Wände, Nischen, Decken waren wie ein Bilderbuch, das der Betrachter beim Umhergehen Seite für Seite umschlug.

Valeria verharrte stundenlang vor dem ihr zugeteilten Stück Wand, kratzte mit dem Skalpell die schadhaften Stellen aus und ergänzte mit hauchdünnen Pinselstrichen den fehlenden Zipfel an der Kutte des Heiligen, den Strahlenkranz der Madonna, die Patschhände des Jesuskindes, die Visionen und Wunder.

Manchmal ging sie in den zwischen Felswand und Gemäuer verborgenen kleinen Garten, wo der angeblich vom heiligen Franziskus auf einer Pilgerfahrt nach Rom gepflanzte Rosenstock noch ein paar regennasse Blüten trug. Sie empfand eine nie gekannte Seelenruhe, und die Stadt – fiebrig, verworren und ohrenbetäubend – war ihr so fern, daß sie erst daran zurückdachte, wenn man abends aufbrach.

Morgens, bevor sie die Arbeit begann, wohnte sie in der Kirche der Andacht bei. Sie wußte selbst nicht warum, denn Gott suchte sie dort nicht. Ihre religiöse Erziehung war recht äußerlich gewesen, ging nicht tiefer; als Kind

das Gebet vorm Einschlafen, meistens mit der Großmutter, die Eltern gingen damals viel aus (»Ich bin klein, mein Herz ist rein . . .«), nachher Katechismusunterricht bis zur ersten heiligen Kommunion (»Ich will auch ein langes Kleid wie die anderen!«), und dann, als sie von der klösterlichen Schule auf das staatliche Gymnasium gekommen war, hatte sie, zu ihrer Erleichterung, auch sonntags nicht mehr zur Messe zu gehen brauchen.
Die Andacht in der von mattem Kerzenschimmer kaum erhellten Kirche der Benediktinermönche übte zusammen mit dem Geruch von brennendem Wachs, den Weihrauchwolken und dem durch die gotischen Bögen schwingenden Orgelspiel einen seltsam verführerischen Zauber auf sie aus.
Die anderen machten sich über sie lustig, und Ilario sagte:
»Valeria hält es wie Beato Angelico, der jeden Morgen betend niederkniete, bevor er den lieben Gott an seine Klosterwände malte.«
Die Restaurierung der Fresken wurde in den letzten Novembertagen abgeschlossen. Doch die Benediktinerpatres forderten die kleine Gruppe auf, am ersten Adventssonntag noch einmal zu kommen, um die vollendete Arbeit mit einem Festessen zu feiern.
Wie üblich holten Piero und Luca morgens Valeria und Okamoto ab. Es hatte die ganze Nacht geregnet, und auch jetzt nieselte es weiter, als könne es gar nicht mehr aufhören zu regnen. Die Straßenlampen hingen schmutzigen Gestirnen gleich im Nebel, und als sie die Autobahn erreichten, schien das Grau des Asphalts und der Felder unmittelbar ins Grau des tiefhängenden

Himmels überzugehen. Es gab kaum Verkehr; dieser Sonntag verlockte nicht zu Ausflügen. Im Wagen war es warm, das Surren des Motors und die Scheibenwischer, die wie Metronome die Zeit zu zerhacken schienen, wirkten einschläfernd. Niemand hatte Lust zu sprechen. Nur Piero, der am Steuer saß, sagte einmal: »In dem Chrysler da vorn sitzt ein Irrer oder ein Betrunkener.«

Der Regen hatte aufgehört. Sie hielten an einer Autobahngaststätte und tranken Kaffee. Das belebte ein wenig.

»Hoffentlich setzen uns die Himmelsfähnriche etwas Ordentliches vor, ich habe bereits Hunger«, sagte Luca, als sie weiterfuhren. Jetzt waren sie schon auf der Bergstraße, in der Nähe von Subiaco.

»Das werden sie sicher. In Klöstern ißt man immer ausgezeichnet. Was haben die denn sonst vom Leben, wenn nicht das Essen?« Piero beugte sich plötzlich vor und starrte angespannt in den Nebel.

»Da ist er wieder, der Idiot!«

»Wer?« fragte Valeria.

»Der Amerikaner von vorhin! Seht euch das an, wie der fährt!«

Sie erkannte gerade noch, daß der blaue Wagen vor ihnen jetzt mit erhöhter Geschwindigkeit auf den Eingang eines Tunnels zuschoß. Dann hörte man den Aufprall.

»Dio mio!« schrie Piero. Der kleine Fiat fuhr unter seinen zitternden Händen eine kurze Strecke im Zickzack und kam hart am Straßenrand zum Stehen. Sie liefen alle vier auf den verunglückten Wagen zu. Die Tür neben dem Fahrersitz war aufgesprungen, und fast in der Mitte der Fahrbahn lag der herausgeschleuderte Körper eines Mannes.

»Ist er tot?« fragte Luca wimmernd mit abgewandtem Gesicht.

»Ich glaube nicht. Aber vielleicht verwundet«, antwortete Valeria leise.

Sie beugten sich über ihn und sahen in weit aufgerissene hellblaue Augen, die so blicklos starrten, daß Piero über den Verwundeten sprach, als könne der nicht mithören:

»Eine Gehirnerschütterung hat er bestimmt abgekriegt, vielleicht auch etwas an der Wirbelsäule, wie er so daliegt. Verletzte darf man auf keinen Fall bewegen. Wir müssen einen Krankenwagen rufen. An der Autobahnausfahrt habe ich ein Telefon gesehen, ich fahre schnell zurück.«

Luca klammerte sich an seinen Arm: »Wart, ich komme mit!« Sie entfernten sich im Trab.

Okamoto bückte sich und hob eine Brille am Straßenrand auf; er wischte die Erdspuren ab und legte sie auf den Fahrersitz.

Befangen beugte sich Valeria wieder über den Verunglückten; der starre Blick schien sich in sie hineinzubohren wie ein verzweifelter Hilferuf. Sie versuchte sich zu erinnern, was sie einmal flüchtig in einer Zeitschrift gelesen hatte:

»Bei Unfällen erleiden die Betroffenen einen Schock, die Körpertemperatur sinkt schlagartig, panische Angst und ein Gefühl äußerster Verlassenheit überkommen sie . . .« Welchen Beistand ein Laie in solcher Situation leisten sollte, war ihr entfallen – man liest derartige An-

weisungen ja nie mit Aufmerksamkeit –, nur daß man den Verunglückten möglichst warm halten und auf keinen Fall allein lassen durfte, dessen glaubte sie sich zu entsinnen.
»Hol die Decke auf dem Rücksitz und sieh, ob du seinen Kofferraum aufkriegst und das rote Dreieck findest . . .« Dann wies sie Okamoto an, das Warnsignal in der vorgeschriebenen Entfernung am Straßenrand aufzustellen, damit vorbeikommende Wagen rechtzeitig bremsen konnten. »Bleib lieber dort stehen, dann kannst du Auskunft geben.«
Sie breitete die Wolldecke vorsichtig über den Verunglückten. Nach der anfänglichen Starrheit wirkte er jetzt, obwohl er kein Glied bewegte, hektisch und ratlos: seine Gesichtsmuskeln zuckten, und sein Blick verfolgte unruhig ihre Bewegungen. Angst stand in seinen Augen, Verlassenheit, Ohnmacht, aber vor allem Angst, Todesangst. Sein Atem ging kurz und schnell, leise keuchend. Was sollte sie tun? Sie kniete bei ihm nieder, löste behutsam den Knoten der Krawatte und knöpfte den Hemdkragen auf, dabei streifte sie den Hals – die Haut war feucht und kalt, und darunter spürte sie das fliegende, wie gejagte Pochen der Schlagader. Auf seiner Stirn stand Schweiß. Unwillkürlich fuhr sie mit der Hand darüber bis zu dem schütteren Haaransatz. Sie empfand dabei eine Mischung aus Mitleid und Widerwillen. Seine Augen mit der großen Angst darin starrten hilflos zu ihr auf. Da schob sie einen Arm unter die Decke und faßte seine Hand. Die feuchten Finger umklammerten sofort krampfhaft die ihren, gleichzeitig bewegten sich seine Lippen, mühsam, als hätten sie ver-

lernt, Worte zu formen. Valeria neigte den Kopf so tief hinunter, daß sie seinen Atem in warmen Stößen auf ihrem Gesicht spürte.
»Stay . . . don't go . . .«
»Ich bin ja hier, ich bleibe!« Sie war froh, daß er etwas gesagt hatte, daß sie etwas sagen konnte; da hatte man gleich Boden unter den Füßen.
»Ich bleibe«, wiederholte sie, um den sprachlichen Kontakt möglichst zu verlängern. »Und bald kommt Hilfe, nur noch ein bißchen Geduld. Sie werden sehen, es ist bestimmt nicht so schlimm . . .« Nicht so schlimm? Sie wußte selbst nicht, was sie damit meinte. Redensarten, die man so hinspricht. Der Wagen war jedenfalls hin, soviel sah man.
Sie hob den Kopf und lauschte. Warum dauerte es so lange, bis Hilfe kam? Wahrscheinlich waren an Sonntagen weniger Kräfte eingesetzt. Es gab ja auch keinen Verkehr, nicht auf dieser Bergstraße jedenfalls. Der Verunglückte stöhnte leise. Wer weiß, was er hier, in dieser abgelegenen Gegend, gewollt hatte. Ein Ausflug bei diesem Wetter? Ausgeschlossen. Vielleicht eine Verabredung? Und jetzt wartete jemand irgendwo auf ihn.
Mein Gott, dauerte das lange! Der Nebel hüllte sie ein, auch Okamoto am Straßenrand war nicht mehr zu erkennen. Jetzt begann es wieder zu regnen – ganz leicht nur, als regne es nebligen Dunst. Mit der freien Hand zog sie einen Zipfel ihres Lodenumhangs über den Kopf des Mannes. Sein Gesicht war nun unsichtbar in dem dunklen Zelt. Sie fühlte, wie seine Finger unter der Decke noch immer ihre Hand umkrallten, kalt und feucht. Sich zu bewegen, wagte sie nicht, obwohl es ihr

schwerfiel, ihre Stellung beizubehalten. Kaum war es ihr noch möglich, einen klaren Gedanken zu fassen. Der Kies preßte sich schmerzhaft in ihre Knie; Rücken, Schultern und Nacken waren steif. Gleich würde sie es nicht mehr aushalten, noch ein Augenblick und dann ... Die Nässe sammelte sich auf ihrem Haar und rann in kleinen Rinnsalen über ihr Gesicht.

Doch gerade als sie überzeugt war, sie könne es nun wirklich keine Sekunde länger ertragen, begann auf einmal jedes Körpergefühl abzustumpfen. Schmerz, Erschöpfung, Kälte – sie waren verschwunden. Vielleicht war dieser Schwebezustand in völliger Unempfindlichkeit das, was die Mönche durch Kasteiungen erreichten, dachte sie verwundert.

Piero und Luca kamen zusammen mit dem Polizeiwagen zurück, und kurz danach folgten die Ambulanz und der Abschleppdienst. Die Kollegen mußten Valeria beim Aufstehen helfen; und da sich die Hand des Verunglückten nicht von ihrer lösen wollte, sagte sie schnell:

»Ich begleite ihn noch bis zum Krankenhaus, das habe ich ihm schon versprochen.«

Eine kurze Untersuchung, dann wurde er auf die Tragbahre gelegt und in den Krankenwagen geschoben. Sie setzte sich daneben, auf die schmale Bank zwischen dem Arzt und dem Sanitäter. Die Fahrt bis zum Krankenhaus von Subiaco dauerte nur wenige Minuten.

»Die Personalien des Eingelieferten«, sagte die Ordensschwester in der Anmeldung und erkundigte sich: »Sind Sie eine Verwandte?«

»Nein. Ich habe seine Dokumente nicht . . .« Als sie sich umwandte, verschwand die Tragbahre gerade hinter einer Milchglastür. Sie setzte sich wartend auf einen Stuhl im Flur, unter einer Gipsstatue der Lourdes-Madonna. Eine halbe Stunde später kamen die anderen.
»Wir haben der Polizei Auskunft geben müssen – alles, was wir über den Unfall wußten«, berichtete Luca mit Wichtigkeit.
»Sein Mantel war im Wagen mit Führerschein und Paß«, ergänzte Piero. »Er ist Amerikaner, aus Boston, einundfünfzig Jahre alt und lebt seit fünf Jahren in Rom. Er hat auch einen Presseausweis der Associated Press. Sein Name ist merkwürdig . . .«
»Gilchrist«, sagte Okamoto.
»Stimmt: Gilchrist, Martin. Er war todsicher betrunken.«
»Nein!« widersprach Valeria. »Das hätte man an seinem Atem merken müssen!«
Piero lachte. »Du mußt es ja wissen, so intensiv wie du dich mit ihm abgegeben hast! Bei unserer Rückkehr saht ihr von weitem aus wie die Pietà in der Peterskirche. Er wollte dich gar nicht mehr loslassen.«
Als sich die Glastür öffnete und der Arzt in den Flur trat, gingen sie alle auf ihn zu.
»Keine ernsthafte Verletzung, soweit man nach der ersten Untersuchung feststellen kann. Eine Rippenquetschung und eine schwere Gehirnerschütterung. Jetzt wird er geröntgt; vorsichtshalber behalten wir ihn ein paar Tage hier.«
Sie kamen noch rechtzeitig zum Mittagessen im großen Refektorium bei den Benediktinern. Es gab Pasta, Ka-

ninchenbraten, Huhn, Kuchen und zum Schluß den von den Mönchen hergestellten berühmten Likör.
»Hab' ich's nicht gesagt, in Klöstern ißt man am besten!« verkündete Piero; vom Wein und dem reichlich genossenen Likör war er ein wenig beschwipst. Er und Luca hatten ihren großen Tag, erzählten den anderen vier mehrmals eingehend von dem Unfall, und bei den Wiederholungen bauschten sie die einzelnen Vorgänge immer mehr auf (»Strömender Regen . . . Der Amerikaner brüllte vor Schmerzen . . . Eine Blutlache auf dem Asphalt . . .«), als seien Valeria und Okamoto nicht auch dabeigewesen.
»Und Valeria hättet ihr sehen sollen! Der barmherzige Samariter und Florence Nightingale in einer Person.«
Man lachte – guten Gewissens. Es war ja alles halbwegs glimpflich abgelaufen.
»Hoffentlich kriegen wir bald wieder eine Mission. Macht doch viel mehr Spaß, als die öde Arbeit im Institut. Ich habe gehört, Maselli verhandelt gerade wegen Restaurierungen in Assisi.«
Erst bei Dunkelwerden fuhren sie nach Rom zurück.
Vor dem Einschlafen schrieb Valeria an Guido:
». . . Amerikaner, ziemlich alt, aus Boston, typisch New England, Du kennst ja den Typ, Princeton University, Anzug von Brooks Brothers, sein Hemd hatte sogar einen button-down collar!« Guido würde sich ohnehin mokieren, da kam sie ihm am besten zuvor.
Der nächste Tag, Montag, fing gut an. Professor Tieri begutachtete lobend ihre erste, vollkommen selbständig für das Institut ausgeführte Restaurierung (»Johannes der Täufer« von Livio Agresti, einem mittelmäßigen

Manieristen des Cinquecento, aber immerhin ...). Und er ging erfreulich weiter, als sich der Antiquitätenhändler mit den Exvoto-Bildern mit einem neuen Auftrag meldete.

Zur Feier des Tages lud sie Piero und Luca ins »Da Maria« zum Abendessen ein. Es war schön, Freunde mit selbstverdientem Geld einladen zu können, und die Keßler-Zwillinge waren ihre besten Freunde. Gut gelaunt aßen sie die vom Kellner Vincenzo empfohlene Minestrone, und die Stimmung wurde noch animierter, als sich nachher andere Leute vom Institut an ihren Tisch setzten.

Piero und Luca fanden eine neue Zuhörerschaft für das gestrige Erlebnis, und Filippo seufzte:

»Ich würde sofort einen Autounfall riskieren, um mich von Valeria ins Leben zurückküssen zu lassen!«

Da überkam sie ein plötzliches Schuldgefühl, als habe sie ein Versprechen vergessen. Mit einer Entschuldigung stand sie auf, ging zum Münzfernsprecher neben der Theke und suchte die Nummer des Krankenhauses von Subiaco aus dem Telefonbuch.

Die Schwester, die sich meldete, wiederholte unsicher:

»Signor Gilchrist ...« Nein, den Namen kannte sie nicht, aber wenn damit der Amerikaner gemeint war, den man gestern eingeliefert hatte, ja, der sei noch da. Wie es ihm ginge? Moment mal, sie müsse sich da bei der Stationsschwester erkundigen. Valeria las beim Warten die Etiketten der Weinflaschen hinter der Theke: Bardolino, Soave, Vernaccia, Orvieto, Salaparuta ...

»L'americano schläft jetzt, er hat eine Spritze bekommen. Die Röntgenaufnahmen haben keine weiteren

Verletzungen ergeben, man wird ihn wohl bald entlassen können. Sind Sie die Signorina, die ihn gestern herbegleitet hat? Er hat mehrmals nach Ihnen gefragt, hat die Stationsschwester gesagt, aber sie konnte ihm keine Auskunft geben.«
Valeria ließ Namen und Telefonnummer zurück. Es kam ihr vor, als habe sie eine Verpflichtung übernommen, und der wollte sie sich nicht entziehen. Aber sie wünschte sich keinen Anruf von ihm und war erleichtert, als auch keiner kam.

Die wenigen Wochen bis zu Weihnachten vergingen rasch. Es traf sich gut, daß der neue Auftrag genug Geld für ein paar Geschenke einbrachte. Guido sandte ihr einen weißen Burnus, ein willkommenes Kleidungsstück, denn: »Meinen alten Mantel hatte ich wirklich über«, schrieb sie ihm, »außerdem sind Burnusse gerade diesen Winter große Mode, in allen Kaufhäusern hängen stangenweise Imitationen. Meiner ist natürlich ganz was anderes und so echt, daß er noch nach morgenländischen Ziegen riecht . . .«
Heiligabend verbrachte sie bei ihrer Schwester. Der kleine Neffe konnte jetzt schon laufen und versuchte immer wieder nach den Kerzen und Glaskugeln des Christbaums zu greifen.
»Weihnachtsbaum paßt zu uns wie die Faust aufs Auge«, bemerkte Sandro.
»Wir haben immer einen gehabt als Kinder«, widersprach Valentina. »Irgendwie muß man Weihnachten doch feiern!«
»Warum muß? Es ist längst an der Zeit, mit dieser My-

stik aufzuräumen, bei der keiner mehr was empfindet. Die Religion sind wir endlich losgeworden, weshalb wollen wir ihre Attrappen beibehalten? Diese ganze Gefühlsduselei ist doch nur ein Geschäft!«

Aber auch das »Geschäft« war in diesem Jahr stark im Rückgang; die Poststreiks boten einen willkommenen Vorwand, keine Weihnachtswünsche abzuschicken, und wegen der Inflation geduldeten sich die Kauflustigen bis Ende Januar, wenn die Ausverkäufe begannen, und die Erdölkrise lieferte der stark verschuldeten Stadtverwaltung eine triftige Begründung, die übliche festliche Beleuchtung der Innenstadt einzusparen.

Den zweiten Weihnachtstag verlebte Valeria mit ihrer Großmutter.

»Gestern war dein Vater hier. Wir haben zusammen in der Basilica di San Paolo ein Orgelkonzert gehört, Monteverdi und Bach, mit ganz vortrefflichen Interpreten. Er hat dieses Päckchen hier für dich zurückgelassen.«

In dem Päckchen war ein goldenes Kettchen mit einem Malachitherzen und ein kurzer Brief: »Paßt Grün noch immer zu Deinen Augen? Ich war heute wieder bei Mama, und sie meinte, die Kette müsse Dir gut stehen. Innige Wünsche zum Fest von uns beiden . . .«

Ihre Mutter hatte nie erwähnt, daß er sie besuchte. Worüber sprachen sie wohl?

Am zweiten Weihnachtstag fand wie gewöhnlich die erste Aufführung der Saison in der Staatsoper statt; diesmal war es »Mignon«, und am nächsten Morgen sang die Arcangeli beim Saubermachen alle Arien durch. Das Klingeln des Telefons unterbrach sie, und gleich danach klopfte sie an Valerias Tür.

»Es ist jemand am Telefon für Sie, der gleiche, der in den letzten Tagen ein paarmal angerufen hat, als Sie nicht da waren . . .«
»Miß Vanni?«
Sie erkannte die Stimme des Amerikaners sofort wieder.
»Ja. Wie geht es Ihnen?«
»Gut jetzt, danke. Es hat eine Weile gedauert, seit vorgestern bin ich erst wieder in Rom. Man wollte mich viel früher entlassen, aber dann habe ich eine Venenentzündung bekommen und mußte noch zwei Wochen liegen.«
»Oh, das tut mir leid!«
»Nicht weiter schlimm, nur etwas langweilig. Die Pflege in dem Krankenhaus war jedenfalls ausgezeichnet . . .« Er machte ein kleine Pause. »Ich wollte mich bei Ihnen bedanken, Sie waren . . .«
Fast unfreundlich unterbrach sie ihn: »Ich habe nichts weiter für Sie tun können, wirklich nichts.«
»Doch, doch«, widersprach er, und zögernd setzte er hinzu: »Wenn Sie einen Augenblick Zeit haben, es würde mir Freude machen, Sie wiederzusehen . . .«
Die imitierte Empireuhr im Salotto der Arcangeli schlug zehn. In einer Stunde wollte sie sich mit Piero und Luca treffen, weil sie einen Ausflug nach Castel Gandolfo verabredet hatten. Bis dahin hatte sie den Amerikaner sicherlich hinter sich gebracht; was hatten sie sich groß zu sagen?
Die American Snackbar auf dem Corso, schlug sie vor, die war ihm bestimmt ein Begriff. Wer zuerst ankam, wartete.
Als sie aus dem Bus sprang, stand er schon vor der Glas-

tür und kam ihr rasch ein paar Schritte entgegen. Er sah anders aus, als sie ihn im Gedächtnis behalten hatte – auf dem Fahrdamm liegend war er ihr nicht so groß vorgekommen, so mager und schlaksig, auch der Blick seiner blauen Augen hinter den Brillengläsern wirkte jetzt fremd. Wie unglaublich, daß sie diese Stirn, diese blondgrauen Haare gestreichelt hatte! Die Erinnerung an die Intimität ihrer ersten Begegnung machte sie plötzlich verlegen. Nur die besonderen Umstände hatten sie damals dazu veranlaßt – so wie man mit dem eigenen Atem einen Ertrunkenen wiederzubeleben versucht; später, wenn er gerettet war, würde man ihn bestimmt nicht küssen, rechtfertigte sie sich. Und als müsse sie ihre wiedergewonnene Distanz betonen, entzog sie ihm hastig die Hand nach einem kurzen Begrüßungsdruck.
Er sah sie wortlos und lächelnd an. Seine Befangenheit ließ sie sofort die eigene Verwirrung überwinden. Sie wies zur Glastür.
»Wenn wir einen Augenblick hineingehen wollen ... Ich habe nicht viel Zeit.«
Die Snackbar war wie immer zu dieser Tageszeit sehr voll. Sie drängten sich zur Theke durch. Der Barmann streifte sie mit einem ungeduldigen Blick. »Erst zur Kasse, bitte.«
»Für mich einen Vermouth«, bat Valeria, seiner Frage zuvorkommend. Sie mochte Vermouth nicht besonders, es war ihr nur als erstes eingefallen. Sie beobachtete die lange Schlange vor der Kasse und sah, daß der Amerikaner nur langsam vorrückte. Diese ganze Begegnung war irgendwie peinlich, fand sie, da machte so ein Zeitverlust nichts aus, im Gegenteil. Als er dann endlich kam, tru-

gen sie ihre Getränke nach hinten, wo noch ein freier Stehtisch war.

»Es freut mich sehr, daß Sie den Unfall so gut überstanden haben, Mr. Gilchrist«, sagte sie förmlich. »Sie hatten wirklich Glück.«

»Ja, das glaube ich auch.« Ein Lächeln huschte über seine Züge. »Gilchrist ist übrigens mein Vorname.«

»Oh, verzeihen Sie, ich dachte, der sei Martin . . .«

Er nickte. »Ist ja auch viel naheliegender, allen Leuten passiert diese Verwechslung. Gilchrist klingt verstiegen, es war der Mädchenname meiner Mutter, sie gehörte einer in Boston sehr bekannten Familie an, und da hat man mich wohl so getauft, damit ich auch etwas von dem Glanz abbekommen sollte. Noch dazu ist Martin mit den verschiedensten Abwandlungen angeblich auf der ganzen Welt der häufigste Nachname. Meine Eltern haben vielleicht gehofft, daß mir wenigstens der ausgefallene Vorname eine individuelle Note verleihen würde.«

»Offenbar hatten sie recht – Peter oder John wären ein mageres Gesprächsthema verglichen mit Gilchrist«, gab sie zu. Der Presseausweis, den Piero gesehen hatte, fiel ihr ein. »Sind Sie Journalist?« fragte sie, mehr um die Konversation in Gang zu halten als aus Neugier.

»Seitdem ich in Rom lebe, arbeite ich bei der Associated Press, aber nur ein paar Stunden täglich, meist nachts und nebenberuflich. Eigentlich bin ich Schriftsteller.«

Was sie ihn fragen wollte, mußte ihm so geläufig sein wie die Verwechslung seines Namens, denn er setzte gleich hinzu: »Keine Romane, sondern Essays, kritische Abhandlungen . . .«

»Worüber zum Beispiel?«
»Hauptsächlich Literatur.«
Bücher über Bücher, so sieht er auch aus. Nochmals schien er ihre Gedanken zu lesen, denn er vervollständigte lächelnd: »Der typische Intellektuelle, an egghead, ein Eierkopf, wie man bei uns sagt.« Er fuhr sich unwillkürlich über die Stirn, und wieder mußte sie daran denken, wie sie seinen Kopf gestreichelt und unter ihrem schützenden Umhang verborgen hatte. Ein gestreichelter Eierkopf – Guido hätte Lachkrämpfe bekommen.
Sie sah auf die Uhr. »Ich muß jetzt gehen. Ich habe eine Verabredung.«
»Ja, natürlich«, bestätigte er verwirrt.
»Es hat mich gefreut, Sie wiederzusehen, Mr. Martin«, sagte sie draußen vor der Glastür.
»Ich wollte Ihnen noch danken . . .«
»Oh, das haben Sie doch schon vorhin, am Telefon«, unterbrach sie ihn, »ich habe wirklich nichts weiter für Sie getan, wirklich nichts.«
Sie winkte ihm zum Abschied nur zu und lief dem Bus entgegen, der gerade um die Ecke bog.

7

Das neue Jahr begann gedämpft und lustlos. Es gab nicht die übliche Knallerei in der Silvesternacht, denn nach den blutigen Attentaten der letzten Monate war jetzt bei der geringsten Explosion sofort ein Polizeistreifenwagen zur Stelle, und ein übermütiger Lärmmacher konnte als politisch Verdächtiger im Kittchen landen. Auch alter Hausrat wurde nicht aus den Fenstern geworfen, man hätte sich den neuen teuren nicht anschaffen können und war daher vorsichtiger geworden. Nachtlokale und Tanzsäle wurden kaum besucht; die Preise nahmen den meisten Leuten die Lust, und wer genug Geld besaß, fand es ratsamer, nicht aufzufallen.

Die sehr Reichen verhielten sich besonders diskret: Als einzigen Luxus hatten sie sich eine Leibwache zugelegt und ihre Angehörigen ins Ausland geschickt, um sich vor Entführungen und Lösegeldzahlungen zu bewahren.

Im Fernsehen hielt am Neujahrstag der Präsident der Republik eine den Umständen angemessene Ansprache. Die meisten seiner Landsleute schalteten daher irritiert auf das zweite Programm um, wo es Tanzmusik gab. Inflation, Erdölkrise, Produktionsrückgang, drohender Rücktritt der Regierung, Umsturzgefahr – man hatte die Nase voll, und zu alldem hatte ja jeder noch seine ganz privaten Sorgen.

»Für die Arcangeli war es ein ganz übler Jahresanfang«,

schrieb Valeria an Guido. »Der Handlungsreisende, der in dem Zimmer neben meinem wohnte, ist seit einigen Wochen verschwunden, und schließlich hat sie sein Türschloß aufbrechen lassen. Alle seine Sachen weg, drei Monate ist er schuldig geblieben, und vielleicht hatte sie ihm auch Geld geliehen, ihrer Empörung nach zu urteilen. Die Arme, sie hofft wohl noch immer, einen Mann zu finden, und hatte sich in ihn verliebt, obwohl er nicht sang. Erst wollte sie ihn anzeigen, dann hat sie es sich überlegt und hat statt dessen Okamotos und meine Miete um fünftausend monatlich erhöht. Wo ich schon so kaum mit dem Geld auskomme! Meinen Vater nun doch um einen Zuschuß bitten zu müssen, wäre mir zu unangenehm gewesen, so bin ich in das Zimmer des flüchtigen Reisenden umgezogen, das ist kleiner und kostet deshalb weniger als mein bisheriges. Du wirst ja bald zurück sein, und dann hat diese Zwischenlösung ohnehin ein Ende . . .«

Den genauen Endtermin seines Auftrags im Jemen könne er noch nicht angeben, schrieb er zurück, und was die Zukunft anbetreffe, gebe es natürlich verschiedenerlei Probleme, doch sei es unnütz, die jetzt schon brieflich anzuschneiden, das erledige man dann besser mündlich. »Ich kann es gar nicht erwarten, Dich endlich wieder zu umarmen!« Dieser letzte Satz klang etwas zu gezwungen, nach einer Pflichtübung und als solle sie, falls sie etwas beunruhigt war, beschwichtigt werden. Gleich darauf schalt sie sich, daß sie in seine Briefe immer mehr hineinlas, als er wahrscheinlich meinte. Ja, besser mündlich.

Der Unterricht im Institut wurde bereits am zweiten Januar, nach einer kurzen Ansprache des Direktors, wieder aufgenommen.
»In der gegenwärtigen kritischen Situation ist es die Pflicht eines jeden . . .«, äffte Ilario die Sprechweise Masellis nach und brach mit einem Gähnen ab: »Aaaah, ich habe den ganzen Laden satt!«
Auch Valeria empfand Unlust und Müdigkeit, aber das war üblich im zweiten Jahr, wie sie wußte. »Der Reiz des Neuen ist weg, vom Abschluß ist man noch weit entfernt, da macht man so eine Art Krise durch. Die übersteht man.«
Sie waren in einem Raum des dritten Stocks mit einem Altarflügel beschäftigt.
»Und das soll Schule des Tizian sein, behauptet Tieri! Ich nehme ihm das bestimmt nicht ab!« Ilario kratzte eine Ecke aus, wo Feuchtigkeit die Farbe aufgeworfen hatte, und strich eine Stuckschicht über die leere Stelle. »Mit Expertisen verdient man massenhaft Geld, ohne sich anzustrengen – noch dazu wird größtenteils Blödsinn verzapft.« Er seufzte. »Ich habe mir schon überlegt, ob ich nicht lieber den ganzen Kram hier aufgebe und nach Florenz zurückgehe. Aber bei meinen Eltern wohnen müssen, hält mich ab.«
»Und Mirella?«
»Ach, die . . . Hauptsächlich ihretwegen will ich ja weg. Ihre Eifersucht ist geradezu krankhaft, schlimmer, als wären wir verheiratet!«
Beim Hinausgehen stieß Valeria an der Tür mit Mirella zusammen; sie fing einen argwöhnischen Blick auf. In der Eingangshalle traf sie Piero und Luca, die auf sie ge-

wartet hatten, zappelnd vor Ungeduld, um ihr brühwarm mitzuteilen, daß ihnen die Pompadour einen großartigen Auftrag verschafft hatte.

»Halt dich fest: Wir sollen das ganze erste Stockwerk vom Palazzo Branzi restaurieren, in dem ein exklusiver Herrenklub eröffnet wird! Fresken von Salviati und Sopraporten von Dughet! Da wir mindestens zu dritt sein müssen, haben wir dich vorgeschlagen, und die Pompadour ist einverstanden . . .«

»Sie hat uns schon hunderttausend als Vorschuß gegeben«, unterbrach Luca aufgeregt, »und sie wird auch die Handwerker vom Institut hinschicken, um die Gerüste aufzubauen, obwohl es ein Privatauftrag ist, aber wir kriegen alles von ihr, Leitern und so weiter. Nett, nicht wahr?«

»Mehr als nett«, sagte Valeria. Die Pompadour hatte von Anfang an eine Vorliebe für die Keßler-Zwillinge gezeigt. Vielleicht weckte der feminine Charme der beiden die verschüttete Mütterlichkeit in der sonst so herrischen und sarkastisch kühlen Frau.

Noch am gleichen Nachmittag besichtigten sie die Fluchten schöner Renaissancesäle im Palazzo Branzi; jeder Saal war mit einem mythologischen Motiv dekoriert und danach benannt.

»Dieser ist der schönste, er heißt ›Urteil des Paris‹«, erklärte Piero. »Einstmals war er Audienzsaal des Prinzen Branzi, und jetzt werden hier Parteibonzen und Manager zusammenkommen, um sich unanständige Witze erzählen und noch unanständigere Geschäfte abschließen zu können.«

Am nächsten Morgen schon sollten sie mit der Arbeit

beginnen. Bevor sie auseinandergingen, tranken sie in der Bar an der Ecke eine Flasche italienischen Sekt auf ihre Partnerschaft, wechselten den Vorschuß und teilten ihn auf. Die Restaurierung der neun Säle würde nicht vor Pfingsten abgeschlossen sein; solange war sie also ihre Geldsorgen los – gut, daß sie nicht gleich bei ihrem Vater zu Kreuze gekrochen war, dachte Valeria erleichtert. Sie war sehr mit sich zufrieden.

Es begann zu regnen, und sie hatte keinen Schirm bei sich, aber in ihrer frohen Stimmung empfand sie das Wasser, das über ihr vom Sekt erhitztes Gesicht rann, wie eine willkommene Erfrischung.

Jetzt, kurz vor Geschäftsschluß, waren die Straßen voller Fußgänger, und wie immer, wenn es regnete, stauten sich in der Innenstadt die Autoschlangen. Vor einer Buchhandlung, auf der auf einem altmodischen Schild »Anglo-American Bookshop« und darunter in kleineren Lettern Miß Helen Primrose stand, wurde sie von einer Touristengruppe aufgehalten; sie blieb wartend vor dem Schaufenster stehen. Einer plötzlichen Eingebung folgend, betrat sie den Laden.

Ein dicker Cocker unter dem Tisch kläffte verärgert, seine Besitzerin sah hoch und über den Rand ihrer Brille hinweg zur Tür. Abweisend und mit stark englischem Akzent sagte sie:

»Es ist fast Ladenschluß . . .«

»Ich weiß. Ich gehe auch gleich wieder und wollte nur wissen: Haben Sie etwas von Gilchrist Martin? Irgendwas, ich kenne nichts von ihm.«

Die Miene der ältlichen Buchhändlerin hellte sich auf. Eifrig kam sie hinter dem Ladentisch hervor. »Vorrätig habe ich im Augenblick nur wenig von Mr. Martin. Die frühen Werke sind vergriffen ...« Sie blätterte einen Katalog auf und reichte ihn Valeria. »Entschuldigen Sie mich einen Augenblick, ich will nur draußen den Rolladen vor dem Schaufenster herunterlassen. Nehmen Sie sich Zeit!«

Als sie zurückkam, fragte sie: »Haben Sie etwas gefunden? Bücher, die noch im Handel sind, kann ich Ihnen aus New York bestellen.«

»Oh, danke«, wehrte Valeria ungeduldig ab, »geben Sie mir irgendeines, das Sie gerade da haben.«

Miß Primrose griff zwei Bücher aus einem Regal, ein großes, in Leinen gebundenes, »New England's Poets. A Critical Study«, und ein Taschenbuch, »A Bostonian Childhood«.

Valeria schob den dicken Band beiseite, der recht teuer aussah. »Dieses Taschenbuch bitte.«

»Ja, das ist entzückend, eines meiner Lieblingsbücher!« sagte das alte Fräulein lebhaft.

»Danke, Sie brauchen es nicht einzuwickeln ... Sie kennen wohl Mr. Martin persönlich?«

»O ja, seitdem er, kurz nach dem Krieg, zum erstenmal nach Rom kam, damals, als er ›Manierismus und Symbolismus‹ schrieb, ein grundlegendes Werk, Sie haben bestimmt davon gehört ...«

»Nein, nein«, sagte Valeria rasch. Sie wollte gehen, aber es war nicht so leicht, Miß Primrose von diesem Thema abzubringen. Eierkopf hatte offenbar einen Stein im Brett bei ihr.

»Mr. Martin kommt sonst mindestens einmal wöchentlich in meinen Laden, nur die letzten zwei Monate hat

er sich nicht blicken lassen. Ich nehme an, daß er von seinem neuen Werk, ›Thanatos, der Todeswunsch in der modernen Dichtung‹, in Anspruch genommen ist . . .«
»Ich glaube, es hat aufgehört zu regnen«, unterbrach Valeria sie. »Und ich habe Sie wirklich schon sehr lange aufgehalten!«

Es hatte nicht aufgehört zu regnen, und sie kam klitschnaß nach Hause. Am nächsten Morgen, einem Sonntag, stand sie trotz starker Halsschmerzen auf, weil sie Valentina versprochen hatte, an einer Demonstration teilzunehmen.
»Du darfst dich nicht drücken; die Legalisierung der Abtreibung geht uns alle an!« Valeria hatte dazu nur genickt; sie vermutete, daß Valentina nur auf Sandros Betreiben hinging und sich am liebsten selbst gedrückt hätte.
Der Demonstrationszug sollte von der Piazza Cavour aus zum Petersplatz gehen und sich dort demonstrativ aufstellen, damit der Papst, der wie jeden Sonntag Punkt zwölf an seinem Fenster erscheinen würde, um die Gläubigen zu segnen, ihn nicht übersah.
Die beiden Schwestern gesellten sich zu der spärlichen Schar, die sie auf der Piazza Cavour antrafen. Mehrere Frauen hatten ihre kleinen Kinder mitgebracht, auch Valentina ihren Sohn (»Sandro mußte weg und konnte nicht auf ihn aufpassen«), einige trugen Schilder, und eine hatte sich ein Plakat vorgebunden: »Über meinen Bauch bestimme ich!«
Die meisten sahen verlegen aus und blickten ratsuchend auf die Anführerin, eine ältere Frau mit einem intelli-

genten Pferdegesicht. Da niemand mehr hinzukam, zuckelte das Trüppchen los.

»Ich dachte, es würden viel mehr kommen«, sagte Valeria und nahm ihren Neffen hoch, der nicht laufen wollte.

Valentina zuckte die Achseln. »Ach, weißt du, reiche Frauen haben kein Interesse daran, daß die Abtreibung legalisiert wird, denn die können nach England fliegen und dort die Schwangerschaft abbrechen lassen, und die armen haben keine Zeit für Umzüge – bei all den Kindern . . .« Die Fußgänger blieben stehen und sahen ihnen nach, verwundert und belustigt, die älteren offensichtlich schockiert.

»Kennst du das Gebet der modernen Katholikin?« fragte ein Mädchen, das neben Valeria ging. »›Heilige Muttergottes, die du empfingst, ohne zu sündigen, o laß mich sündigen, ohne zu empfangen!‹«

Auf dem Petersplatz staute sich die übliche sonntägliche Menschenansammlung – Pilgerscharen, Touristen, Spaziergänger, Ordensgeistliche – und wartete auf das Erscheinen des Papstes.

»Hierher, unter den Obelisk, da sieht man uns von den päpstlichen Gemächern am besten!« befahl die Anführerin, und die kleine Frauenschar drängelte sich zu ihr durch das Gewühl. »Und Schilder hochhalten, wenn er rauskommt!«

Es war, als tauchten sie unter in diesem Menschenmeer. Eine Gruppe spanischer Nonnen machte ihnen bereitwillig Platz und lächelte verständnislos.

»Que lindos los niños!« zwitscherten sie und streichelten die Kinderköpfe.

In der strengen Fassade des päpstlichen Palastes wurde ein Fenster geöffnet und die rotgoldene Drapierung herausgehängt, dann erschien in dem Rechteck hoch oben die weißgekleidete Gestalt, winzig und fern. Begrüßendes Händeklatschen und Rufen lief wie ein kurzer Schauer über den weiten Platz, und dann tropfte die brüchige, müde Stimme von den Lautsprechern auf den Menschenteppich:

»Figlioli miei amati, meine geliebten Kinder . . .«

Valentinas Sohn begann laut zu weinen, und wie auf Verabredung zwängten sich die beiden Schwestern in Richtung der Kolonnade durch die dichtgedrängte Menge. Jenseits der hohen Säulen setzten sie sich aufatmend in ein Café.

»Du, glaubst du, das hat einen Sinn, ich meine solche Demonstrationszüge?«

»Ich weiß nicht«, sagte Valentina müde.

»Ich habe eine Statistik gelesen, danach bleibt die Bevölkerungszahl auf der Erde konstant, wenn jedes Paar nicht mehr als drei Kinder hat. Das müßte doch möglich sein.«

»Nur wenn Frauen und Männer abwechselnd gebären würden«, entgegnete Valentina, und da Valeria sie verständnislos ansah, erklärte sie: »Erstes Kind die Frau; zweites der Mann; für das dritte ist wieder die Frau an der Reihe, und damit wäre dann Schluß. Kein Mann würde noch einmal in diese Verlegenheit geraten.« Sie leerte hastig ihre Espressotasse. »Ich muß gehen. Mittagessen zubereiten.« Als sie dem Kleinen den Kaffeelöffel wegnahm, protestierte er greinend. Sie hob ihn seufzend hoch: »Er ist so schwierig geworden!«

»Er bräuchte einen Bruder oder eine Schwester«, sagte Valeria zerstreut.
Ihre Halsschmerzen waren stärker geworden, sie bekam Schüttelfrost, und den Rest des Sonntags verbrachte sie im Bett. Eine alltägliche Grippe, und doch eine ganz neue Erfahrung. Sie war noch nie allein krank gewesen, und allein war es so anders: Kein Mensch, der ins Zimmer kam und fragte: »Willst du dies oder das, hast du die Tabletten genommen? Der Arzt kommt später noch einmal vorbei, deck dich schön zu, zum Abendessen bringe ich dir Hühnerbrühe . . .«
Sie starrte zum Fenster hinaus, das ein Stück grauen Winterhimmel einrahmte, und lauschte auf die Geräusche im Haus. Die Arcangeli war wie meistens sonntags zu einer Verwandten gegangen, Okamoto hingegen blieb an Feiertagen zu Hause, aber er bewegte sich so leise, daß man kaum etwas von ihm merkte; dafür machte der neue Mieter nebenan um so mehr Lärm. Zum Leidwesen der Arcangeli wieder ein Handelsreisender – die waren eben dichter gesät als die Opernsänger. Er ging zwischen seinem Zimmer und dem Bad pfeifend hin und her; anscheinend bereitete er sich zum Ausgehen vor. Endlich verhallten seine Schritte im Flur, und die Haustür schnappte zu.
Sie zählte ihre Pulsschläge. Neunzig. Also hatte sie Fieber. Einen Augenblick lang tat sie sich leid. Hier lag sie allein und krank und konnte noch kränker werden, ohne daß jemand davon wußte. Wen hätte sie jetzt bei sich haben mögen, fragte sie sich. Guido? Nein, als Krankenpfleger eine absurde Vorstellung. Jeder Mensch, auch der liebste, ist eben nur beschränkt zu gebrauchen. Ihren

Vater hätte sie nicht gewollt aus Stolz und ihre Großmutter nicht aus Rücksicht. Nicht Valentina, die mit dem eigenen Leben kaum zu Rande kam. Nicht ihre aller Realität entrückte Mutter. Piero und Luca waren beide Hypochonder und hatten ein – Grauen vor Bazillen ... Ihre Gedanken verschwammen in einer Müdigkeit, die sich wie Nebel über ihr Gehirn legte.
Als sie aufwachte, war es finster. Es mußte kurz vor Mitternacht sein, denn im Fernseher kamen eben die letzten Nachrichten. Sie fühlte sich erfrischt und hungrig. Wahrscheinlich war sie doch nicht so arg krank, und das enttäuschte sie fast. In der Küche machte sie sich ein Käsebrot und aß es langsam im Bett. Sie hatte wahrscheinlich kein Fieber mehr, und die Halsschmerzen waren fast weg. Nur eine unbestimmte Traurigkeit war geblieben und umspann ihre Empfindungen mit einem Schleier. Sie konnte nicht sofort wieder einschlafen. So langte sie sich das am Sonnabend gekaufte Taschenbuch vom Tisch und blätterte darin.
Auf der Rückseite des Einbands befand sich ein Foto des Autors mit einem kurzen Lebenslauf. Universitätsstudium in Princeton – genau wie sie vermutet hatte. Sein erstes Buch war vor über dreißig Jahren erschienen, ein Band Gedichte, »Verkehrsinseln«. Was sollte man sich unter diesem Titel vorstellen? Seine Doktorarbeit über die Dichter Neuenglands wurde »a classic of literary criticism« genannt. Dann eine Lücke – der Krieg – bis 1946, als seine Bostoner Kindheitserinnerungen erschienen. Er hatte im Pazifik gekämpft und nachher in Korea: drei Auszeichnungen und die Beförderung zum Major. Merkwürdig, das hätte sie ihm nicht zugetraut. Major

Egghead. Sie betrachtete das Foto, aber der ernste, zurückhaltende Blick hinter den Brillengläsern gab keinen Aufschluß. Sie schlug die erste Seite auf. Unter der Widmung »For Margaret« (Wer war das? Seine Frau?) stand etwas aus einem Gedicht von T. S. Eliot:
»Heimat ist, wovon man ausgeht. Wenn wir älter werden, wird die Welt immer fremder, verworrener das Gefüge von Totem und Lebendigem . . .«
Gähnend begann sie zu lesen. Noch ein Käsebrot? dachte sie flüchtig. Doch sie mochte nicht wieder in die kalte Küche gehen und las weiter. Die Arcangeli schaltete den Fernseher aus und ging zu Bett. Der Reisende kam eine Stunde später zurück und zog sich nebenan geräuschvoll aus. Die Spülung im Badezimmer rauschte, und dann wurde es ganz still.
Seite um Seite folgte sie dem unbekannten kleinen Jungen durch das Land seiner Kindheit, durch die Ängste, Zauber, Wunder und Entdeckungen seines erwachenden Bewußtseins. Margaret war seine Schwester, stellte sie mit einer Erleichterung fest, für die sie keinen Grund angeben konnte. Ferien in dem großen Haus der angesehenen Großeltern mütterlicherseits, der Gilchrist, und das alltägliche Dasein in der bescheidenen väterlichen Wohnung – eine puritanisch strenge Erziehung und dennoch sehnsüchtiges Erinnern an diese Welt, in der man Gut und Böse so genau zu trennen wußte.

Valeria rief am übernächsten Abend bei Associated Press an.
»Gil, that's for you!« hollerte die Stimme, die ihr geantwortet hatte. Gil – das klang schon besser.

Wartend lauschte sie dem Gewirr von Geräuschen, das durch die Hörmuschel zu ihr drang – Wortfetzen, Telefongeklingel, das Ticken der Fernschreiber –, aber in ihrer Vorstellung sah sie eine Zeitungsredaktion wie in den alten amerikanischen Filmen: Männer mit grünen Augenschirmen, die Hemdsärmel von Gummibändern hochgehalten.

Als er sich meldete, sagte sie einfach: »Gil, ich bin es, Valeria.«

Auch seine Stimme klang diesmal viel gelöster, er lachte, als sie ihm sagte, daß sie eine Verehrerin von ihm, das alte Fräulein vom Anglo-American Bookshop, kennengelernt habe, und daß sie ihm selbst zweihundertfünfzig Seiten nähergekommen sei durch seine Kindheitserinnerungen. Ob er Lust habe, das Istituto del restauro zu sehen (»O ja, sehr gern!«), am besten sei es vormittags, wenn das keine Störung seiner Arbeitszeit bedeutete (»Nein, gar nicht!«).

Er erschien pünktlich am nächsten Morgen, ging mit ihr durch das ganze Gebäude, ließ sich alle Arbeitsphasen erklären, und als er der zufällig eintretenden Pompadour vorgestellt wurde, ergab sich, daß sie sein Werk über die italienischen Dichter des Barocks kannte, »das ich sehr schätze«, wie sie betonte.

Valeria fühlte sich gleichsam in ihre Kindheit zurückversetzt, als ihr Vater zum Jahresabschluß in ihre Schule kam, um der Theateraufführung beizuwohnen, und er achtungsvoll von der Vorsteherin begrüßt wurde. Sie fand diese Parallele spaßig, und um den Spaß noch zu verlängern, forderte sie ihn auf, auch die inzwischen be-

gonnenen Restaurierungen im Palazzo Branzi zu besichtigen.
Die Keßler-Zwillinge zeigten unverhohlene Überraschung.
»Piero und Luca«, stellte sie vor. »Sie waren bei dem Unfall ebenfalls dabei.«
»O ja, ja«, sagte er, aber man merkte ihm an, daß er sich nicht an sie erinnerte. Er schaute geduldig zu, wie sie auf den Gerüsten balancierten, reichte ihnen die Farbtöpfe hoch, hob hinuntergefallene Wischlappen auf, rührte den Kleister auf dem kleinen Kocher an. Als sie die Arbeit abbrachen, schlug er vor, gemeinsam Abendbrot zu essen.
»Wo ihr wollt. Ich freue mich, wenn ihr mir Gesellschaft leistet. Meistens muß ich allein essen.«
Auf Valerias Vorschlag gingen sie ins »Da Maria«. Am nächsten Tag murrte Luca: »Daß dir aber auch nichts anderes einfällt! Warum hast du ihn nicht auf irgendein schickes Restaurant hingewiesen? Er verdient bestimmt reichlich, und außerdem verdankt er es uns, daß er noch lebt. Da draußen, mitten auf der Straße, wäre er vom nächsten Wagen plattgewalzt worden.«
Piero sagte großzügig: »Er ist ganz nett und für einen alten Mann auch erstaunlich aufgeschlossen.«
»Alter Mann! Fünfzig ist schließlich nicht so alt!« entgegnete Valeria.
»Einundfünfzig«, korrigierte Piero.
»Und wenn schon! Bestimmt kann man sich mit ihm besser unterhalten als mit euch!«
»Mein Gott, wer hat denn was gesagt?« protestierte Piero beleidigt.

Der Januar war kalt und verregnet, und Anfang Februar schneite es sogar.

»Ein paar Stunden lang«, schrieb Valeria an Guido, »war alles wunderschön weiß, das Kolosseum eine Riesentorte mit Zuckerguß, und die Kinder haben die Schule geschwänzt . . .«

Mit Gil hatte sie sich mittags vor dem Institut getroffen; sie waren durch die lange Allee der Marmorbüsten im Park der Villa Borghese geschlendert, und sie hatte mit einem Stecken den Dichtern und Denkern die Schneemützen abgeschlagen. Dies jedoch schrieb sie Guido nicht; er hätte es albern gefunden, und das war es wohl auch. Alles, was Gil betraf, übersprang sie in ihren Briefen, nicht weil sie etwas zu verschweigen hatte, wie sie sich sagte, aber weil es wirklich nicht weiter wichtig war. Unwichtig, kein Zweifel. Es überraschte sie selbst, als ihr bewußt wurde, daß sie sich seit ihrem Anruf jeden Tag getroffen hatten. Trotz dieser Regelmäßigkeit hatten ihre Begegnungen eine gewisse Zufälligkeit bewahrt. Jede konnte genausogut die letzte sein, beide schienen sie diese Möglichkeit als selbstverständlich hinzunehmen, und nur wenn sie auseinandergingen, hatten sie plötzlich einen Vorschlag für den nächsten Tag bereit.

Man bot vorsichtig und wie beiläufig dem anderen kleine Stücke aus seinem Lebensbereich an und drang genauso behutsam und scheinbar zufällig in die Umwelt des anderen ein. Er holte sie nach dem Unterricht vom Institut ab oder begleitete sie zur Arbeit im Palazzo Branzi; einmal, als er drei Karten für ein Konzert in der amerikanischen Botschaft hatte, nahm sie ihre Groß-

mutter mit, und es stellte sich heraus, daß sich die beiden schon aus einer Vorlesung von ihm kannten.
Sie hatte ihn mit ihren Freunden vom Institut bekannt gemacht und mit den Stammkunden vom »Da Maria« und von der Asso-Bar, und er hatte sie in die Redaktion der Associated Press geführt und seinen Kollegen vorgestellt, sie waren mit seinem Freund Clifford und dessen Frau Nina ausgegangen, hatten in der kleinen Trattoria »Da Gigetto« in der Via Margutta gegessen, in der er wie viele ausländische Korrespondenten verkehrte, und natürlich hatten sie zusammen die alte Buchhändlerin, Miß Primrose, aufgesucht und sie ein paarmal nach Ladenschluß bei Babington auf der Piazza di Spagna zum Tee eingeladen: ein Gewirk aus Gesichtern, Orten und Gewohnheiten, in das sie sich nach einem Monat unmerklich gegenseitig eingewoben hatten.
Gil konnte gut zuhören, er war nicht aufdringlich, und bestimmt war er völlig ungefährlich, sagte sie sich. Ungefährlich – damit meinte sie, daß es ihr nichts ausgemacht hätte, ihn schon vom nächsten Tag ab nicht mehr wiederzusehen. Wenn sie sich trotzdem wiedersahen, so nur, weil es keinen Grund gab, es nicht zu tun.
Er schien lieber zuzuhören als selbst zu sprechen; was er sagte, war nie banal, aber es kam ihr auch nicht überraschend oder besonders originell vor – sie kannte geistreichere Leute, Guido zum Beispiel oder Ilario mit seiner scharfen Zunge –, er war bestimmt nicht aufregend, doch irgendwie hatte sie sich an ihn gewöhnt. An jemanden, den man täglich sieht, gewöhnt man sich schließlich, auch wenn er einem ziemlich gleichgültig ist.
»Nur bis Guido zurückkommt«, sagte sie zu Valentina,

»und dann werde ich sowieso keine Zeit mehr für ihn haben.«

Nach Santa Marinella fuhren sie an einem Sonntag Ende Februar. Den Keßler-Zwillingen war das nicht recht gewesen.

»Den Feiertag wollten wir ausnützen, um mit der Arbeit im Palazzo Branzi vorwärtszukommen. Die Pompadour hat schon gemeckert, daß es nicht schneller geht. Und außerdem: Traust du dich, mit ihm zu fahren? Nach dem Unfall . . .«

»Ihr könnt auch einmal ohne mich arbeiten«, hatte sie entgegnet. »Und warum sollte ich mich nicht trauen? Wenn jeder, der einen Unfall gehabt hat, nicht mehr fahren würde, könnte die Autoindustrie sofort einpakken.«

Gil fuhr durchaus sicher und vorsichtig, stellte sie fest, während sie durch die Windschutzscheibe auf die winterlich kahle Campagna blickte. Sein Wagen war neu; den alten Chrysler hatte man wohl nicht mehr reparieren können, doch sie vermied es, ihn zu fragen, denn sie hatte das Gefühl, daß es ihm nunmehr peinlich war, an den Unfall erinnert zu werden.

Es war eigentlich kein passender Tag für einen Ausflug. Der Wind blies ihnen Sandkörner und Gischtspritzer ins Gesicht, als sie am Ufer entlang durch den feuchten Sand stapften, und unter dem bleigrauen Himmel waren alle Farben erloschen.

»Dieser Strand im Winter könnte genausogut irgendwo an der Küste bei Boston liegen«, sagte Gil. »Badestränden außerhalb der Saison ist ein besonderer Zauber ge-

meinsam . . .« Mit einer Armbewegung umschrieb er die zu einem Bretterhaufen zusammengestürzte Holzpromenade, die Kabinen, von denen die Farbe abblätterte, und das kaputte Spielzeug im Sand.
Durch ein Astloch spähten sie in eines der verrammelten Bootshäuser: aufgestapelte Liegestühle, Rettungsringe, Sonnenschirme, Netze. Ein modriger Geruch von faulem Holz und stockigem Segeltuch drang durch die Ritzen. Valeria schüttelte sich. »Fast wie Tod . . . Nein, mir ist es im Sommer hier lieber!«
In dem kleinen Wirtshaus bei der Kirche des Ortes wurden sie von der Besitzerin mit Lebhaftigkeit empfangen:
»Signorina Valeria, wie lange habe ich Sie nicht mehr gesehen! Auch diesen Sommer hat niemand euren Hausschlüssel bei uns abgeholt. Ich hatte schon zu meinem Mann gesagt: ›Es ist doch hoffentlich nichts passiert!‹ Und wie geht es Ingenieur Vanni und Ihrer lieben Mama? Alle wohlauf? So, das freut mich aber! Und Ihre Schwester hat schon einen Sohn, nein, wie die Zeit vergeht, ich kann mich noch entsinnen, als Sie beide soo klein waren . . . Ja, wir haben jetzt eigentlich geschlossen, doch, natürlich, für Sie kann ich schon etwas servieren, das, was ich für uns gekocht habe, wenn Ihnen das genügt, Schnitzel, Risotto und eine Flasche vom diesjährigen Wein, unserem roten.«
Sie rückte ihnen einen Tisch neben den kleinen Eisenofen und verschwand in der Küche.
»Ah, warm!« sagte Valeria dankbar. »Ich war noch nie im Winter in Santa Marinella . . .« Wir müssen einmal im Sommer herfahren, wollte sie sagen, aber dann be-

sann sie sich, daß sie nächsten Sommer andere Pläne haben würde. Sie hatte Gil noch nichts von Guido erzählt, warum eigentlich nicht? Jetzt war dazu eine gute Gelegenheit.
Er hörte schweigend zu und aß langsam und zerstreut. Der Dampf aus der Reisschüssel hatte seine Brillengläser beschlagen, und er nahm sie ab.
»Wir verstehen uns wunderbar; Guido ist fabelhaft, auch in seinem Beruf. Ich habe soviel von ihm gelernt . . .«
Er nickte und sah sie an. Ohne die Brille hatten seine Augen den gleichen Ausdruck wie bei ihrer ersten Begegnung, entblößt und hilflos.
»Wenn Guido aus dem Jemen zurück ist, wollen wir heiraten . . .« Vom Wein erwärmt und angeregt, malte sie ihm ihre Zukunft aus; er senkte den Blick wieder auf den Teller und zerschnitt umständlich sein Fleischstück.
»Gehen wir bis zu unserem Ferienhaus«, schlug sie nach der Mahlzeit vor und ließ sich von der Wirtin den Schlüssel geben.
Sie liefen wieder am Meeresufer entlang, von schreienden Möwen begleitet, und erreichten den Pinienhain; der dichte Nadelteppich verschluckte die Geräusche ihrer Schritte, und durch die hohen Kronen drang das Licht fahlgelb gewittrig.
Der kleine Garten war vollkommen verwildert, die Geranientöpfe hatte man gestohlen, aber im Innern des Hauses sah alles unverändert aus. »Ein Wunder, entlegen und unbewohnt wie es ist!« sagte Valeria erleichtert.

Die dumpfe Luft roch nach dem Ungeziefermittel, das ihre Mutter immer überall verstäubte, bevor sie im Herbst in die Stadt zurückfuhren, und die Möbel waren mit drei Jahre alten Zeitungen bedeckt, vom letzten Sommer her, den sie noch alle zusammen hier verbracht hatten. Es kam ihr vor, als sei die Erinnerung an die Vergangenheit in diesen Räumen eingemottet worden, kompakt und gleichsam zum Greifen. Um die aufsteigende Traurigkeit zurückzudrängen, redete sie weiter.
»Das war . . . ist das Schlafzimmer meiner Eltern, und hier nebenan schliefen Valentina und ich.« Sie klinkte die Tür auf, ging zum Fenster und öffnete die Läden; auf der Fensterbank lagen noch die Muscheln, die sie gesammelt hatte.
Als sie sich wieder umwandte, stand Gil hinter ihr. Er schloß sie in die Arme, küßte behutsam ihr Gesicht und ihren Hals, und sie ließ ihn willenlos gewähren und dachte nur, wie gut diese warme, zärtliche Berührung tat, und daß sie fast vergessen hatte, wie das war, einen anderen Menschen zu umarmen. Über seine Schulter hinweg sah sie das Fenster – der Himmel hatte sich verdunkelt, es würde wahrscheinlich bald regnen – und dicht vor ihren Augen die Innenseite seines Hemdkragens mit dem Etikett: 35% Terital, 65% Baumwolle drip dry . . .
Die ersten Regentropfen klatschten an die Scheiben. Sie machte sich von ihm los. »Sieh mal, es regnet! Wir sind hier eben noch rechtzeitig untergekommen«, sagte sie befangen. Ihre Knie waren merkwürdig weich, und sie mußte sich auf den Bettrand setzen.
Plötzlich ein Blitz, der grell die Regenschichten durch-

drang, und gleich darauf der Donnerschlag. Sie sprang erschrocken hoch und stürzte auf Gil zu. »Das war ganz in der Nähe . . . Einmal hat bei so einem Gewitter der Pinienwald Feuer gefangen . . .«
»Jetzt im Winter kann das nicht passieren, das Holz ist zu feucht. Und das Gewitter ist schon fast vorbei, schau, es regnet nur noch«, sagte er beruhigend. Gleichzeitig begann er mit liebkosenden Bewegungen ihr langsam die Kleider abzustreifen, und dann ließ er schneller, ungeduldiger die eigenen zu Boden fallen.
Sein magerer Körper wirkte nackt viel jünger. Über seine Brust lief wie eine Kerbe eine breite Narbe. Unwillkürlich streckte sie den Arm aus und fuhr mit den Fingerspitzen darüber. Widerstandslos ließ sie sich auf das Bett ziehen und umarmen. Einfach so nachgeben, als habe sie keinen eigenen Willen, war doch unsinnig, dachte sie dabei, noch dazu, nachdem sie ihm eben erst alles von Guido gesagt hatte, von ihrer Liebe, ihren Plänen. Wenn man sich liebte, war das anders. Aber mit jemandem im Bett liegen, für den man nichts weiter empfand als Freundschaft, allerhöchstens Freundschaft . . . Da er dafür anscheinend kein Gefühl hatte, würde sie es ihm deutlich sagen, seinen Körper wegschieben und aufstehen. Sie wußte so genau, was sie tun wollte, und schien doch zu jeder Handlung unfähig. Und auf einmal, ohne daß sie etwas dazu getan hätte, glitt er von ihr weg und blieb stumm und reglos an ihrer Seite liegen, die Augen geschlossen.
Sie starrte ihn überrascht an und versuchte zu erraten, was in ihm vorging. Vielleicht war er impotent? Aber wenn es so war, warum mußte er sich dann so bloßstel-

len, dachte sie ärgerlich. Niemand hatte das verlangt. Sie hätten sich doch weiterhin freundschaftlich unterhalten können, statt ... Empfand er Beschämung und war deshalb verstummt? Und was sollte sie nun machen? Jetzt würde alles viel schwieriger zwischen ihnen sein. Sie wünschte sich die verlorene Unbefangenheit zurück – nein, sie wünschte, sie wären sich nie begegnet.
Er hielt noch immer die Augen geschlossen, als sei sie nicht da, und sie konnte den Blick nicht abwenden von dem reglosen Körper, der an ihrer Seite lag, seltsam ausgeliefert und unbeschützt, mit der breiten Narbe über dem Brustkorb. Wie die wächserne Figur einer Grablegung auf einem der vielen konventionellen mittelalterlichen Tafelbilder, die sie restauriert hatte, sah er aus. Tot. Nein, widersprach sie sich verängstigt, das war unmöglich; unter den scharf sich abhebenden Rippen klopfte sein Herz, das sah man, pumpte Blut durch die Adern, und durch die Gedärme wanderten Reis und Fleisch, dem üblichen Verdauungsprozeß unterworfen. Der widerliche Realismus ihrer Vorstellung, so wurde ihr bewußt, war Notwehr gegen das aufsteigende Gefühl von Mitleid, dieses verfluchte Mitleid, Ursprung ihrer Beziehung und schuld an allem.
Mit einem plötzlichen Entschluß sprang sie aus dem Bett, ergriff ihre Kleider und lief ins Bad. Sie stellte sich unter die Dusche; der Strom war abgeschaltet gewesen, und das Wasser floß eisig über ihren Körper. Doch sie empfand das wie eine willkommene Kasteiung. Diese Selbstzüchtigung verhalf ihr zur Einsicht: Sie war Guido untreu geworden (Gils unvorhergesehenes Versagen änderte nichts an dieser Tatsache). Gil traf kein Vor-

wurf, denn sie war es gewesen, die vorgeschlagen hatte, in das leere Haus zu gehen, eine Aufforderung, die jeder Mann so ausgelegt hätte wie er. Nach dieser Abrechnung bot sich das Nächstliegende von selbst an: Sie würde einen endgültigen Schlußstrich ziehen, jetzt, sofort. Es durfte nicht aufgeschoben werden.

Mit raschen, entschiedenen Bewegungen zog sie sich an, stieß den Türriegel zurück und trat ins Zimmer.

Gil war nicht da, auch seine Kleidungsstücke nicht. Dann hörte sie seine Stimme aus der Küche.

»Ich habe den Wasserkessel aufgesetzt ...« Er stand am Herd und sah ihr lächelnd entgegen. »Glaubst du, daß Tee da ist?«

Die Alltäglichkeit seiner Frage entwaffnete sie.

»Ja, vielleicht ...« Sie klappte den Wandschrank auf. »Hier, eine noch nicht geöffnete Dose, und Zucker und Kondensmilch sind auch da.«

»Besser als im Tearoom von Babington! Bei diesem Regen könnten wir jetzt doch nicht weggehen.«

Sie trugen alles ins Wohnzimmer und setzten sich nebeneinander auf das Sofa. Gelassen lehnte er sich zurück und legte einen Arm um ihre Schultern, mit einer zärtlichen Vertrautheit, die so selbstverständlich und natürlich war, daß sie seine warme Nähe wie eine Beruhigung empfand.

»Wie es gießt, ein richtiger Wolkenbruch ...«, sagte er halblaut.

Vom Wetter reden, Tee trinken, alles ganz normal, dachte sie befreit, nichts war passiert, und alles würde weiter so sein wie immer. Sie hatte sich lächerliche Gedanken gemacht, völlig unnütze. Es gab keine Entschei-

dungen zu treffen, keine Schlußstriche zu ziehen. Nichts war passiert.
Als sie unter dem Haus der Arcangeli hielten, war es schon dunkel.
»Morgen . . .«, sagten sie beide gleichzeitig, brachen ab und lachten. Jemand hupte ungehalten hinter ihnen, und sie sprang rasch aus dem Wagen.
»Morgen mittag, vor dem Institut, wie immer!«

8

Guido kam unangemeldet schon Mitte März zurück; überraschend trat er Valeria vor ihrer Haustür entgegen, als sie, nach der Chemiestunde, im Begriff war, zum Palazzo Branzi zu gehen.

»Guido!« Sein plötzliches Erscheinen bestürzte sie. Es war, als habe er sie überrumpeln wollen.

»Wo steckst du bloß? Ich habe schon dreimal bei dir angerufen!«

»Die Arcangeli – das weißt du doch, sie vergißt regelmäßig, Botschaften auszurichten. Aber warum hast du mir nichts von deiner Rückkehr geschrieben?«

»Keine Zeit. Es ging alles so schnell und unerwartet.«

Erst jetzt umarmten sie sich. Ein Straßenjunge sah ihnen feixend zu.

»Komm!« Guido schob seinen Arm unter ihren. »Ich habe bei Filippo Unterkunft gefunden, und er ist im Augenblick nicht zu Hause.«

Sie ließ sich widerstrebend mitziehen. »Verabreden wir uns lieber für nachher, wenn wir uns in Ruhe sehen können. Jetzt muß ich zum Palazzo Branzi. Ich habe dir doch von unserer Arbeit dort geschrieben. Piero und Luca warten bestimmt schon auf mich.«

»Sollen sie warten. Ich habe das Vorrecht. Schließlich warte ich schon seit elf Monaten.«

Der selbstsichere Ton, den sie früher so bezwingend gefunden hatte, klang ihr jetzt gekünstelt. Sie sah ihn von der Seite an und fand, daß er abgemagert war. Vielleicht deshalb zeigten seine Züge eine unbekannte Schärfe. Es mußte doch nicht so einfach gewesen sein für ihn dort drüben, dachte sie mit flüchtigem Mitgefühl.

»Du, und wenn inzwischen Filippo zurückkommen sollte . . .« Ohne Überzeugung versuchte sie einen letzten Aufschub zu erreichen, als sie die Haustreppe hochstiegen.

»Dann weiß er Bescheid«, erwiderte er lachend und wies auf den Türriegel, auf dem wie bei den Toiletten in den Zügen »frei – besetzt« stand. »Nicht sehr geschmackvoll, aber zweckmäßig.«

Sie sah sich wortlos in dem großen Raum um, aus dem die ganze Wohnung bestand.

»Ich schlafe auf dieser Couch – das Bettzeug ist ganz frisch.« Er hatte also ihre Gedanken erraten. Und dann, mit ungeduldiger Leidenschaft, fuhr er fort:

»Valeria, tesoro, ich habe mich so nach dir gesehnt!«

»Bitte, laß, ich kann mich auch allein ausziehen«, protestierte sie und setzte besänftigend hinzu: »Es geht genauso schnell.«

Sein Ungestüm, die animalische Sicherheit seiner Bewegungen – einen Augenblick lang fühlte sie sich um ein Jahr zurückversetzt, aber jetzt als Beobachterin, nicht als Beteiligte.

»Wie schön du bist! Ich wußte gar nicht mehr, wie schön . . .« Sein Atem strich warm über ihre Haut, und sie dachte schuldbewußt, daß er wahrscheinlich erwartete, sie würde auch etwas in dieser Art sagen.

Küsse, Streicheln, die ungeduldige Ouvertüre, die keine Zärtlichkeit vermittelte; und dann die virtuose Bravourarie . . . Mühelos, gekonnt, mehr der Paradeakt eines Athleten als Zeugnis der Liebe.

Als habe sie in einem bereits einstudierten Stück ihre Rolle vergessen, wartete sie ratlos. Sie merkte, wie sie ihm und sich selber zuschaute – er, der die Routine der Vorstellung genau beherrschte, und sie, die nur stumme Gesten machen konnte, weil ihr der Text entfallen war.

Er rückte von ihr ab und fragte verstimmt: »Was hast du denn?«

»Nichts . . . oder doch. Ich glaube, diese Umgebung hier stört mich. Filippos Wohnung ist so ziemlich allen im Institut ein Begriff. Er stellt sie auch großzügig jedem x-beliebigen zur Verfügung, wie uns jetzt . . .«

»Bist du aber empfindlich! In einem Hotelzimmer fragst du dich doch auch nicht, was sich da abgespielt hat, und wer wie und wann in dem Bett geschlafen hat! Außerdem kümmert man sich überhaupt nicht um die Umgebung, wenn man richtig bei der Sache ist.«

Richtig bei der Sache – die nüchterne Formulierung fand sie komisch. Und als er versöhnlicher hinzusetzte: »Anscheinend müssen wir uns erst wieder einfahren«, lachte sie laut. Diese technische Forderung entsprach seiner Ars amandi. Hatte er auch früher solche Bemerkungen gemacht, und sie waren ihr nur nicht aufgefallen, so wie sie sich nicht an der falschen Umgebung gestoßen hatte? Im Grunde mußte sie ihm recht geben; sie war nicht bei der Sache, und als er sie jetzt wieder umarmte, kam sie ihm bereitwillig entgegen. Aber er hatte sich ein paar erotische Spielereien angewöhnt, die ihr bisher unbekannt waren und die sie befremdeten. Unwillkürlich wich sie zurück.

»Bist du prüde!« sagte er gereizt.
»Kann sein ... Und du hast allerlei dazugelernt.«
Er sah sie unsicher an, aber ihr Lächeln, das keinen Vorwurf enthielt, schien ihn zu beruhigen. »Schon möglich«, gab er zu. »Schließlich konnte ich nicht die ganze Zeit wie ein Mönch leben. Doch das hatte mit Liebe nichts zu tun. In meinen Gefühlen war ich dir immer treu.«
Das hieß: er hatte mit anderen Frauen geschlafen, sich aber in keine verliebt, überlegte sie. Und sie hatte mit niemandem geschlafen, aber in ihren Gefühlen war sie ihm weltenfern.
»Ja, sicher – ich meine, daß du nicht wie ein Mönch leben konntest. Was hingegen mit Liebe zu tun hat und was nicht, und was Treue und Untreue ist – ich glaube, das läßt sich oft nicht eindeutig bestimmen.«
Sie setzte sich auf, den Rücken an die Wand gelehnt, und blickte zu seinen Koffern, die noch unausgepackt neben der Tür standen.
»Warum fährst du wieder weg?«
»Warum?« fragte er irritiert. Dann besann er sich und fing überstürzt an zu erzählen:
»Das wollte ich dir natürlich gleich sagen, Valeria, ich kann jetzt nicht hierbleiben, wie ich vorhatte, bitte, versteh mich ...«
»Aber natürlich, ich versteh dich ja«, sagte sie beschwichtigend. »Hast du schon einen Auftrag?«
»Einen in Aussicht vorläufig, in Persien wahrscheinlich, Isfahan, Zusammenarbeit mit einer Gruppe französischer Archäologen. Morgen muß ich zu meinen Eltern nach Perugia, und dann fliege ich direkt nach Paris, um

die Arbeitsbedingungen zu erfahren; danach sind die Formalitäten zu erledigen, Vertrag, Einreiseerlaubnis, Ankauf von Materialien, die gibt es nicht in Persien. Drück mir den Daumen, daß alles klappt!«

»Werde ich.«

»Du bist mir doch nicht böse?«

»Nein, wirklich nicht. Was würdest du auch hier in Rom anfangen? Die Zustände sind jetzt noch schlimmer als im vorigen Jahr.«

Ihr vernünftiger Gleichmut mußte ihn erleichtern und gleichzeitig sein Selbstgefühl verletzen.

Sie sah auf ihre Uhr. »Nimm es mir nicht übel, aber ich will jetzt gehen. Ich kann Piero und Luca nicht so sitzenlassen. Heute müssen wir ein Fresko ablösen, ein Riesending, vier Meter breit und fast genauso hoch, das schaffen sie nicht allein.«

In der Bar an der Straßenecke tranken sie noch einen Espresso.

»Du wirst mir doch schreiben?«

»Selbstverständlich. Du mußt mir so bald wie möglich deine neue Adresse mitteilen«, bat sie mit Nachdruck. Wenn sie auseinandergingen, so entsprach das vielleicht noch mehr ihrem Willen als seinem. Da wollte sie nicht die Beleidigte spielen und konnte Rücksicht auf seine männliche Eitelkeit nehmen.

»Du hast noch über ein Jahr im Institut. Bis dahin bin ich längst wieder zurück«, sagte er in einem ungewohnt hilflosen Ton, und sie empfand auf einmal einen Anflug mütterlicher Zärtlichkeit für ihn.

»Die Zeit wird schnell vergehen, und ich bin hier gut aufgehoben, mir kann nichts passieren. Für dich wird es

schwerer sein, wo immer du auch hinkommst. Versprich mir, daß du auf dich aufpaßt!«
Draußen auf der Straße gaben sie sich einen raschen Kuß. Unter den neugierigen Blicken der Passanten wurde der Abschied kurz.
»Ciao, Valeria!«
Als sie ein paar Schritte gegangen waren, drehten sie sich gleichzeitig noch einmal um und winkten einander zu.
Sie beschleunigte ihre Schritte und bog von der Via del Tritone in eine winklige Gasse ein, eine Abkürzung zum Palazzo Branzi.
Jetzt war es also aus. Seltsam, daß auch ein gewolltes Ende weh tat. Und es war doch Liebe gewesen – vielleicht.

Als sie ankam, war das Fresko schon abgenommen worden, und die Keßler-Zwillinge wuschen vorwurfsvoll ihre von Leim starrenden Hände.
»Auf dich hätten wir ja lange warten können! Gut, daß Gil da war und uns geholfen hat.«
Gil klopfte den Mörtelstaub von seinem braunen Cordanzug und fragte nicht nach dem Grund ihrer Verspätung. »Ich war gekommen, dich abzuholen. Heute abend bin ich frei – können wir zusammen essen?«
»Gern! Gehen wir zu Gigetto? Heute ist Montag. Es müßte Cannelloni geben.«
Das Lokal in der Via Margutta war nicht viel besser als »Da Maria«, aber der Besitzer, der dicke Gigetto, tat sich etwas zugute auf seine ausländische Kundschaft, vor allem die Künstler. Er hielt deshalb mit den Allüren eines Mäzens Minderbemittelte manchmal frei und verfaßte

täglich eine zweisprachige Speisekarte, in Italienisch und einer von ihm frei anglisierten Version, von maccherony über biftec bis zu eppelpai. Sein Sohn Romolo trug jeden Abend selbstgedichtete und -komponierte Songs vor und hoffte immer auf das Erscheinen eines talent-scouts, der ihm zu den Lorbeeren einer Hitparade verhelfen würde.

Als sie eintraten, kam ihnen Gils Freund Clifford mit seiner Frau entgegen.

»Ich habe schon überall versucht, dich zu erreichen! Kannst du mich ab zehn in der Redaktion vertreten? Ein paar Stunden nur, ich muß Nina zum Flughafen begleiten und bin bestimmt um Mitternacht zurück.«

Sie nahmen die von Clifford und Nina freigemachten Plätze ein; wie immer um diese Zeit, war das Lokal überfüllt.

»Bis zehn haben wir eine gute Stunde«, sagte Gil. Er überflog das Menü. »Du hast recht, als Tagesgericht schlägt Gigetto very good Cannelloni vor.«

»Guido ist zurückgekommen«, sagte Valeria. »Er fährt morgen ab, nach Persien. Wir werden uns wahrscheinlich nie wiedersehen.« Sie begegnete Gils forschendem Blick. »Nein, es tut mir nicht leid, wenn du das wissen willst. Oder doch. Es war jedenfalls alles schon längst zu Ende, auch wenn es mir erst heute bewußt geworden ist. Was ich dir in Santa Marinella von ihm und mir gesagt habe, stimmte nicht mehr. Ich glaube, man gewöhnt sich an ein Gefühl und merkt nicht gleich, wenn es uns verlassen hat. Man soll ja ein Bein, das längst amputiert worden ist, noch lange spüren. So ähnlich ist es wohl auch mit der Liebe.«

Romolo zwängte sich mit seiner Gitarre zu ihnen durch und setzte sich in seiner unbekümmerten Art an ihren Tisch. Er spielte ein Motiv, wiederholte es ein paarmal und summte dazu.
»Eine hübsche Melodie«, sagte Gil freundlich. »Gibt es auch einen Text dazu?«
Nur darauf schien Romolo gewartet zu haben, denn er legte sofort mit seinem Anliegen los: »Nein, denn der muß unbedingt englisch sein. Wenn ein Song Erfolg haben soll, geht es nicht ohne einen englischen Text. Könnten Sie nicht, Mr. Martin? Irgendwas! Sie haben musikalisches Gefühl, und Schriftsteller sind Sie auch, für Sie ist das eine Kleinigkeit. Irgendwas ...«
Gil lachte. »Irgendwas?«
»Irgendwas über amore, versteht sich, und am besten leicht melancholisch gefärbt, so in der Linie von ›Yesterday‹ der Beatles ...« Romolo legte ihm eifrig die Speisekarte mit der unbeschriebenen Rückseite und einen Kugelschreiber neben den Teller, und dann spielte er das Motiv noch einmal. »Die Melodie kann ich leicht umkomponieren, wenn sie nicht genau zu den Worten passen sollte.«
»Du wirst dir etwas einfallen lassen müssen, sonst kommst du heute abend hier nicht weg«, sagte Valeria. »Und lieber recht schnell, damit die Cannelloni nicht kalt werden.«
»Das ist ein zwingender Anlaß zur Inspiration!« Gil begann zu schreiben, zögernd die erste Strophe und rascher, mit weniger Korrekturen, die zweite. Valeria und Romolo sahen ihm gespannt zu.
»Love, you are a smile that lingers.

For a while on lips
That never are for me.
Smiles fade; the song I tried to sing
Is a broken melody.«
»Broken melody, perfetto!« warf Romolo ein.
»The wind will never say
What pains you pay to life
For borrowed ecstasy.
Winds die and what the silence sings
Is a broken melody.«
»Broken melody, fantastico!« Romolo war begeistert. »Noch eine oder zwei Strophen . . .«
»Vielleicht, aber nicht heute«, unterbrach ihn Gil entschieden. »Vorläufig kannst du erst mal versuchen, die Melodie den Worten anzupassen.«
»›Broken Melody‹, der Song könnte ein Erfolg werden«, sagte Valeria, während sie durch die nächtlichen Gassen eilten und über die stillen Plätze, auf denen sich die Marmorbrunnen im Nachtdunkel wie große steinerne Blumen entfalteten.
»Hoffentlich nicht! Ich würde Romolo nie mehr loswerden.«
Auf dem Largo Grazioli, vor dem Tor der Associated Press angelangt, sagte er: »An der Ecke dort drüben hält der Bus, der dich bis zu deiner Haustür bringt. Das weiß ich so genau, weil ich manchmal nachts, nach der Arbeit hier, noch bis zu dir fahre und eine Weile vor deinem Haus auf und ab spaziere.« Seine Hand glitt leicht über ihr Haar. »Mit zwanzig hätte ich mich wahrscheinlich geschämt, so was einzugestehen – jetzt nicht. Gute Nacht, Valeria!«

Sie war nicht nach Hause gefahren. Sie hatte sich in die Bar gegenüber gesetzt und gewartet. Die rauchgeschwängerte Bar war warm und fast leer gewesen; nur an einem Tisch hatten vier Zuhälter gesessen, Karten gespielt und auch gewartet. Ab und zu war eines der Straßenmädchen hereingekommen; dann hatte ihm der jeweilige Beschützer ein heißes Getränk bestellt, es hatte während des Trinkens dem Spiel zugesehen, die Hände an die Heizung gehalten und war eilig wieder gegangen.

Kurz nach der Rückkehr von Clifford war Gil auf die Piazza hinausgetreten, und sie hatte ihn eingeholt.

»Damit du nicht bis zur Arcangeli zu fahren brauchst«, hatte sie gesagt, »laß mich heute nacht bei dir bleiben.«

Unter dem Licht der Straßenlampen waren ihre beiden Schatten zu einem verschmolzen, der sich ins Riesenhafte dehnte, rasch zusammenschrumpfte und sich neuerlich über das Pflaster streckte, während sie die kurze Strecke zurücklegten.

Sie war noch nie in seiner Wohnung gewesen – drei Zimmer im obersten Stockwerk eines alten Gebäudes, dessen übrige Etagen tagsüber von einer Sprachenschule belegt waren.

»Nachts gehört das Haus mir allein, wenn man von den Katzen absieht, die unterm Dach hausen . . .«

In den folgenden Monaten wurde sie mit jedem Winkel der kleinen Wohnung vertraut, mit den Bücherschränken, dem altmodischen Schreibtisch, der weiten Aussicht über die Terrassen, Höfe und Dächer bis zum Kolosseum, das grau und verwittert wie der Krater eines ausgebrannten Vulkans dalag. Doch der erste Eindruck blieb in ihrer Erinnerung als ein Ereignis, das sich nicht wiederholen ließ. Als sei sie in dieser ersten Nacht in einem Bereich gewesen, den man, wie in einem Traum, nur einmal betritt.

»Ich habe noch nie mit einem Mann geschlafen«, hatte sie gesagt und etwas verwirrt ergänzt: »Ich meine richtig schlafen, so eine ganze Nacht.«

»Hoffentlich kannst du das überhaupt in diesem engen Bett, neben einem miserablen Liebhaber wie mir, der vielleicht auch noch schnarcht . . .«

Er hatte sie umarmt und gestreichelt mit einer wortlosen, verhaltenen Zärtlichkeit, und ein unbekanntes, sehnsüchtiges Begehren war allmählich in ihr aufgestiegen, alles schien sich in ihr aufzulösen unter seiner liebkosenden Berührung. Als sie beide zusammen die Erfüllung erreichten, hatte sie einen leisen Schrei ausgestoßen. So mußte es sein, und sie hatte es noch nie erlebt. Was sie bisher zu wissen geglaubt hatte, war völlig belanglos, nichts als auswendig gelernte leere Redensarten in einer unbekannten Sprache.

»Gil . . .«

»Ja? Sag mir, was du jetzt denkst.« Seine Hände hatten im Dunkeln ihr Gesicht streichelnd abgetastet.

»Damals, in Santa Marinella, wie gut, daß du . . . Ich meine, es wäre nie so gewesen wie jetzt, hier.«

»Ich war krank vor Eifersucht an dem Tag. Dann wurde nichts aus meinen Absichten – eine gerechte Buße, die mich zur Besinnung brachte – man kann Liebe nicht vorwegnehmen, und glücklicherweise ist unser Körper manchmal weiser als unsere Gedanken.«

Ihre Hand auf seiner Brust hatte die tiefe Narbenkerbe gespürt und darunter das beruhigende Klopfen seines Herzens. Lächelnd hatte sie geflüstert:

»Wir hatten ganz vergessen, vorhin, nach dem Abendessen, uns für morgen zu verabreden . . .«

Schrilles Gekreisch über ihren Köpfen, und dann ein wirbelndes Getrommel von Pfoten auf den lockeren Dachziegeln.

»Das sind die Katzen; sie spüren den Frühling.«

Sie waren zusammen eingeschlafen, und das Bett war nicht zu eng gewesen, und er hatte nicht geschnarcht. Oder vielleicht doch – aber es hatte sie nicht gestört.

9

Am nächsten Morgen war sie pünktlich im Institut. Alfio musterte sie von seiner Staffelei aus; grinsend stellte er fest: »Diese büßende Magdalena, die ich gerade auffrische, hat fast so schwarze Ringe unter den Augen wie du«, und Ilario vervollständigte die Anzüglichkeit: »Guido soll zurück sein, heißt es.«

»Soviel ich weiß, soll er auch schon wieder abgefahren sein«, entgegnete sie gelassen. Sie packte den Aquarellkasten aus und sah sich um: »Was ist mit Mirella? Sie fehlt seit Sonnabend.«

Ilario zuckte die Achseln. »Keine Ahnung.«

Später kam Professor Tieri herein, um ihnen mitzuteilen, daß für die Studenten des zweiten Kursjahres der Abteilung Bilder in Kürze eine neue Mission, diesmal in Assisi, vorgesehen sei, wo die Wandmalereien der romanischen Kirchen restauriert werden sollten.

»Ein Glück, daß ich mit der Arbeit im Palazzo Branzi eine unanfechtbare Ausrede hatte«, sagte sie zu Gil, als sie sich am Abend wiedersahen. »Um keinen Preis möchte ich jetzt woanders sein als in Rom.«

»Warum?« tat er verwundert. »Ich denke, du magst Missionen so gern?«

»Bevor ich wußte, was man da für verfängliche Bekanntschaften macht . . .« Sie fielen sich lachend in die Arme.

»Hast du gehört, was am Flughafen los ist?« fragte er,

während sie in den Corso einbogen. »Sechs Terroristen, Araber wahrscheinlich, haben ein Flugzeug besetzt, das nach London abfliegen sollte. Die Passagiere waren noch nicht alle eingestiegen; es hat einen Toten gegeben, vielleicht zwei – die ersten Nachrichten waren verworren und widersprüchlich.«

Sie erreichten die gläserne Galleria an der Piazza Colonna, wo sich vor einer Presseagentur die Passanten stauten und zu einem über dem Eingang angebrachten Fernsehapparat hinaufstarrten.

»Jetzt wird ein Sonderbericht durchgegeben«, sagte jemand. »Zwei Tote . . .«

»Nein, drei sind es«, widersprach ein anderer.

Alle verstummten, als auf dem Bildschirm der Ansager erschien. »Wir sind jetzt in der Lage, den ersten gefilmten Bericht der tragischen Ereignisse auf dem römischen Flughafen Leonardo da Vinci durchzugeben . . .«

Die Bilder zuckten über die Mattscheibe, als seien auch sie von Angst gejagt, und Angst schwang in der Stimme des Sprechers, in den abgehackten, stoßweise hervorgebrachten Sätzen seines Kommentars:

»Links außen, auf der Startbahn, das englische Linienflugzeug . . . Vier der sechs Terroristen haben sich mit ihren Geiseln – der Besatzung des Flugzeugs und einem Dutzend bereits eingestiegener Fluggäste – in der Maschine eingeschlossen . . . Auf der Erde, neben der Treppe, erkennt man einen leblosen Körper – vermutlich jemand vom Bodenpersonal. Jetzt . . . da! Aus der Eingangsluke schießen die Terroristen auf einen Agenten der Flughafenpolizei – das zweite Menschenopfer . . . Feuerwehr und Ambulanzwagen sind vorgefahren, werden jedoch nicht an die Startbahn herangelassen . . . Die Passagiere, die im Begriff waren, sich in das Flugzeug zu begeben, flüchten in panischem Schrekken . . .«

Dahinrasende Gestalten glitten über den Bildschirm, Koffer und Taschen lagen auf der Fläche verstreut, ein alter Mann stolperte und fiel, einem unförmigen Sack gleich, zu Boden; ein junges Mädchen, die dunkle Haarmähne vom Wind zerzaust, taumelte wie eine Trunkene ziellos vorbei.

Valeria packte Gils Arm. »Mirella! Das war eben Mirella!«

»Wer?«

»Ein Mädchen aus dem Institut. Dio mio, wie kommt sie da hin!«

». . . die Terroristen haben bekanntgegeben, daß sie alle halbe Stunde eine Geisel erschießen wollen, wenn ihre Forderungen nicht bedingungslos erfüllt werden. Ende der Sondersendung. Buona sera.«

»Clifford wird bestimmt am Flughafen sein«, sagte Gil. »Und wahrscheinlich braucht man mich in der Redaktion für die Simultanübersetzungen. Ich muß unbedingt hin.«

»Ja«, sagte Valeria bedrückt. Allein legte sie den Nachhauseweg zurück, die eben gesehenen Bildfetzen vor Augen: die schwarzvermummten Terroristen, die beiden Erschossenen, die auf dem Gelände liegengelassenen Habseligkeiten und immer wieder Mirellas wie vom Sturm gepeitschte hilflose Gestalt. Die ganze Stadt schien wie unter einem Alpdruck zu leben, Unbekannte redeten sich auf der Straße an, tauschten Nachrichten

und Befürchtungen aus, und erst als bei Tagesanbruch das Flugzeug in Libyen gelandet war und die Geiseln freigelassen wurden, verschwand das Entsetzen.
Am nächsten Morgen sprach das ganze Institut nur von Mirella.
»Ich habe versucht, bei ihr anzurufen«, sagte Colette. »Aber es antwortet niemand. Jedenfalls ist sie bestimmt heil davongekommen, sonst hätte man es erfahren.«
Ilario fehlte und kam auch in den folgenden Tagen nicht; man brachte sein Verschwinden mit Mirellas Abwesenheit in Verbindung, aber Genaueres wußte niemand, bis Filippo, der zu den Registern im Direktionszimmer Zugang hatte, herausfand, daß er beschlossen haben mußte, umzusatteln und seine Ausbildung auf der Kunstakademie der Brera fortsetzen würde.
Als sich nach ein paar Wochen herausstellte, daß Mirella inzwischen von ihren Eltern im Institut abgemeldet worden war, erregte dies kein Aufsehen mehr; man hatte sich bereits an ihre Abwesenheit gewöhnt. Die leeren Plätze wurden von zwei afrikanischen Negern eingenommen, Gaststudenten mit einem Stipendium und so schwierigen Namen, daß niemand sie behielt und man sie schließlich nach ihrem Heimatland nur »die Ruanda-Urundi« nannte. Sie waren scheu, verbissen fleißig und unzertrennlich, als wagten sie es nicht, sich einzeln den Anfechtungen dieser fremden Umgebung zu stellen.
Erst nach Ostern sah Valeria in einem Kaufhaus an der Via del Tritone zufällig Mirella wieder. Sie war offensichtlich schwanger. Um ungestört miteinander sprechen zu können, setzten sie sich in eine entlegene Ecke

der Imbißstube, wo Mirella verloren ihren Milchkaffee umrührte und lautlos vor sich hin weinte, bevor sie schließlich stockend anfing zu berichten.
Vom Heiraten hatte Ilario nichts wissen wollen, aber Geld für die Abtreibung hatte er ihr gegeben; es war alles abgemacht, er hatte die Flugkarte besorgt und sich auch um die Anmeldung in einem Londoner Krankenhaus gekümmert.
»Und deine Eltern?«
»Sie wußten nur, daß ich auf drei Tage mit anderen vom Institut zu einer Mission nach Orvieto sollte. Von dort wollte ihnen Ilario auch eine schon vorbereitete Ansichtskarte mit meiner Unterschrift als Beweis schicken, und ich hätte sie aus London einmal angerufen – man kann durchwählen, und da weiß kein Mensch, woher der Anruf kommt. Meine Eltern sind so ängstlich, du weißt ja. Alles genau vorbereitet, aber dann . . . auf dem Flughafen . . .« Sie schüttelte sich bei der Erinnerung und schluchzte jetzt hemmungslos. »Es war entsetzlich, alle haben mich im Fernsehen erkannt . . .«
Valeria versuchte sie zu trösten: »Deine Eltern sollten froh sein, daß du mit dem Leben davongekommen bist! Was haben sie gesagt?«
»Natürlich konnte ich ihnen nun nichts mehr verheimlichen. Ihre Reaktion war noch ärger, als ich gefürchtet hatte. Mein Vater bekam sogar einen Herzanfall; sie waren außer sich. Ich hätte die Familienehre in den Staub getreten mit dieser unehelichen Schwangerschaft und dazu obendrein das Allerschlimmste: die geplante Abtreibung, eine Todsünde für Katholiken. Sie haben recht, es ist ja alles so wie sie sagen. Tagelang habe ich

geweint, wagte nicht mehr, aus dem Haus zu gehen, wollte nichts essen und wünschte mir nur, zu sterben. Dann sind sie versöhnlicher geworden, ich mußte versprechen, daß ich mein zukünftiges Leben nur dem Kind widmen werde ...«

»Und deshalb haben sie dich im Institut abgemeldet? Für immer? Das wäre ein Jammer! Die Arbeit dort machte dir doch so viel Freude! Nein, das kann ich mir nicht vorstellen: Wahrscheinlich beabsichtigen sie nur eine zeitweilige Unterbrechung, und nachher ... ich meine, nach der Entbindung, kannst du deine Ausbildung bestimmt wieder aufnehmen.«

Mirella schüttelte den Kopf. »Das werden sie nie zulassen. Ich darf nicht mehr ins Institut zurück, das an allem schuld ist, davon sind sie überzeugt, und auch eine andere Berufswahl kommt nicht in Frage. Ihrer Meinung nach hat eine Mutter nur für ihr Kind da zu sein – wie es meine für mich war.« Sie begann wieder zu weinen und schaute in ihren Schoß. »Manchmal hasse ich es!«

»Gewiß, das kann man verstehen«, sagte Valeria befangen. »Bisher hat es dir nur Schwierigkeiten gebracht, aber später, wenn es dann richtig da ist, wirst du bestimmt glücklich sein.«

Mirella trocknete ihre Augen. »Ja, vielleicht ...«, murmelte sie müde.

Die Begegnung mit Mirella erschien Valeria eine Warnung, daß es höchste Zeit sei, vernünftige Maßnahmen zu treffen, um nicht in die gleiche ausweglose Situation zu geraten. Im vorigen Jahr, vor Guidos Abreise nach dem Jemen, war sie einmal in eine Apotheke gegangen und hatte ein Mittel zur Schwangerschaftsverhütung verlangt.

»Welches Präparat?«

»Ich weiß nicht. Irgendeines.« Sie hatte sich über ihre Verlegenheit geärgert; weit jüngere Mädchen als sie hätten bestimmt besser Bescheid gewußt. Spöttisch hatte der Apotheker sie fixiert, das war jedenfalls ihr Eindruck gewesen. Mit der Schachtel in der Manteltasche war sie schnell weggegangen.

Vorschriftsmäßig hatte sie die rosa Pillen geschluckt, obwohl sie sich innerlich dagegen gesträubt hatte, ohne eigentlich recht zu wissen, warum. Und als Guido abreiste, hatte sie noch am gleichen Tag die fast halbvolle Pakkung weggeworfen.

Was sie brauchte, war jemand, der sie vernünftig beraten konnte, dachte sie jetzt, ein vertrauenswürdiger Mensch mit eigener Erfahrung auf diesem Gebiet. Ihr kam Johana in den Sinn, die einmal bemerkt hatte, sie und Jaroslav würden sich nur nach der Abschlußprüfung, und wenn sie mit einem gesicherten Lebensunterhalt rechnen konnten, erlauben, ein Kind in die Welt zu setzen. Also einfach Johana fragen, was sie inzwischen machte, um eine verfrühte Elternschaft zu vermeiden.

Die Polin war allein im Saal und sah ihr von der Staffelei überrascht entgegen.

»O Valeria, eben habe ich an dich gedacht«, sagte sie mit ihrem weichen slawischen Akzent. »Ich brauche deinen Rat, denn du hast doch auch vor kurzem so eine Ikone restauriert. Ich komme nicht zu Rande damit. Kaum versuche ich den Firnis abzunehmen, löst sich die Gold-

bemalung darunter auf. So ein häßliches Ding und macht soviel Umstände . . .«
Valeria hielt die grobe Holzplatte schräg ans Licht. »Der Maler hat nicht Goldblatt, sondern Mekka gebraucht, und Azeton ist dafür viel zu scharf. Nimm ein leichtes Lösemittel zum Säubern, Seifenwasser genügt wahrscheinlich.«
Johana fuhr probeweise mit dem feuchten Wattebausch über die Tafel. »Ja, das scheint das Richtige zu sein«, sagte sie erfreut, »vielen Dank!« Sie arbeitete emsig weiter, ganz vertieft. Nach einer Weile besann sie sich und blickte sie schuldbewußt auf:
»Verzeih! Wolltest du etwas?«
Valeria begegnete ihrem ruhigen hellen Blick und schüttelte den Kopf. »Nein, nichts weiter. Ich wollte nur einmal hereinsehen.« Es war ihr plötzlich peinlich, mit ihrer Frage herauszurücken, außerdem bezweifelte sie, eine Auskunft zu erhalten, mit der sie etwas anfangen konnte. Die beiden Polen waren gläubige Katholiken, fiel ihr ein, und hielten sich wahrscheinlich streng an die Vorschriften des Papstes, der sich bei der Schwangerschaftsverhütung nur bis zu Knaus-Ogino durchgerungen hatte – eine recht unsichere Maßnahme, die höchstens bei einem so methodischen und besonnenen Paar wie Johana und Jaroslav Erfolg haben konnte.
Als sie wieder draußen war, erkannte sie am Flurende Marcellas blonden Haarschopf. Die würde ihr am besten Auskunft geben, durchfuhr es sie, und sie wunderte sich, daß ihr das nicht gleich eingefallen war.
Nachdem Marcella damals bei der gemeinsamen Aufnahmeprüfung durchgefallen war, hatten sie sich aus den

Augen verloren. Aber im nächsten Jahr hatte sie es dann doch geschafft, und jetzt sahen sie sich zuweilen morgens bei der Arbeit.

Man klatschte viel über sie im Institut.

»Marcella wechselt Liebhaber wie andere Leute ihre Unterwäsche . . .«

»Wie sehr saubere Leute . . .«

In den hämischen Bemerkungen der Männer klang immer ein Unterton verletzten Selbstgefühls; sie vertrugen es nicht, von einem Mädchen reihum unbekümmert abgehängt zu werden. Man sollte nicht aus seiner herkömmlichen Rolle gedrängt werden.

Valeria erreichte sie auf dem Treppenabsatz. »Du, sag mal, was hältst du von der Pille . . . ich meine natürlich diese Verhütungsmittel«, brachte sie etwas atemlos hervor.

Zu ihrer Erleichterung nahm Marcella die Frage mit selbstverständlichem Gleichmut hin. »Kommt drauf an für wen. Ich vertrage diese chemischen Mittel nicht und werde dick davon. Für andere vielleicht das Geeignete. Vorher sollte man sich auf alle Fälle beraten lassen.«

»Das will ich ja eben. Nur von wem?«

»Frauenärzte gibt es haufenweise und auch Organisationen, die sich mit Geschlechtshygiene befassen, eine ist sogar von Priestern geführt – von Priestern, ein Jux, was?« Sie lachte amüsiert, ohne Boshaftigkeit. »Nein, die einzige vernünftige Beratungsstelle ist die der Radikalen. Bei ihnen brauchst du nicht vorher den lieben Gott um Vergebung für deine Sünden zu bitten, und ein Glaubensbekenntnis zu Marx wird dir auch nicht abverlangt.«

»Gehörst du zu den Radikalen? Ich glaube, Piero und Luca sind auch in dieser Partei.«
»Klar sind sie das! Die Radikalen kämpfen für die Rechte der Homosexuellen, der Frauen, der Rauschgiftsüchtigen, der Alten, der körperlich Behinderten, für die Reform der Strafanstalten und Irrenhäuser. Wenn die Irren und Häftlinge Wahlrecht hätten, wären wir schon längst im Parlament vertreten.«
Marcella erbot sich, sie am Nachmittag, nach der Chemiestunde, zur Beratungsstelle zu begleiten.
»Sag, daß du Studentin bist, dann kostet dich die Untersuchung nur ein paar tausend Lire. Wer kein Geld hat, braucht überhaupt nichts zu zahlen.«
Die Räume, die sie betraten, ähnelten mehr einer Privatwohnung als der Niederlassung einer unpersönlichen Organisation, und in der Diele saß zu Valerias Verwunderung Pia, die Venezianerin aus der archäologischen Abteilung, an einer Schreibmaschine.
»Ciao! Mit wem willst du sprechen, mit dem Soziologen, dem Psychologen oder dem Arzt?«
»Mit Dr. Aliprandi, dem Arzt«, antwortete Marcella schnell an Valerias Stelle. »Ich habe sie vorhin angemeldet. Geh schon rein, zweite Tür rechts, ich warte inzwischen hier auf dich.«
Es war alles beruhigend nüchtern und selbstverständlich, stellte Valeria dankbar fest. Wie Marcella ihr gesagt hatte, stand der angesehene Dr. Aliprandi der Beratungsstelle unentgeltlich als Mitarbeiter zur Verfügung, und seine gradlinige Klarheit verzichtete auf den komplizierten Klimbim, mit dem seine Kollegen in ihrer Privatpraxis die Höhe der Honorare glaubten rechtfertigen

zu können. Er füllte rasch die Karteikarte aus: Name, Daten, Vorgeschichte. Bei der Untersuchung machte er gleich einen Abstrich.

»Kommen Sie, sehen wir uns den zusammen an, damit Sie besser Bescheid wissen«, forderte er sie freundlich auf und schob das Glasplättchen unter das Mikroskop.

Danach setzten sie sich nebeneinander an seinen Schreibtisch, er zog einige Prospekte und Gegenstände aus der Schublade und legte sie auf die Tischplatte.

»Das sind die gegenwärtig gebrauchten Verhütungsmittel – chemische und mechanische. Ich werde Ihnen kurz die Charakteristiken und eventuellen negativen Nebenwirkungen auseinandersetzen. So können Sie entscheiden, was Ihnen am besten entspricht.«

Es kam ihr jetzt alles so alltäglich und leicht vor, als sei sie beim Friseur, um eine neue Haartracht zu wählen: Pagenkopf, Ponyfransen, Dauerwellen?

»Das ist Ihr Ausweis«, verabschiedete sie Aliprandi und händigte ihr eine Karte aus. »Zeigen Sie den bitte vor bei künftigen Behandlungen.«

»Während der nächsten Menstruation soll ich wiederkommen, um mir eine Spirale einsetzen zu lassen. Wie lange vorher muß ich mich da anmelden?« fragte sie Marcella, als sie auf die Straße traten.

»Es genügt bestimmt, wenn du morgens im Institut Pia Bescheid sagst, damit sie dich für den nächsten Tag vormerken kann.«

»Ja, das ist das einfachste. Ich wußte gar nicht, daß Pia bei ihrer Arbeit im Institut noch zusätzlich eine Stellung hat.«

»Keine Stellung. Sie arbeitet als Volontärin wie die anderen Mädchen in unserer Partei. Wir lösen uns gegenseitig alle vier Wochen ab. Pia ist allerdings besonders aktiv; hauptsächlich setzt sie sich natürlich für die Emanzipation der Frau ein, versteht sich.«

»Wieso versteht sich?«

»Na ja, als Lesbierin . . .«

Valeria schwieg betroffen. Alle schienen mehr zu wissen als sie, fanden sich gleich zurecht, setzten sich ein, nahmen teil, waren aufgeklärt, aktiv, engagiert, mittendrin. Sie kam sich abseitig und unbedarft vor.

»Wenn du noch Zeit hast, können wir schnell auch mal hier reinschauen«, schlug Marcella am Eingang zu einem großen, baufällig wirkenden Haus der Innenstadt vor. Als sie die abgetretenen Steinstufen hochstiegen, erklärte sie:

»Die Frauenbewegung hat dieses leerstehende Gebäude besetzt und hält hier Tagungen und aufklärende Vorträge ab. Die Gemeindeverwaltung will uns rausschmeißen, aber das wird ihr nicht leichtfallen.«

»Lerne deinen Körper kennen!« forderte über der Treppe ein riesiges Poster mit dem Symbol der Bewegung. Sie betraten einen Raum, der kahl war, bis auf eine Anzahl bildlicher Darstellungen an den Wänden mit dem abbröckelnden Putz. Sie zeigten die inneren und äußeren weiblichen Geschlechtsorgane, bunt und detailliert wie malerische Kompositionen.

Eine große Anzahl Frauen war in dem Saal versammelt, darunter auch viele kaum dem Pubertätsalter entwachsene Mädchen mit ernsten, aufmerksamen Mienen. Marcella wurde leise begrüßt, um den bereits begonnenen Vortrag nicht zu stören, und nur die Stimmen einiger Kinder, die von den lernbegierigen Müttern mitgenommen worden waren und in einer Ecke spielten, unterbrachen manchmal die gesammelte Stille der Zuhörerschaft.

In der Rednerin erkannte Valeria sofort die ältere Frau mit dem intelligenten Pferdegesicht wieder, die vor ein paar Monaten, bei der Kundgebung für legalisierte Abtreibung, die kleine Gruppe zum Petersplatz geleitet hatte.

Thema ihres Vortrags war der weibliche Orgasmus, ein Vorgang, der ihrer Erläuterung nach durch einen mechanischen Reiz auf die Nervenzentren der Klitoris erzielt wurde oder – aber in selteneren Fällen, wie sie hervorhob – durch die innere Stimulation der Gebärmutter während des Koitus. So oder so hörte sich der Orgasmus in ihrer sachlichen Ausführung nicht verlockender an als eine Vorlesung über den Verdauungsprozeß.

Mit plötzlicher Sehnsucht dachte Valeria an Gil und an das unaussprechliche Gefühl, das sie beide nachts zusammenschloß in seinem stillen Zimmer. Ihre Augen folgten der Rednerin, die auf die Illustrationen an der Wand wies und dozierend auf Eierstöcke, Kitzler, Schamlippe und Muttermund tippte – die Geschlechtssphäre der Frau, wie sie sagte – Herz und Gehirn oder wo immer sich der Sitz unserer tieferen Emotionen befand, zählten nicht dazu. Wie wenig war doch erklärt, nachdem man alles erklärt hatte, dachte Valeria. Verstohlen sah sie auf die Uhr.

Es war schon dunkel, als sie weggingen, und die Straßen waren kurz nach Büroschluß voll von Menschen. Sie mußte erst eine Weile mit sich kämpfen, bevor sie sich

zu der zögernden Frage entschloß: »Meinst du, ich müßte den Radikalen beitreten?«
Marcella blieb laut lachend stehen: »Aus Dankbarkeit, weil sie dir zum Selbstkostenpreis eine Spirale einsetzen, die dir gestattet, unbesorgt zu bumsen?« Die neugierigen Blicke der Passanten glitten unbemerkt an ihr ab; freundschaftlich hakte sie Valeria ein und setzte gutmütig hinzu, während sie weitergingen: »Deshalb bist du nicht verpflichtet und brauchst nicht in die Partei, wenn du keine anderen Gründe dafür hast.«
Auch die krassesten Äußerungen wurden von dieser kameradschaftlichen Unbekümmertheit entschärft, erkannte Valeria, und vor ihrem Hauseingang sagte sie: »Du, Marcella, ich bin dir wirklich sehr dankbar für deine Hilfe! Der ganze Nachmittag ist für mich draufgegangen, aber ohne deinen Beistand hätte ich . . .«
»Nicht der Rede wert«, unterbrach Marcella sie hastig. »Ciao, bis morgen im Institut!«
Gefühle waren Marcella offenbar peinlicher als Sex, dachte Valeria lächelnd und ließ das Haustor ins Schloß fallen.

Weil einer der älteren Professoren des Instituts bei einem Streik der Verkehrsmittel laut seinen Unmut geäußert hatte (»Rom ist ein Saustall geworden, nichts funktioniert mehr!«), wurde er von einer Gruppe demonstrierender Linksextremisten zu Boden geworfen und verprügelt.
Es gab täglich Streiks, Demonstrationen, Attentate für oder gegen alles mögliche, aber der Mann von der Straße fragte sich kaum noch, um was es ging: Die Anlässe

wechselten so rapide und waren oft zu widersprüchlich, da konnte man nicht Schritt halten.
Der Frühlingswind wirbelte die Propagandazettel für die bevorstehenden Gemeindewahlen über das Kopfsteinpflaster der Gassen; über Nacht rissen Revoluzzer die Wahlplakate von den Anschlagbrettern; mit roter und schwarzer Spritzfarbe beizten Vandalen unauslöschlich politische Schlagworte auf die Travertinbrüstungen der Tiberbrücken und die Fassaden der Palazzi. Die Entführungen der reichen Leute vermehrten sich erschreckend, und die Lösegeldforderungen schnellten mit der Inflation in die Höhe.
»Wie rasch die Reichen so ein paar Milliarden zusammenkratzen!« wunderte sich der Mann von der Straße und verbarg nicht seine Schadenfreude, wenn der endlich Befreite anschließend gleich das Finanzamt wegen Steuerhinterziehung auf dem Hals hatte. Es galt jedoch als schick, wenn man unter seinen Bekannten einen Entführten verzeichnen konnte.
»So kann es nicht mehr weitergehen!« war der tägliche Refrain, und an der sich immer tiefer einfressenden Wut und Angst um sie herum maß Valeria fast schuldbewußt ihr eigenes Glück.
»Wer heute nicht engagiert ist, zählt nicht mit: amorpher Ballast, der bald über Bord fliegen wird. Besinn dich rechtzeitig!« dozierte Sandro. Warum war es ein Manko, keinen Grund zur Rebellion zu haben? hätte sie ihn fragen wollen, vermied es aber, sich mit ihrem Schwager auf eine Diskussion einzulassen.
Heiter und beschwingt, schien sie in einer ganz anderen Stadt zu leben als die übrigen Menschen, in einer Stadt,

die sie selbst erst jetzt mit Gil entdeckte, in der auch die negativen Aspekte – Unruhen, Mißstände und Gefahren – einen Zauber besaßen wie die bedrohliche Schönheit eines Gewitterhimmels.

Sie benützten ihre Freizeit zu langen Spaziergängen. Beide liefen sie gern; sie brauchten sich nicht einander anzupassen, denn Rhythmus und Schrittlänge waren von Anfang an dieselben.

Er kannte Rom besser als sie, kam ihr vor.

»Nicht besser«, sagte er. »Ich sehe manches nur bewußter, eben weil ich ein Außenstehender bin, ein Fremder. Du hingegen gehörst hierher!«

»Und wo gehörst du hin, immer noch nach Boston?«

»Nein, längst nicht mehr.«

»›Heimat‹ ist das, wovon man ausgeht. Wenn wir älter werden, wird die Welt immer fremder, verworrener das Gefüge von Totem und Lebendigem . . .«, zitierte sie.

Von einem Tag zum anderen wurde es plötzlich Frühling, kam ihr vor. Die Händler, die bisher an den Straßenecken Kastanien geröstet hatten, stellten über Nacht die kleinen Eisenöfen weg und verkauften jetzt wilde Alpenveilchen aus den Albaner Bergen; auf den Stufenkaskaden der Spanischen Treppe prunkte die alljährliche Azaleenausstellung in rot-rosa-lila-weißer Glorie, und die Schwalben schossen wie schwarze Pfeile kreuz und quer bei Dämmerung durch den klaren Himmel.

Bei dem schönen Wetter gab es noch mehr politische Kundgebungen im Freien; die Unbeteiligten sahen von ihren Caféhaustischchen aus zu, als wohnten sie einer Vorstellung bei.

Als sie einmal einem Umzug von Demonstranten »Für ein freies Chile, Tod den Faschisten!«, wie auf dem Spruchband stand, begegneten, entdeckte Valeria in dem Zug ihre Schwester. »Da vorne, rechts außen, geht Valentina, die mit dem Schild!« Sie rief und winkte, aber ihre Stimme ging in den Protestslogans unter.

»Wie zart und anmutig sie aussieht . . .«, bemerkte Gil. »Man hat unbedingt den Eindruck, daß sie lieber Pelze tragen würde als Schilder. In der Rolle einer politischen Aktivistin ist sie nicht ganz überzeugend.«

»Die spielt sie auch nur Sandro zuliebe. Nicht gerade ein musterhaftes Beispiel der emanzipierten Frau«, mußte Valeria zugeben.

Morgens, wenn sie im Institut war, arbeitete Gil an dem Manuskript seines neuen Buches, »Thanatos, The Deathwish in Modern Poetry«. Nachmittags, nach den Unterrichtsstunden, begleitete sie ihn zur Biblioteca Nazionale, wo er das Material zusammensuchte für eine Reihe von Vorlesungen, die er an der Universität als Gastlektor über »Die viktorianische Gesellschaft« halten sollte. Sie benützte die Gelegenheit, um den Text für ihre diesjährige Abschlußarbeit über die Manieristen des Seicento auszuarbeiten.

Sie saßen sich in dem weiten Saal an einem langen Tisch gegenüber; der Lärm der Stadt verebbte zu einem gleichförmigen Rauschen hinter den hohen Fenstern, und drinnen hörte man nur das Rascheln der Seiten und die gedämpften Stimmen der Bibliothekare.

Zuweilen hoben sie den Blick von ihren Büchern, sahen sich lächelnd an, und ihre Finger verschränkten sich spielerisch über der Tischplatte.

»Wie fühlst du dich bei deinen Viktorianern?« fragte sie flüsternd.
»Fast wie zu Hause in Boston. Hochanständige Leute, nach außen hin. Sogar die Beine der Möbel erschienen ihnen anrüchig, und sie bezeichneten sie lieber als ›limbs‹, keusche Extremitäten. Sittsam und ehrpusselig. Nach dem Koitus pflegte sich die Ehefrau bei ihrem Partner artig zu erkundigen: ›Have I made you comfortable, dearest?‹«
Valeria lachte laut; ein graubärtiger Herr am gleichen Tisch räusperte sich mißbilligend, und wie ertappte Kinder senkten sie die Köpfe wieder über ihre Bücher.
Es kam Valeria vor, als sei sie ständig mit Gil zusammen und auch unter anderen Menschen oder wenn jeder seiner eigenen Tätigkeit nachging, mit ihm allein. Sie schienen ein einziges, nie endendes Zwiegespräch zu führen.
Eines Sonntags begleitete er sie in die Villa del Fauno zu ihrer Mutter. Zu Valerias Überraschung war diese lebhaft und mitteilsam, plauderte lange mit Gil von ihren Kindheitsjahren, die sie bei dem amerikanischen Großvater verbracht hatte, sie entdeckten sogar gemeinsame Jugendbekannte, und nur als das Gespräch wieder zur Gegenwart überging, nahm ihr Gesicht den gewohnten, geistesabwesenden Ausdruck an.
»Es hat mich sehr gefreut, Sie kennenzulernen, Mr. Martin! Kommen Sie mich wieder besuchen«, sagte sie zum Abschied, und Valeria hatte das Gefühl, sie sei in dieser Aufforderung der Mutter keineswegs einbegriffen.
»Glaubst du, sie kann wieder normal werden?« fragte sie Gil auf der Rückfahrt.

»Das weiß ich nicht . . .« Er schaute geradeaus durch die Windschutzscheibe auf die Via Cassia. Erst nach einer Pause setzte er nachdenklich hinzu: »Ich wünsche es ihr nicht. Dann wäre sie vielleicht wirklich unglücklich.«

Wenn Gil keine Nachtarbeit in der Redaktion der Associated Press hatte, schliefen sie zusammen in seiner Wohnung.

Sie sprachen nie von Liebe, als wollten sie beide nicht abgenutzte Begriffe für ein Gefühl gebrauchen, das sie als etwas Einzigartiges, nur ihnen Gehörendes empfanden. Das meinte Gil wohl, als er einmal sagte:

»Wie kläglich, daß man doch immer mit denselben Worten manövrieren muß!«

Die Fülle ihrer Zärtlichkeit verschloß ihnen die Lippen, oder sie überspielten mit Scherzen das Übermaß an Gefühl, für das es keine Worte gab.

»Have I made you comfortable, dearest?« fragte Valeria lächelnd ins Dunkel.

Sein magerer Körper löste sich behutsam von ihrem. Sie merkte, daß er sich das Lachen verkniff, während er in gespreiztem King's Englisch zurückgab:

»You certainly did, my dear, thank you.«

»Sag mal, wurden die Frauen nie gefragt, ob es auch für sie ›comfortable‹ war?«

»Nicht die viktorianischen, was glaubst du! Anständige Frauen hatten damals nichts zu fühlen, sie oblagen mit Selbstaufopferung einer Pflicht und damit basta.«

»Obliegen finde ich gut! Ich obliege jedenfalls liebend gern und mit größtem Vergnügen«, gestand sie kichernd. »Die viktorianischen Frauen hatten eben noch

keine Gelegenheit, sich Vorträge über den weiblichen Orgasmus anzuhören.«
Manchmal wachte sie in der Nacht auf; durch die Finsternis sah sie nur das Leuchtzifferblatt der Uhr an seinem Handgelenk, ein kleines chronometrisches Gestirn. Reglos lauschte sie in die Nachtschwärze. Die Geräusche gehörten zu diesen Nächten wie die Liebkosungen: Glucksen in der Wasserleitung, die flinken Katzenpfoten auf dem Dach und in genauen Abständen ein fernes Bimmeln, das aus einem angrenzenden Kloster kam.
»Das Kloster wird von Nonnen bewohnt, die in strengster Klausur leben, le sepolte vive, die lebendig Begrabenen, wie sie die Römer nennen«, hatte Gil gesagt. »Vom Tage ihrer Einkleidung an sehen sie niemanden mehr, auch nicht die anderen Nonnen. Jede allein für sich, in einer Zelle, allein mit Gott. Das Essen wird ihnen durch eine Türluke gereicht, und keine Nacht dürfen sie durchschlafen, denn dreimal, wie es ihre Ordensregel vorschreibt, weckt sie das Glöcklein zum Gebet.«
Beten – absurd und doch irgendwie tröstlich, daß jemand betete, auch wenn man es selbst nicht mehr konnte. Ich bin klein, mein Herz ist rein, soll niemand drin wohnen . . . Manchmal wünschte sie sich, diese unsichtbaren Frauen möchten für sie mitbeten.
Lerne deinen Körper kennen! Die Nonnen wußten von ihrem Körper nur soviel, daß er die sterbliche Hülle ihrer unsterblichen Seele war. Ihre Gedanken glitten zu den Frauenrechtlerinnen, die in dem kahlen Saal ihre aufklärenden Vorträge hielten – nur ein paar Straßen trennten diese zwei Welten.
Gil schlief ruhig neben ihr, den linken Arm auf der

Brust, und das Zifferblatt seiner Uhr hob und senkte sich mit seinen Atemzügen. Zwei Uhr – jetzt mußte gleich die kleine Glocke läuten! Als sie die schwachen Schläge vernahm, schloß sie die Augen. Schon wieder halb im Traum, stiegen die freiwillig eingekerkerten Frauengestalten vor ihr auf, körperlose, blasse Engel in langen Nachthemden, und knieten auf dem kalten Boden nieder zu dem Ritual einer selbstaufopfernden Pflicht. Have I made you comfortable, lieber Gott?

10

Ein schöner Frühling, richtig wie Frühling sein muß: licht und verheißungsvoll, ab und zu kurze Rückfälle in den Winter – Wirbelwind und Platzregen – und gleich darauf Sonne, so heiß, als übe sie schon ihre Hauptrolle für den Sommer ein.

Doch wie Valeria feststellte, hatte niemand außer ihr und Gil Lust, die Reize des Frühlings zu würdigen, und alle schienen nur immer neue Gründe zu finden, um ihre Unzufriedenheit zu äußern.

Die Arcangeli wagte sich nicht mehr aus dem Haus, seitdem einer Bekannten das Einkaufsnetz weggerissen worden war.

»Auf dem offenen Gemüsemarkt, hier an der Ecke, am hellichten Tag!« Sie bestellte jetzt nur noch telefonisch und verbrachte Stunden damit, die vom Ladendiener gebrachten Waren zu wiegen, fest überzeugt, daß jeder darauf aus war, sie zu beschummeln.

Täglich zogen Strafkommandos von Jugendlichen aus der Barackenzone durch die Innenstadt, brachen in die Restaurants ein, plünderten die Geschäfte und beschmierten die Wände mit wilden Drohungen.

»Das sind keine einfachen Diebe, die wollen durch Terror den Staat angreifen«, sagten die verschreckten Bürger.

Den alten Leuten wurde aufgelauert und am Postschalter die magere Rente entrissen; bei einem Einbruch in

den Monte dei Pegni, das größte Pfandleihhaus, wurden zwei Angestellte erschossen, und die Banken waren so wenig sicher geworden, daß die Reichen ihre Wertsachen aus den Tresorfächern nahmen und lieber wieder unter der Matratze versteckten wie einst ihre Ahnen.
Jeder wußte eine Geschichte absurder Gewalttätigkeit zu erzählen, und auch der kleine Laden von Miß Primrose wurde Zielscheibe eines Anschlags. Auf dem Schild mit der Inschrift Anglo-American Bookshop wurde bei Nacht das zweite Wort mit roter Sprayfarbe überzogen und durch «Americani merda« ersetzt, doch die gegen das Schaufenster geworfene Flasche mit dem Molotow-Cocktail war glücklicherweise nicht geplatzt.
Gil ließ seinen Wagen jetzt meistens in der Garage, um nicht durch das amerikanische Nationalitätszeichen feindliche Reaktionen hervorzurufen. Er und Valeria gingen ohnehin lieber zu Fuß und benützten für längere Strecken die öffentlichen Verkehrsmittel. So auch an dem Tag, als sie Clifford und seine Frau in der neuen Wohnung am Anfang der Via Appia besuchen wollten, in die diese kürzlich umgezogen waren.
An einem Spätnachmittag stiegen sie auf der Piazza vor dem Bahnhof, der Endstation, in den Autobus, der bald gerüttelt voll war mit kleinen Angestellten, die nach der Arbeit in ihre Vorstadtwohnungen zurückkehrten. Eine graue Menschheit mit stummen, abgespannten Gesichtern; keiner blickte hinaus auf die Straßen, und ein in tagtäglicher Gewohnheit eingelernter Reflex schien jedem zu sagen, wann er seine Haltestelle erreicht hatte.
Der Autobus durchfuhr San Giovanni, einen Bezirk mit schäbigen Häuserspalieren, der nichts von der warmen,

gemütlichen Volkstümlichkeit der anderen Stadtviertel besaß, und bog in den großen Platz vor San Giovanni in Laterano ein. Die prunkvolle Fassade der Kirche stach protzig von der monotonen Häßlichkeit der Mietskasernen ringsum ab.
Plötzlich ein Schlag gegen ein Fenster, Glassplitter prasselten in den Wagen, der Fahrer hielt mit scharfem Bremsen, und sofort ging ein Steinhagel donnernd auf das Blech der Karosserie nieder. Valeria sah ein Rudel wilder Gestalten auf der Piazza, die Steine aus dem aufgerissenen Pflaster schleuderten, einige zielten mit Gabelschleudern durch die zerbrochenen Wagenscheiben auf die vor Schrecken kopflos gewordenen Passagiere. Brüllen, Hilferufe, Gewimmer; man wollte ins Freie und fürchtete sich doch, draußen, ohne Deckung, erbarmungslos gesteinigt zu werden.
Valeria wußte nachher nicht, wie sie herausgekommen waren. Gil hatte ihren Arm gepackt und sie mitgerissen; sie jagten über den Platz, hörten die Steine hinterherkollern, rannten durch ein paar Straßen und schließlich in eine Gasse.
»Rein in dieses Kino«, keuchte er. »Warten wir ab, bis die da draußen sich beruhigt haben.«
»Nur noch Stehplätze«, sagte die Kassiererin mürrisch.
»Macht nichts. Bitte zwei Karten.«
Sie schoben einen speckigen Vorhang beiseite und traten in den dunklen, überfüllten Zuschauerraum; mit einem Gefühl des Ekels zwängte sich Valeria durch die Menge bis zu einer freien Nische und lehnte sich, atemlos einen Halt suchend, an die Wand. Noch immer hatte sie das Gefühl, daß man sie verfolgte.

»Warum, warum machen sie das?« flüsterte sie und merkte, daß sie zitterte. »Was wollen sie mit diesen Gewalttätigkeiten? Die Leute im Autobus, der Fahrer, die waren doch alle aus demselben armseligen Vorstadtviertel wie die Angreifer . . .«

Gil schwieg und streichelte nur beruhigend ihr Gesicht. Was sollte er auch sagen? Er wußte sowenig wie sie eine Erklärung für diese wahnwitzigen Ausbrüche, dachte sie beklommen.

Um sich abzulenken, versuchte sie, sich auf den Film zu konzentrieren. Sie starrte auf die Leinwand, die von qualmigem Dunst umnebelt war, denn in diesen Flohkinos hielt sich niemand an das Rauchverbot.

Bald merkte sie, daß es unmöglich war, den Vorgängen zu folgen, weil der billige Pornofilm keine Handlung hatte. Er schien einzig aus einer pausenlosen Folge unglaubwürdiger Paarungen zu bestehen. Nur ein Affe, ein Schimpanse, der den Partner für einen Sodomiten abgeben sollte, wirkte seltsam rührend mit seinem stummen, unendlich traurigen Ausdruck; alles übrige war Attrappe wie die aufgesetzten Gummiglieder der männlichen Darsteller. Fingierte Brunst, grob gemimte Lust und Lüsternheit. Auch die Körperteile der nackten Frauen sahen in Großaufnahme unwirklich aus und als stellten sie etwas anderes dar: pralle Schweinsblasen die Hintern, spärlich aufgeforstete Berghänge die Unterleiber, wabbliger Milchflammeri die Brüste. Das Publikum im rauchigen Dunkel war wie ein einziges riesiges, schwer atmendes Tier, dumpf, stumm und gebannt, das bei einer Zote plötzlich in hysterisches Gelächter ausbrach.

Als einer der Zuschauer neben ihr leise stöhnte, rückte Valeria angewidert ab; auch die Wand fühlte sich schmierig, klebrig an, kam ihr vor, und als endlich das Licht anging, hastete sie Gil voran aus dem Saal, um dem Anblick der verschwitzten, geil verschämten Gesichter der Menge zu entgehen.
Die weite Piazza war jetzt fast leer; neben dem aufgerissenen Pflaster standen ein paar Polizeiwagen, und die Steine hatte man schon zu ordentlichen Haufen zusammengeschoben.
»Für den Besuch bei Clifford und Nina ist es wohl zu spät«, sagte Gil.
»Ja. Ich hätte auch keine Lust mehr.«
»Wollen wir ins ›Da Maria‹ zum Abendessen?«
»Nein . . . Verzeih, aber ich mag niemanden sehen. Gehen wir zu dir.«
Zu Hause stellte er nach einem Blick in den Kühlschrank fest: »Es ist fast nichts da. Nur etwas Käse, Kirschen und eine Flasche Wein.«
»Mir reicht das. Ich habe keinen Hunger.«
Sie rückten den Tisch an die offene Balkontür; die Nachtluft umfächelte sie lauwarm, und von der unsichtbaren Stadt, tief unter ihnen, war nur ein schwacher Widerschein des Lichtermeers zu sehen.
Sie aßen stumm und blickten zum gestirnten Himmel auf. Nach einer Weile sagte Gil nachdenklich:
»Wenn man da hinaufschaut und weiß, daß es im Weltall nirgendwo ein Ende gibt, dann ist das so unvorstellbar, daß man richtig schwindlig wird. Beängstigend . . .«
Valeria schwieg. Erst als sie aufstanden und das Geschirr abtrugen, sagte sie: »Beängstigend finde ich es hier un-

ten, wenn so etwas passiert wie heute. Die Angreifer auf der Piazza und nachher die Leute im Kino waren im Grunde dieselben – nur in verschiedenen Situationen . . .« Sie schüttelte sich unwillkürlich. »Ein scheußlicher Film . . . Der sollte nun aufreizend sein – ich fand ihn bloß deprimierend. Man möchte nie wieder . . .« Ihr Blick streifte das Bett im Hintergrund, und sie hielt verlegen inne.

Gil lachte leise. »Ich verstehe schon, was du meinst. Diese Pornofilme sind so grob und plump, so kraß und übertrieben gemacht, daß man sich selbst darin nicht finden kann oder will.« Er war in der Mitte des Zimmers stehengeblieben und schien mehr zu sich zu sprechen als zu ihr. »Je sparsamer die Mittel sind, und je stärker unsere Phantasie durch die Darstellung gefordert wird, desto überzeugender und wirkungsvoller werden die Vorgänge für uns. Es gibt die unübertreffliche Schilderung einer Liebesszene, in der von den beiden Liebenden nicht mehr gezeigt wird als einmal sekundenlang eine Hand, und doch ist sie anregend wie keine andere. Das konnte nur einem großen Künstler gelingen wie Flaubert. Hast du Madame Bovary gelesen?«

Sie verneinte. Er griff ein Buch aus dem Regal und setzte sich neben sie auf das Sofa.

»Nur kurz die Vorgeschichte: Die einfältige, lebenshungrige Provinzlerin Emma Bovary hat zum erstenmal ein Stelldichein mit ihrem Verehrer Leo verabredet. Sie sollen sich in der Kathedrale von Rouen treffen, doch auf einmal fürchtet sie sich vor diesem Wagnis und schreibt ihm einen langen Brief, in dem sie ihm mitteilt, es sei alles aus zwischen ihnen. Da sie seine Adresse nicht kennt, fährt sie doch nach Rouen, aber nur, wie sie sich schwört, um ihm den Brief zu geben und dann schnell wegzugehen . . .«

». . . und aus diesem Vorsatz wurde nichts«, warf Valeria ein. Sie zog die Beine hoch und kuschelte sich erwartungsvoll in ihre Sofaecke. Und wie an dem Nachmittag in Santa Marinella schwanden Unruhe und Mißbehagen, während sie ihm zuhörte.

»Natürlich nicht«, bestätigte er. »Die beiden wurden sofort von einem übereifrigen Cicerone in Beschlag genommen, der ihnen genauestens alle historischen Einzelheiten der Kathedrale zu erklären begann. Madame Bovary tat interessiert, Leo hingegen zappelte vor Ungeduld, denn ungenützt sah er ihre kostbare Zeit verrinnen, und als der redselige Führer einmal Luft schnappte, drückte er ihm schnell ein Silberstück in die Hand, ergriff Emmas Arm, flüchtete mit ihr durch das Portal ins Freie und winkte einer Droschke.

›Leo . . . wirklich . . . ich weiß nicht . . . ob ich darf‹, versuchte sie einzuwenden, doch als er mit weltmännischem Aplomb entgegnete: ›In Paris macht man das so‹, schlug sie alle Bedenken in den Wind. Als Provinztunte dastehen, das wollte sie um keinen Preis.«

Gil blätterte in dem Buch: »Hier, da ist die Stelle, jetzt höre Flaubert zu:

»Wohin wollen die Herrschaften?« fragte der Kutscher.

»Fahren Sie irgendwohin!« befahl Leo und schob Emma in den Wagen. Das schwerfällige Gefährt setzte sich in Bewegung.

Der Kutscher fuhr durch die Große-Brücken-Straße, über den Platz der Künste, den Kai Napoleon hinunter, über die Neue Brücke und machte vor dem Denkmal Corneilles halt.

»Weiterfahren!« rief eine Stimme aus dem Inneren.

Der Wagen fuhr weiter, rasselte den Abhang zum Lafayette-Platz hinunter und bog dann schneller werdend nach dem Bahnhof ab.

»Nein, geradeaus!« rief dieselbe Stimme.

Der Wagen machte kehrt und fuhr nun, auf dem Ring angelangt, in gemächlichem Trab zwischen den alten Ulmen hin. Der Kutscher trocknete sich den Schweiß von der Stirn, nahm seinen Lederhut zwischen die Beine und lenkte sein Gefährt durch eine Seitenallee dem Seine-Ufer zu, bis an die Wiesen. Dann fuhr er den Schifferweg hin, am Strom entlang, über schlechtes Pflaster, nach Oyssel zu, über die Inseln hinaus.

Auf einmal fuhr er wieder flotter, durch Quatresmares, Sotteville, die große Chaussee hin, durch die Elbeufer-Straße und machte zum drittenmal halt vor dem Botanischen Garten.

»So fahren Sie doch weiter!« rief die Stimme, diesmal wütend. Alsbald nahm der Wagen seine Fahrt wieder auf, fuhr durch Sankt Sever über das Bleicher-Ufer und Mühlstein-Ufer, wiederum über die Brücke, über den Exerzierplatz, hinten um den Spitalgarten herum, wo Greise in schwarzen Kitteln auf der von Schlingpflanzen überwachsenen Terrasse in der Sonne spazierengingen. Dann führte die Fahrt zum Boulevard Bouvreuil hinauf, nach dem Causer Boulevard und dann den ganzen Riboudet-Berg hinan bis zur Deviller Höhe.

Wiederum ward kehrtgemacht, und nun begann eine Kreuzundquerfahrt ohne Ziel und Plan durch die Stra-

ßen und Gassen, über Plätze und Märkte, an den Kirchen und öffentlichen Gebäuden und am Hauptfriedhof vorüber.

Hin und wieder warf der Kutscher einen verzweifelten Blick vom Bock herab nach den Kneipen. Er begriff nicht, welche Bewegungswut in seinen Fahrgästen steckte, so daß sie nirgends haltmachen wollten. Er versuchte es ein paarmal, aber jedesmal erhob sich hinter ihm ein zorniger Ruf. Von neuem trieb er seine warm gewordenen Pferde an und fuhr wieder weiter, unbekümmert, ob er hier und dort anrannte, ganz außer Fassung und dem Weinen nahe vor Durst, Erschlaffung und Traurigkeit.

Am Hafen, zwischen den Karren und Fässern, in den Straßen und an den Ecken machten die Bürger große Augen ob dieses in der Provinz ungewohnten Anblicks: ein Wagen mit herabgelassenen Vorhängen, der immer wieder auftauchte, bald da, bald dort, immer verschlossen wie ein Grab.

Einmal nur, im Freien, um die Mittagsstunde, als die Sonne am heißesten auf die alten versilberten Laternen brannte, langte eine bloße Hand unter dem gelben Fenstervorhang heraus und streute eine Menge Papierschnitzel hinaus, die im Winde davonflatterten wie weiße Schmetterlinge und auf ein rot blühendes Kleefeld niederfielen.

Gegen sechs Uhr abends hielt die Droschke in einem Gäßchen der Vorstadt Beauvoisine. Eine dicht verschleierte Dame stieg heraus und ging, ohne sich umzusehen, weiter.«

Gil klappte das Buch zu. »Das ist alles: eine Aufzählung

topographischer Bezeichnungen – Straßen, Kirchen, Brücken, Plätze – ein ratloser Kutscher, ein rumpelndes Gefährt ›verschlossen wie ein Grab‹, aber man ist drinnen mit seiner Vorstellung bei Emma und Leo und wird von ihrer Leidenschaft gerüttelt, vorwärtsgetrieben und angepeitscht, atemlos und besessen . . .«

»Ja, und mir ist dabei so warm geworden wie den armen Pferden«, sagte Valeria mit befreiendem Gelächter.

In der Nacht, gelöst und erschöpft, flüsterte sie:

»Ich danke dir . . .«

»Warum mir?« gab er leise zurück.

Schlafbefangen murmelte sie: »Dann also: merci, Monsieur Flaubert . . .«

Im Mai, nachdem die letzten drei Wochenenden dafür draufgegangen waren, wurden die Arbeiten im Palazzo Branzi abgeschlossen, und Valeria erhielt zusammen mit den Keßler-Zwillingen eine Einladung zur Eröffnung des Herrenklubs.

Da sie vorher Gil, der eine seiner Vorlesungen halten sollte, bis zur Universität begleitet hatte, kam sie mit Verspätung an, und der Empfang war bereits im Gang.

Etwas verloren stand sie in einer Ecke des Saales und nahm ein Glas von dem Tablett, das ein Kellner herumreichte. Sie schien niemanden der Anwesenden zu kennen, nur die Venus lächelte vertraut von dem Deckengewölbe auf sie herab: Der rekonstruierte Arm war tadellos geworden, stellte sie fest. Dann bemerkte sie den alten Richter, ihren ersten Auftraggeber, der sich ihr näherte.

»Gentile Signorina, es freut mich, Sie zu sehen! Wie ich

soeben erfahren habe, verdanken wir Ihrer Kunst die Restaurierung der Wandgemälde in diesem Palazzo. Complimenti, complimenti! Von Ihrem Vater habe ich übrigens lange nichts mehr gehört. Meinen Auftrag bei seinem Bauunternehmen mußte ich damals ja zurückziehen, leider, leider, diese Krise drosselt jede Investierung, zu schlimm, er wird es Ihnen wohl gesagt haben . . .«

»Ja, ich glaube . . .«

»Mit Verlaub, Signorina, es hat mich wirklich gefreut!« Der Richter wandte sich einem der Gäste zu.

Sie schlenderte unschlüssig zum nächsten Saal und erkannte die Pompadour in einer Gruppe Herren, die alle Manager-, Direktoren- und Präsidentengesichter hatten. Die dazu gehörenden Gemahlinnen (zur Eröffnungsfeier durften sie zugegen sein, aber in Zukunft sollte den Frauen wie in englischen Klubs der Zutritt untersagt werden) waren mit Juwelen behängt – perfekten Nachbildungen, denn die Originale hatte man in Schweizer Banken in Sicherheit gebracht.

Im Gelben Salon, am Ende der langen Saalflucht, wo die Fürsten Branzi früher ihre Mätressen empfangen hatten, entdeckte Valeria schließlich Piero; er stand allein neben dem Büfett, an dem sich die Gäste ungeniert vollstopften.

»Als hätten sie sich noch nie im Leben sattgegessen«, sagte sie. »Ein langweiliger Verein . . .«

»Stinklangweilig!« bestätigte er mit Überzeugung.

Sie folgte seinen Augen und sah Luca, der mit einem soignierten Herrn sprach; in affektierter Pose lehnte er gegen einen Fensterrahmen, nippte an seinem Martini und

fuhr sich mit der freien Hand, wie immer, wenn er erregt war, unentwegt durch die langen blonden Haare.
»Wer ist das mit Luca dort drüben?«
»Merli, der Bankier. Ein blöder Affe. Seitdem wir eingetreten sind, hat er Luca beschlagnahmt«, sagte Piero verärgert.
Unlustig und einsilbig ging er nicht auf ihre Versuche, eine Unterhaltung zu beginnen, ein. Nach einem Blick auf ihre Armbanduhr verabschiedete sich Valeria eilig. Wenn die Vorlesung an der Universität mit dem üblichen akademischen Viertel begonnen hatte, bekam sie noch den größten Teil mit. Die viktorianische Gesellschaft war interessanter als diese hier.

Ein ausgedehnter Streik aller Lehrkräfte, die eine der Inflation angemessene Gehaltserhöhung forderten, verschob die jährlichen Abschlußprüfungen im Institut um fast einen Monat.
Die Julihitze weichte den Asphalt der Straßen auf; wegen Wassermangels waren die Brunnen abgestellt worden, und die Marmorbecken füllten sich mit Zigarettenstummeln, Trambahnscheinen und leeren Eisbechern.
Die Professoren der Prüfungskommission waren matt und teilnahmslos, die Studenten aufsässig und nervös.
Valerias Examen dauerte keine Viertelstunde. Professor Tieri durchblätterte mit unverhohlener Ungeduld flüchtig ihr Manuskript; erst am Ende machte er eine kurze Pause und überflog die ausführliche Bibliographie.
»Ich sehe, Sie haben sich viel Mühe gegeben, Signorina, ein reichhaltiger Quellennachweis, bene, bene«, mur-

melte er erschöpft, klappte das Manuskript zu und legte es auf den Stapel der anderen.

Unnütze Mühe – ungelesen würde ihre Arbeit im Archiv des Instituts verstauben, dachte sie, während sie in die Mittagsglut hinaustrat und die Straße überquerte. Ihre Zunge klebte trocken am Gaumen. In der Asso-Bar surrten die Ventilatoren, ohne Kühlung zu verbreiten, aber das Halbdunkel war nach dem grellen Sonnenlicht eine Wohltat für die Augen. Antonio hinter der Espressomaschine nickte grüßend und füllte das Glas mit eisgekühltem Kaffee; ein Kunde neben ihr schob ihr höflich die Zuckerdose über die Aluminiumfläche der Theke zu.

»Grazie«, bedankte sie sich und fing einen diskret bewundernden Blick auf.

Dann durchzuckte sie beide das Erkennen.

»Valeria . . .«, sagte ihr Vater leise.

Seine Verwirrung ließ sie die eigene Verlegenheit überwinden.

»Es ist gewiß ein Zufall, daß wir uns hier treffen. Du kommst sicher selten in diese Gegend.«

»So gut wie nie«, griff er schnell die gebotene Gesprächsmöglichkeit auf. »Aber ich mußte heute zum Archiv des Bauamtes; das haben sie hier nebenan hinverlegt.«

Sie tranken ihre Gläser aus und verließen die Bar.

»Können wir zusammen zu Mittag essen?« fragte er zögernd.

Die bittende Unsicherheit in seiner Stimme war ihr ungewohnt und berührte sie seltsam – wahrscheinlich hatte er Schuldgefühle. Sie wollte es ihm nicht schwerer machen, deshalb sagte sie mit plötzlicher Wärme: »Ja, gern. Das müssen wir doch ausnützen, daß wir uns zufällig getroffen haben. Ich gehe gewöhnlich in ein kleines Lokal hier in der Nähe. Es ist allerdings ziemlich bescheiden, ich weiß nicht ...«

»Doch, doch, mir ist alles recht.«

Während Vincenzo das Speisenangebot des »Da Maria« herunterrasselte, beobachtete sie ihren Vater. Er sah noch immer sehr gut aus, vielleicht ein bißchen schlaffer, als sie ihn in Erinnerung hatte, und sein Gesicht wies einige Falten auf, die sie noch nicht kannte. Fast auf den Tag genau waren es zwei Jahre her, daß sie ihn zum letztenmal gesehen hatte, rechnete sie nach. Sie mußte an Gil denken und verglich ihn mit ihrem Vater. Zwei grundverschiedene Menschen, schon allein im Äußeren: ihr Vater wohlproportioniert, mit seiner lässigen, aber bewußten Eleganz, und Gil, an dem alle Kleidungsstücke hingen, als gehörten sie ihm nicht. Und doch schien zwischen ihnen eine Beziehung zu bestehen, ein Gemeinsames, das sie verband. Sie hätte es nicht erklären können; daß beide im selben Alter waren, hatte nichts damit zu tun. Es war vielmehr etwas im Ausdruck, als bewege sie der gleiche Gedanke.

»Du bist schön, Valeria ... Überraschend, wie sehr du jetzt der Nonna ähnelst, weißt du, ihrem Jugendbildnis in unserem Wohnzimmer. Merkwürdig, daß mir das erst heute so auffällt. Vielleicht, weil ich dich bewußter sehe nach dem langen Abstand – genau zwei Jahre, stimmt's?«

Sie schwieg, und er schien auch keine Bestätigung zu erwarten. Schuldgefühle hatte er wohl doch keine, wenn er mit solcher Selbstverständlichkeit von dieser langen Trennung sprechen konnte, als seien sie nur verreist gewesen.

Nach einer Weile bemerkte er: »Ich dachte, du seist schon im Urlaub. Valentina sagte mir, daß ihr voriges Jahr die Ferien zusammen in Sperlonga verlebt habt. Willst du wieder dorthin?«

»Nein, wir wollen nach Panarea.« Erklärend setzte sie hinzu: »Nicht mit Valentina. Ich fahre mit einem Freund.«

Er nickte. »Voriges Jahr erfuhr ich von Nonna, daß du dich verlobt hast. Ein junger Mann, der im Institut arbeitet . . .«

»Nein, nein«, unterbrach sie ihn hastig und entschieden.

Er merkte, daß ihr das Eindringen in ihr Privatleben unerwünscht war, lenkte sofort ab und erkundigte sich mit väterlicher Anteilnahme nach ihrer Tätigkeit im Institut.

»Das interessiert mich alles mehr als du weißt. Bevor ich auf die Universität gegangen bin, hatte ich auch die Absicht, Restaurator zu werden. Das habe ich dir nie gesagt, nicht wahr? Welch seltsame Vorbestimmung, daß du nun meinen einstmaligen Wunsch verwirklichst . . .«

Seine Sätze glichen mehr einem Selbstgespräch, das keine Bestätigung von ihr verlangte. Nein, sie hatte nicht gewußt, daß er in seiner Jugend Restaurator werden wollte, und sie sah darin keine schicksalhafte Beziehung. Wie sollte sie auch! Eltern werden mit einem geboren, man kann sich nicht vorstellen, wie sie früher waren, und

seitdem sie ihren Vater kannte, war er Ingenieur, dachte sie nüchtern.
Er hatte kaum etwas gegessen. Als Vincenzo die Obstschale auf den Tisch setzte, bot er ihr an:
»Soll ich dir einen Pfirsich schälen? Ich kann mich entsinnen, du mochtest Pfirsiche so gern, aber du wolltest nie den Flaum berühren, davon bekamst du eine Gänsehaut . . .«
»Nein, nein, laß nur, das habe ich inzwischen überwunden«, wies sie ihn ab. Um Gottes willen keine rührenden Kindheitserinnerungen aufwärmen!
Sie blickte auf seine Hand, die den Pfirsich wieder in die Schale legte. Er trug noch immer seinen Ehering. Darüber wunderte sie sich, als habe sie ganz selbstverständlich erwartet, daß er ihn abgelegt hatte. Dabei hatte sie nie darüber nachgedacht, nicht bewußt jedenfalls.
Er zündete sich eine Zigarette an. Sein Blick war nachdenklich auf das brennende Streichholz im Aschenbecher gerichtet, bis es verlöschte. »Das Feuerzeug, das du mir vor Jahren geschenkt hast, geht nicht mehr, es ist verbraucht, da läßt sich nichts machen, aber ich mochte es nicht wegwerfen.«
»Warum? Ein nicht funktionierendes Feuerzeug ist sinnlos.«
Draußen vor dem »Da Maria« verabschiedeten sie sich.
»Dieses Wiedersehen mit dir heute war eine große Freude für mich.«
»Auch für mich«, sagte sie und zögerte, plötzlich verlegen: Ihrem Vater die Hand zu drücken wie einem Bekannten war lächerlich, und ihn zu umarmen, brachte sie nicht über sich.

»Vielleicht können wir uns wieder einmal treffen, wenn du von Panarea zurück bist?«
»Ja, ja . . . Ciao!« Mit einem raschen Zuwinken überwand sie die Formalitäten des Abschieds.
Er war doch ziemlich gealtert, dachte sie, während sie die fünf Stockwerke zu ihrer Wohnung hinaufstieg. Wer weiß, ob er mit dieser Simona glücklich war. Es fiel ihr ein, daß sie sich nicht nach seiner Arbeit erkundigt hatte oder wo er seine Ferien verbringen würde. Sie hatte keine Frage gestellt, die ihn betraf und ein Interesse ihrerseits bekundete. Das tat ihr jetzt leid. Es war nicht absichtlich geschehen, sie hatte nichts mehr gegen ihn. Er war seinen eigenen Weg gegangen, wie sie alle, das war sein gutes Recht. Gelegentlich würde sie ihn mal wiedersehen, warum nicht, wenn ihm soviel daran lag. Auch ein neues Feuerzeug würde sie ihm besorgen. Komisch, Feuerzeuge kauft man sich selten selbst, meistens bekommt man sie geschenkt.

11

Der Vorschlag, daß sie ihre Ferien auf Panarea verleben sollten, stammte von Clifford, mit dem sie sich meistens in der Bar gegenüber der Associated Press trafen, wenn Gil ihn ablöste.

»Diesen Sommer müssen wir nach Long Island«, hatte er gesagt, »unsere Tochter erwartet ihr erstes Kind. Sonst sind wir immer nach Panarea gefahren. Nirgends sind wir so glücklich gewesen wie dort.«

»Ja, ich weiß, Nina hat mir Aufnahmen von eurem Haus gezeigt«, hatte Gil bestätigt.

»Auf Fotos sieht es viel großartiger aus. In Wirklichkeit ist es klein und primitiv, es gibt kein elektrisches Licht, weil wir zu weit vom Ort entfernt sind, und das Wasser muß man wie überall auf Panarea aus der Zisterne schöpfen. Aber es ist wunderbar für den Tee und überhaupt . . .« Cliffords Augen hatten aufgeleuchtet. »Da fällt mir ein: Fahrt ihr doch diesmal an unserer Stelle nach Panarea! Wir sind froh, wenn das Haus nicht so lange unbewohnt bleibt, und die Insel wird euch bestimmt gefallen. Außerdem, du kannst eine ausgedehnte Ruhepause dringend brauchen. Seitdem wir uns kennen, hast du noch nie richtig ausgespannt.«

Clifford gefiel sich Gil gegenüber in der Beschützerrolle, er wirkte andauernd besorgt um ihn, und Valeria fand das manchmal übertrieben. Gil brauchte keinen Vormund, noch dazu war er der ältere, wenn auch nur um ein paar Jahre. Immerhin, Clifford meinte es gut, man merkte, wie sehr er an ihm hing. Sie hatten sich während des Koreakriegs kennengelernt, den beide als Reporter mitgemacht hatten. Damals war Gil verwundet worden.

»Zwei Lungenschüsse«, war seine Erklärung gewesen, als sie ihn einmal nach der Ursache der breiten Narbe über seiner Brust gefragt hatte. »Meine Rettung habe ich Clifford zu verdanken.«

In den letzten Julitagen hatten sie endlich alles hinter sich gebracht – Prüfungen, Vorlesungen, auch die Druckfahnen von »Thanatos, The Deathwish in Modern Poetry«, Gils neuem Buch, waren rechtzeitig angekommen, so daß er sie während der Ferien durchsehen und ergänzen konnte. Mit dem Wagen fuhren sie bis Sizilien, und dort bestiegen sie in Milazzo den mit Passagieren und Waren vollbepackten Dampfer.

Über die Reling gelehnt sahen sie Stromboli, die erste und größte der Liparischen Inseln, aus dem zarten Morgennebel steigen – eine phantastische Vision: steile, vom Meer zerfressene Felsabstürze und aus den Schloten der noch tätigen Vulkane herausgeschleuderte Lapilli, Rauch und Schwefeldunst. Träge und unaufhaltsam wanden sich die Lavaströme die Abhänge zur Küste hinab und erloschen zischend im Meer.

Die meisten Passagiere gingen in Stromboli an Land; auch der größte Teil der Fracht wurde hier ausgeladen. Auf Salina, der nächsten Insel, wurden nochmals zahlreiche abgesetzt, und als Panarea in Sicht kam, waren außer ihnen nur noch ein paar Leute an Bord, allem Anschein nach Einheimische der Insel.

Die Frau eines Fischers, die Clifford von ihrer Ankunft benachrichtigt hatte, begleitete sie den steilen Pfad hinauf zu dem Haus, brachte ihnen frische Feigen und Wein und bot ihnen ihre Hilfe an, »finchè vi siete fatti paesani«, bis ihr heimisch geworden seid, wie sie sagte. Doch sie brauchten sie nicht erst einzuleben, sie fühlten sich vom ersten Augenblick an zu Hause, obwohl sie beide nie vorher so gelebt hatten.

»Aber vielleicht haben wir uns unbewußt danach gesehnt, und deshalb ist uns, als gehörten wir hierher«, sagte Valeria.

Manchmal waren sie den ganzen Tag allein und hörten nur das besessene Zirpen der Zikaden. Von ihrem Haus – zwei lichten Räumen unter maurischem Kuppeldach, außen wie innen weiß getüncht – sah man Meer, Himmel, Ginster, Kapernbüsche und Felsen. Kein anderes Haus.

Sie konnten sich vorstellen, daß sie die einzigen Menschen auf der Insel waren, dieser kaum zwei Kilometer langen Ellipse, die wie ein vielfarbig schillernder Opal vom blauem Glast des Meeres eingefaßt war.

Wenn man sie einige Zeit nicht mehr im Ort gesehen hatte, kam Rosalia, die Frau des Fischers, hinauf. »Ich soll mich um Sie kümmern, hat Signor Clifford meinem Sohn geschrieben . . .« Sie selbst und ihr Mann Calogero konnten nicht lesen.

»Big brother wacht auch hier über dich«, scherzte Valeria.

Calogero fuhr sie in seinem Boot um die Insel, vom Schatten der Tuffsteinklippen in die glitzernde Helle der mit bunten Salzkristallen verkrusteten Abhänge und

nahm sie einmal auf Fischfang mit. Sie brachten einen Korb kleiner Langusten nach Hause zurück.
»Heute koche ich!« verkündete Gil. »Ich mache dir einen Clambake, wie ihn die Indianer zubereiteten, und wie man ihn noch heute in Boston ißt. Eigentlich bräuchte man Muscheln dazu, aber mit Langusten geht es bestimmt auch. Das Rezept ist denkbar einfach: Man wickelt die Tiere in Seegras, legt sie auf heiße Steine und deckt alles mit Sand luftdicht zu.«
Sie stiegen zu der schmalen Bucht hinunter, wo sie meistens badeten; hier waren die Kiesel über dem vulkanischen Grund stellenweise so glühend heiß, daß es zischte und dampfte, wenn das Meerwasser darauf spritzte.
»Man braucht die Steine nicht einmal anzuwärmen! Seegras und Sand gibt es in Mengen, du wirst sehen, das wird eine Delikatesse! Bei diesem Rezept verlieren die Langusten nichts von ihrem herrlichen Meeresduft.«
Bis das Gericht gar war, wollten sie ins Wasser. Sie sprangen ins Meer und schwammen bis zur äußersten Spitze ihrer Bucht.
Auf der Oberfläche war das Wasser lauwarm, aber beim Tauchen kamen sie in eine kühle Strömung, die sie auffing und mitnahm. Kein Laut drang von der Außenwelt in die blaugrüne Tiefe, und die Strömung trieb sie geräuschlos vorwärts. Sie schwebten über Algenwälder und mit Seeanemonen besternte Seegraswiesen, durch Schwärme winziger Fische, die wie Funken auseinandersprühten, wenn sie durchschwammen. Ihr Luftvorrat, sparsam eingeteilt, perlte in silbernen Bläschen nach oben, und schließlich glitten sie, atemlos prustend, wieder ans Licht, warfen sich Bimssteine zu, die auf dem

glitzernden Wasserspiegel schaukelten, dem Spiel selbstvergessen hingegeben, bis sich Valeria besann: »Unser Clambake à la Panarea!«

»Der müßte soweit sein, ich werde mal nachsehen.«

Sie ließ sich auf dem Rücken treiben und schaute Gil nach, der ans Ufer kletterte, stelzbeinig, unbeholfen, wie ein seltsamer, ungefiederter Vogel; sie wußte nicht, warum dieser Anblick sie rührte. Die Helligkeit blendete, und das Salzwasser brannte sie in den Augen. Sie schloß die Lider und wartete, zum Strand hinlauschend. Da kein Ruf kam, schwamm sie gemächlich zurück.

Gil stocherte mit einem Stecken ratlos im Sand. »Der Clambake . . . ich kann ihn nicht mehr finden! Dies war die Stelle, hier sind noch die Steine, aber von den Langusten keine Spur, nicht einmal Asche . . .«

»Sie sind eben verduftet!« Seine Bestürzung war so komisch wie echt. Tröstend setzte sie hinzu: »Die Indianer in New England hatten es kühler. Auf diesem Vulkan backen zu wollen, würde auch der geübtesten Squaw eine sichere Blamage einbringen.«

»Unser Mittagessen ist verkorkst. Aber zur Entschädigung haben wir jetzt eine neue Bezeichnung für einen totalen Mißerfolg: ein Clambake«, sagte er, während sie lachend und hungrig die Anhöhe zu ihrem Haus erklommen.

Glücklich, wie sie waren, fanden sie, daß auch Mißerfolge einen zauberhaften Reiz haben konnten.

An den langen, trägen Nachmittagen, wenn eine erfrischende Brise aufkam, durchwanderten sie Panarea, von dem höchsten Berg, dem Pizzo del Corvo, zu den Fumarolen und den heißen Quellen der Küste. Die Felsen, mit einer Kruste von Salzkristallen und Lapilli, glitzerten bunt im Licht der untergehenden Sonne, und der Duft von Myrtensträuchern und Wermutbüschen vermischte sich mit dem Geruch von Schwefelgas, das wie von unsichtbaren Blasebälgen durch die Felsenritzen gepufft wurde. Stellenweise war der vulkanische Boden so heiß, daß die Glut durch ihre leichten Sandalen brannte und sie Tanzbären gleich hopsen mußten.

Mitte August wurde es auch nachts so warm, daß Gil vorschlug: »Verlegen wir unser Schlafzimmer auf die Terrasse. Wir brauchen bloß die Matratzen hinauszutragen.«

»Draußen schlafen! Das habe ich mir als Kind schon immer gewünscht, und nie wurde es mir erlaubt.«

»Meine Schwester und ich hatten im Garten unserer Großeltern ein Zelt. In dem durften wir manchmal übernachten . . .«

»Daran erinnere ich mich, das beschreibst du in ›A Bostonian Childhood‹«, unterbrach sie ihn. »Margaret wollte dann vor dem Einschlafen immer abenteuerliche Geschichten von dir hören, bis ihr so gruselte, daß sie sich in ihrem Schlafsack verkroch. Erzähl mir auch was Gruseliges! Kalte Schauer über den Rücken wären hier gerade richtig.«

In den Nächten auf der Terrasse lagen sie lange wach. Ihre braungebrannten Körper hoben sich dunkel von den Laken ab. Sie umfingen sich mit einer verzehrenden Zärtlichkeit, die keine Worte brauchte. Unter ihnen schien Panarea auf der Magmaglut der Vulkane leise zu sieden, während über ihnen das lautlose Feuerwerk der Sternschnuppen durch den Himmel sprühte. Es war, als würde die Insel wie ein sacht schwankender Kahn mit ihnen ins offene Meer hinaustreiben.

In den kühlen Morgenstunden arbeitete Gil unter dem Weinlaubdach der Pergola vor dem Haus an der Korrektur der Druckfahnen. Valeria brachte es nicht immer fertig, ihre Ungeduld zu verbergen, wenn sie auf ihn wartete. Thanatos, wie sie sein Buch kurz nannte, kam ihr manchmal wie ein Rivale vor, der sich zwischen sie und Gil drängte.

»Wer war das eigentlich noch, Thanatos? Griechische Mythologie – meine Schulkenntnisse sind da ziemlich verblaßt.«

»Der Gott des Todes. Homer nannte ihn den Bruder des Schlafs, und für Hesiod war er der Sohn der Nacht . . .«

»Jetzt weiß ich Bescheid: In der antiken Kunst ist er ein schöner Jüngling, der eine Fackel senkt und sie auf dem Boden löscht. Das Museo Nazionale von Neapel hat uns kürzlich eine solche Skulptur ins Institut geschickt, und Jaroslav hat sie restauriert . . .«

Sie ging von hinten an Gil heran und legte ihm die Arme um den Hals; über seine Schulter hinweg sah sie auf die bedruckten Bögen.

Sie las laut:

». . . ›Sterben
ist eine Kunst wie alles.
Ich kann es besonders schön . . .‹«

Sie stockte einen Augenblick, dann las sie fasziniert weiter:

»›Ich kann es so, daß es die Hölle ist,
  es so sehn,
Ich kann es so, daß man wirklich fühlt,

es ist echt.
Sie können, glauben ich, sagen, ich bin berufen
zu diesem Ziele . . .‹.«

Sie brach ab. »Was bedeutet das?«

»Es sind Verszeilen aus einem Gedicht von Sylvia Plath, in dem sie ihre Selbstmordversuche beschreibt.«

»So gut konnte sie es also doch nicht, wenn die Versuche scheiterten und sie sie anschließend beschreiben konnte!« Die makabre Selbstgefälligkeit des Gedichts fand sie irritierend.

»Das nächste Mal ist es ihr dann gelungen, und andere haben es für sie beschrieben, keine Dichter, sondern die Berichterstatter der Zeitungen. Sie war erst dreißigjährig und hätte eine große Zukunft gehabt als Dichterin, hieß es.«

Gedrängt von einer ihr unerklärlichen Neugier fragte sie: »Und wie hat sie sich umgebracht?«

»Mit Gas. Man fand sie in ihrer Londoner Wohnung, den Kopf im Backofen des Küchenherds.«

Sie richtete sich wortlos auf und ging zu der niedrigen Terrassenbrüstung. Gil sammelte die verstreuten Blätter zusammen; sie hörte seine Schritte, die auf sie zukamen, und fühlte seinen Arm um ihre Schultern. Jetzt bereute sie ihre Fragen. Es kam ihr vor, als ob die Tote schemenhaft zwischen ihnen stände und ein rußiger Londoner Wintermorgen die Sonne verdunkelte.

Als wüßte Gil um ihr Unbehagen, zog er sie fester an sich und streichelte ihr Gesicht.

»Ich bin mit den Korrekturen und Ergänzungen fertig. Endlich! Das freut dich auch, nicht wahr?«

Sie fuhren nach Stromboli, um die Sendung aufzugeben,

denn Gil kam der einzige Postbeamte von Panarea, der, ein leidenschaftlicher Unterwasserjäger, leider nur selten hinter seinem Schalter anzutrefffen war, zu unzuverlässig vor.
»Thanatos und alle traurigen Dichter sind wir los«, sagte Valeria fröhlich auf der Rückfahrt. »Jetzt sind wir endlich allein.«
In diesen letzten Wochen auf der Insel schien die ganze übrige Welt noch weiter von ihnen abzurücken; keine Nachricht von dem, was draußen geschah, erreichte sie. Der Dampfer brachte täglich Sommergäste auf die Insel, sie sahen ihn in weitem Bogen einfahren, eine Gischtschleppe nach sich ziehend – aber kein Fremder verirrte sich bis herauf zu ihnen.
Sie gaben sich unbekümmert ihrer Trägheit hin. Es war schön, nichts tun zu müssen; auch die Wanderungen hatten sie aufgegeben. Sie lagen stundenlang am Ufer, von der Wärme durchdrungen, ein rotes Flimmern hinter den geschlossenen Augenlidern, zuweilen von einer kleinen Welle wie von einer kühlen Liebkosung überspült.
Manchmal gingen sie nachts vorm Einschlafen noch baden. Sie faßten sich bei den Händen, während sie ins Wasser wateten, denn das dunkle Meer war geheimnisvoll, fast beängstigend, und im Mondlicht verblich die Sonnenbräune ihrer nackten Körper, so daß sie fahl und seltsam wehrlos wirkten. Etwas von dieser magischen Furcht durchschauerte sie noch nachher, wenn sie auf der Terrasse lagen, sich in die Arme schlossen, die Kühle ihrer Haut spürten und den salzigen Geschmack ihrer Küsse.

Die Sonne stieg auf und ging unter, und es schien ihnen, daß die Zeit, wie das Gestirn, nicht verging, nur einen immer gleichen Kreis um sie beschrieb, ohne Datum und Wochentage. Nur am Sonntagmorgen, wenn das Glokkenläuten von der Kirche im Ort zu ihnen heraufwehte, besannen sie sich betroffen: »Schon wieder Sonntag!«
Sie ließen sich treiben. Ihre Gedanken glichen den Bimssteinen, die leicht und ziellos auf der Meeresfläche tanzten.
In ihren Gesprächen berührten sie nie die Zukunft. Sie lebten in der Gegenwart, es erübrigte sich, davon zu sprechen; am liebsten hörte Valeria Gils Kindheitserinnerungen zu. Aber sie brauchten nicht viel zu reden, um sich zu unterhalten.
An einem Morgen am Strand sah sie Gil, der spielerisch einen Tunnel durch einen kleinen Sandhaufen grub. Der Anblick löste eine Erinnerung in ihr aus.
»Du, das habe ich dich nie gefragt: Wohin wolltest du eigentlich bei dem Wetter damals auf der Bergstraße?«
»Zu einem Stelldichein.«
Sie blinzelte ihm zu und konnte über diesen Spaß lachen, denn sie kannte ihn; er hatte nichts zu verbergen. Sie wußte alles, auch über seine kurze Ehe, und daß sein Sohn in Washington lebte und sie sich sahen, wenn er nach Amerika fuhr. Seine Frau hatte wieder geheiratet.
»Der zweite war der richtige, und sie sind glücklich zusammen«, hatte er nur dazu bemerkt. Es war alles abgetan und in Ordnung, keine Verpflichtung der Vergangenheit griff in sein jetziges Leben herüber, das nur ihr gehörte. Sie kannte seine Freunde, seine Kollegen, seine Arbeit und – das fühlte sie – seine Gedanken. Es war be-

ruhigend, alles von einem Menschen zu wissen und ihm ganz vertrauen zu können.

»Ich möchte immer so glücklich sein wie jetzt . . .«

»Wir werden bald abfahren müssen. Unsere Ferien gehen zu Ende«, warf er ein.

»Ich weiß, aber das meinte ich nicht. Ich bin glücklich mit dir, wo auch immer.«

Wie bei ihrer Ankunft lehnten sie über der Reling, während der Anker rasselnd gelichtet wurde und sich der kleine Dampfer langsam vom Ufer entfernte. Als habe sie sich vom Grund gelöst, schien ihnen in dem opalisierenden Licht die Insel nachzuschwimmen. Sie folgten ihr mit den Augen, bis sie, sich hinter Stromboli duckend, verschwand.

12

Es fiel Valeria schwer, sich wieder an die Stadt zu gewöhnen. Kleidung, Stundenplan, Lärm, ihr Mietzimmer – alles empfand sie einengend. Nachdem sie so lange in leichten Sandalen gelaufen war, zwängten die Schuhe ihre Füße ein, und der unablässig durch die Straßen brausende Verkehr dröhnte ihr schmerzhaft in den Ohren nach der Stille von Panarea.

Die beschauliche Trägheit hatte sich in Unlust verwandelt. Sie brachte es nicht mehr fertig, Uhrzeiten einzuhalten, zuzuhören und das Gehörte aufzunehmen; was im Institut vor sich ging, ließ sie gleichgültig, als wolle sie es bewußt möglichst weit hinauszögern, sich wieder dem gewohnten Trott anzupassen.

Professor Tieri hob mit milder Klage ihre Unaufmerksamkeit hervor. Die Pompadour war eindeutiger:

»Auch wenn unser Institut wahrscheinlich ohne Ihre Mitarbeit auskommen könnte, Signorina Vanni, wäre eine intensivere Beteiligung Ihrerseits gewiß wünschenswert.«

Die Berichte, wie die anderen ihre Ferien verbracht hatten, langweilten sie, und den neuesten Institutsklatsch nahm sie nur zerstreut auf. Versetzungen, Beförderungen, Gerüchte, neue Liebschaften, das übliche.

»Von Filippo weiß ich, daß eine langdauernde Mission in Fossanova geplant wird. Die gotische Abtei soll restauriert werden«, verkündete Alfio.

Sie nahm sich vor, rechtzeitig eine hieb- und stichfeste Ausrede parat zu haben.
Die Assistenten und Studenten der anderen Klassen und Abteilungen versammelten sich oft zu kurzen Besuchen in der Gemäldeabteilung, der sie zugewiesen worden war, und diese Unterbrechungen mit dem belanglosen Gerede fand sie noch unerträglicher als den Arbeitszwang.
»Das Kolosseum ist gesperrt worden«, gab Pia bekannt. »Die ständige Erschütterung durch die Verkehrsmittel hat schwere Schäden verursacht. Gestern sind Brocken vom Sims auf die Straße gestürzt.«
»So? Und wohin hat man den Verkehr umgeleitet? Wo er noch nicht Beschädigtes ruinieren kann?« fragte Martino spitz, und Jaroslav versuchte einzulenken:
»Wenn sie erst mit der U-Bahn fertig sind, wird es bestimmt besser werden . . .«
»Ha!« unterbrach ihn Alfio schrill, der nur auf diesen Einwand gewartet zu haben schien. »Der Bau der U-Bahn, was denkst du, was die Bohrmaschinen und Bagger da alles vernichten? Die fressen sich unbekümmert durch archäologisch wertvolles Gelände, und die ganze Stadt wird bald auf einem Schweizer Käse sitzen.«
Einer der Assistenten mischte sich ein: »Und inzwischen schluckt dieses Projekt unentwegt Milliarden, ohne daß sich ein Ende absehen ließe. Als vor dreißig Jahren mit dem Bau angefangen wurde, waren meine Eltern noch nicht verheiratet, und bevor man damit fertig sein wird, bin ich wahrscheinlich pensioniert.«
Jetzt legte Piero los:
»Die mechanische Auswirkung von Verkehrsmitteln

und Bauarbeiten ist noch lange nicht alles. Viel schlimmer sind die chemischen Angriffe auf die Kunstwerke: die Abgase der Autos, die Verbrennungsschlacken, der Smog . . . Kohlenstoff und Schwefel, in Verbindung mit Mikroorganismen, von Regen, Wind und Temperaturschwankungen unterstützt, spalten, zersetzen und verfärben den Marmor. Die Kalkspatkristalle lösen sich von der ausgesetzten Oberfläche ab . . .«

»Erspar uns eine zusätzliche Chemiestunde!« bat Pia gähnend. »Jeder weiß, daß der Bleigehalt der Luft im historischen Zentrum höher ist als in Chicago.«

»Und in dieser Giftluft müssen wir arbeiten!« klagte Luca. »Ich restauriere ein Fresko in einer offenen Kapelle beim Corso, von dem vor Schmutz nichts mehr zu sehen ist, und mein Hemd ist schon nach einer Stunde schwarz.«

»Na ja, wenn man immer so geleckt zur Arbeit erscheint wie du«, entgegnete Martino.

»Ich habe eben nichts übrig für Schwarzhemden«, parierte Luca mit einem Hieb auf Martinos politische Einstellung.

Filippo lud alle großzügig zu der Vorführung eines Pornofilms ein, den er während der Ferien aus Frankreich eingeschmuggelt hatte.

»Hard core porno!« versicherte er. »Hier strengstens verboten, damit sich der Papst nicht ärgert. Und wie hält man es bei euch, Okamoto? Seid ihr für eure Regierung reif genug und dürft euch so was ansehen?«

Okamoto lächelte schweigend und unbeteiligt.

»Es ist ein Skandal, daß man uns so bevormundet und die Einfuhr verbietet!« empörte sich Martino.

Colette bemerkte vernünftig: »In diesem Land gibt es gegenwärtig andere Sorgen als die legalisierte Einfuhr von Pornofilmen.«
»Ich schlage vor, wir helfen uns selbst«, offerierte Alfio. »Wer mich braucht, ich stehe unter Latin Lover im Branchentelefonbuch.«

Nach ihrer Rückkehr hatte Valeria drei Briefe von Guido aus Isfahan angefunden. Er erzählte von seiner Arbeit, schimpfte über die schlechte Organisation und hielt ihr vor, daß sie nicht schrieb. Unbeantwortet warf sie die Briefe in den Papierkorb.
Sie sträubte sich innerlich, das alte Leben wieder aufzunehmen, und ihre Umwelt schien diese Ablehnung zu rechtfertigen. Die Arcangeli war übelster Laune und teilte allen mit, sie habe beschlossen, die Wohnung aufzulösen und zu ihrer Schwester nach Parma zu ziehen. Doch ihre Mieter nahmen diese oft geäußerte Drohung nicht weiter ernst, wußten sie doch, daß dies nur die Einleitung für eine neuerliche Mieterhöhung war.
Von ihrer Schwester erfuhr Valeria, daß man Sandro während des Sommers bei einer Demonstration, die in einen Straßenkampf ausgeartet war, verhaftet hatte. »Weil dabei zwei Sicherheitspolizisten erschossen worden sind; aber damit hatte Sandro bestimmt nichts zu tun. Trotzdem hat man ihn drei Wochen lang in Untersuchungshaft behalten, und jetzt steht ihm der Prozeß bevor. Er wird ständig überwacht; jeden Tag muß er sich im Polizeipräsidium melden.«
Valentina tat ihr leid, doch auch an den Sorgen ihrer Schwester konnte sie nicht richtig teilnehmen.

Die monatlichen Geldsendungen ihres Vaters trafen wie immer pünktlich ein. »Wenn du nach den Ferien etwas Zeit für mich hast, ruf bitte an . . .« Das wollte sie tun, nahm sie sich vor, aber nicht jetzt. Jetzt hatte sie keine Lust.

Sie vernachlässigte alle anderen Beziehungen und Tätigkeiten, um mit Gil zusammensein zu können; bei ihm fühlte sie sich gelöst, von jedem Zwang befreit. Wenn sie beide allein waren, glaubte sie wieder in den verzauberten Traum versinken zu können, aus dem sie der Abschied von Panarea verscheucht hatte.

Daß Gil jetzt ebenfalls fast immer müßig war, gab ihr ein Alibi für die eigene Passivität. Nach der Rückkehr hatte er keine neue Arbeit begonnen, er wollte erst auf das Erscheinen von »Thanatos« warten. Seine Tätigkeit bei der Associated Press hatte er auf wenige Stunden wöchentlich beschränkt. Clifford bemerkte dazu scharf:

»Reiß dich zusammen, Gil! Merkst du es denn nicht? Du bist ein Lotosesser geworden und hast auch Valeria angesteckt!«

»Big brother ist böse mit dir, du Lotosesser! Was meint er bloß damit?« fragte sie belustigt.

»Weiß Gott, wie er darauf kommt! Die Lotophagen waren ein sagenhaftes Volk, vielleicht von Homer erfunden, denn er läßt Odysseus an ihrer Küste landen. Sie nährten sich von Lotosblumen und fanden bei dieser Diät Vergessenheit, so eine Art Nirwana, selige, wunschlose Ruhe, Erlöschen . . .«

Es war noch wochenlang warm und sonnig. Sie durchstreiften die Stadt kreuz und quer, ohne bestimmtes

Ziel. Schlafwandlern gleich, ohne Müdigkeit zu verspüren, verloren sie sich in den engen Gassen, die wie dunkle Flure die eng zusammengedrängten Häuser durchschnitten; sie verirrten sich in kleine Höfe – feucht bemooste Kammern eines Labyrinths – und ließen sich wieder hinaustreiben ans Licht, über Brücken, durch Alleen, bis in die weite Bucht vor der Peterskirche, wo die Kolonnaden sie in einer steinernen Umarmung umfingen. Sie wanderten durch die Ruinen des Palatin, von wilden Katzen lautlos umhuscht, schlenderten den Aventin hinauf, dessen Zypressen im Glanz der untergehenden Sonne wie rotgelbe Fackeln aufloderten, und stiegen erst bei Nacht zum Lichtermeer der Stadt hinab.

Als es kälter wurde und eine lange Reihe verregneter Tage kam, verlegten sie ihre Spaziergänge in die Museen, wo sie fast immer allein waren; um diese Jahreszeit gab es kaum Besucher, und nur die Wärter, den Rücken an die Heizung gelehnt, blickten ihnen dösend nach. Palazzo Doria, Kapitol, Palazzo Venezia, Villa Giulia, Palazzo Brancaccio, Galleria Borghese, Musei Vaticani ... Ungezählte Kilometer konnte man in Rom über blanke Marmorböden laufen, und sie gingen durch die weiten Saalfluchten, an spalierstehenden Statuen und mit Gemälden dicht behängten Wänden vorbei, so wie sie bisher durch Ruinen, Straßen und Parkanlagen gewandert waren. Der Duft gerösteter Kastanien wehte durch die verregneten Gassen; die Verkäufer vor ihren Holzkohlenöfchen hielten die Hände zum Wärmen über das Feuer, und die aufgeschlitzten Maronen auf dem Rost lachten gelb.

Bei einem ihrer Streifzüge gelangten sie zur Piazza Barberini. Ein großes, mit Strohmatten verhangenes Gerüst verbarg den berühmten Brunnen.
»Der Triton von Bernini wird restauriert; das macht bestimmt jemand vom Institut«, sagte Valeria und lugte durch einen Schlitz hinein. »Pia und Jaroslav sind dabei!« Sie lüftete eine Strohmatte und trat mit Gil in das Gehäuse.
»Der Kalk aus dem Wasser hat sich abgesetzt und die Skulptur und das Becken verkrustet. Richtige Stalaktiten und Stalagmiten sind daraus geworden, wir haben schon eimerweise Gestein abgebrochen und weggetragen, eine Heidenarbeit bei der Kälte . . .« Pia warf die Geräte beiseite und blies in die blaugefrorenen Hände.
»Macht eine Pause«, schlug Gil vor. »Ich hole euch einen heißen Punsch aus der Bar.«
»Die anderen, die den Schildkrötenbrunnen säubern müssen, sind noch schlechter dran«, sagte Jaroslav. »All die Flechten und das Moos abschaben und die Ritzen mit Zement verschmieren. Das Chlor im Wasser hat die Bronzeschildkröten angefressen . . .« Er leerte sein Glas. »Danke, das war genau das Richtige, jetzt können wir wieder an die Arbeit.«
»Seid ihr alle fleißig!« bemerkte Valeria und setzte hinzu, während sie mit Gil die Via del Tritone hinaufschlenderte: »Eigentlich eine sinnlose Mühe . . .«
Er blickte sie lächelnd von der Seite an, und sie fühlte sich durchschaut.
»Nein, ich will nicht meine Faulheit rechtfertigen! Man fragt sich wirklich, was diese Restauriererei noch soll, wenn doch alles in Dreck und Trümmer fällt. Du siehst

ja selbst, daß Rom immer häßlicher wird, überfüllt, eingeengt von Mietskasernen, jede schöne Piazza ein Parkplatz – Fassaden, Denkmäler, Fontänen, alles von Fahrzeugen verstellt und nur noch über Autodächern sichtbar, und was alt und wertvoll ist, bricht zusammen, unaufhaltsam zerfressen und in den Fundamenten erschüttert . . .«

»Und was besagt das?« unterbrach er sie mit ungewohnter Vehemenz. »Kein Untergang, sondern ein ständiger Wandel, und wenn dabei etwas auf der Strecke bleibt – wie könnte es anders sein, das gehört zum Leben. Rom ist kein Museumsstück, sondern eine lebendige Stadt, und gerade in ihrem unaufhaltsamen Wandel, in der immer neuen Wiedergeburt liegt ihre Größe und Stärke und vor allem auch ihr Zauber . . .« Sie hatten den Corso erreicht und überquerten die Piazza Colonna. Er redete weiter, ohne sich um die Passanten zu kümmern, die ihnen im Weg waren.

»Übervölkert, eingeengt von Mietskasernen, lärmerfüllt«, wiederholte er ihre Worte. »Nichts davon ist neu, wir empfinden es nur so, weil wir zu kurz leben. Unter Kaiser Augustus hatte Rom mehr als zwei Millionen Einwohner; nach dem Einfall der Barbaren schrumpfte die Zahl auf nicht mehr als sechzigtausend zusammen – heute sind es drei Millionen. Auch zu Neros Zeiten gab es Mietskasernen und Hochhäuser, und die Ästheten jammerten über die Verschandelung. Ein griechischer Schriftsteller, Lukian, schimpfte vor zweitausend Jahren, daß er bei einem Aufenthalt in Rom wegen des lärmenden Verkehrs keine Nacht habe schlafen können . . .«

»Einer der ersten verärgerten Touristen ...«
Er schien ihre Unterbrechung nicht gehört zu haben.
»Wie oft ist schon der Niedergang dieser Stadt für endgültig gehalten worden, und welche Katastrophen hat sie durchgemacht! Nichts ist hier je endgültig, und alles nur der Übergang zu etwas anderem. Nach dem entsetzlichen neuntägigen Brand befahl der Imperator Claudius beim Wiederaufbau, auf jeder Piazza einen Brunnen zu errichten – nicht zur Zierde, wie wir heute glauben können, sondern um bei der nächsten Feuersbrunst gleich Wasser zur Hand zu haben.« Sie bogen auf die Piazza Montecitorio ein. Er wies zur Mitte:
»Der große Obelisk war einmal der Zeiger einer riesigen Sonnenuhr, die Augustus in seinem Privatpark angelegt hatte; jetzt ist er Drehpunkt dieses wilden Verkehrskarussells. Als Garibaldi vor rund hundert Jahren die Stadt einnahm, weideten auf dem Palatin, dem einstigen Wohnsitz der Kaiser, Schafe und Ziegen ...«
»Und jetzt grasen dort Kunsthistoriker und Restauratoren!« unterbrach sie lachend seine Tirade. »Basta! Du hast mich überzeugt: kein Untergang, nur ein Wandel der Ewigen Stadt.«

Valeria merkte, daß Gil jetzt Freunde und Kollegen mied, auch Clifford, vielleicht, um seinen Vorwürfen zu entgehen.
»Big brother hat dir doch nichts zu sagen!«
»Er meint es gut«, gab er entschuldigend zu.
Sie war glücklich, daß er nur mit ihr zusammensein wollte, so wie sie mit ihm. Manchmal, nach ihren langen Gängen, luden sie Miß Primrose vom Bookshop zum

Tee bei Babington ein. Bei ihr war man sicher; Miß Primroses anbetende Ehrfurcht enthielt keinen Tadel. Ihr kleiner grauer Filzhut, der asthmatische Cocker, alles an ihr war so beruhigend unveränderlich wie der gediegen-schäbige Dekor des hundertjährigen Tearooms.
Zu »Gigetto« waren sie nach ihrer Rückkehr nur einmal essen gegangen. Als habe er auf der Lauer gelegen, war Romolo auf sie zugestürzt und hatte sie mit seinem Redeschwall überfallen. Er habe im Sommer seine Songs auf einer Tournee vorgetragen.
»Nur in erstklassigen Lokalen, von Portofino bis Taormina«, sprudelte er. »Mannoni, der beste Agent Italiens, hat mich jetzt in seinem Stall; er ist von Broken Melody begeistert, das wird ein Hit, schwört er. Die Schallplattenaufnahme hängt bloß noch von den letzten Strophen ab, Signor Martin ...«
Er hatte sich gesetzt und die ersten Töne auf der Gitarre angeschlagen: »Love, you are a smile that lingers ... la prego, Signor Martin!«
Von den anderen Tischen hatte man zu ihnen hingestarrt. Gil wäre am liebsten gegangen, Valeria sah es ihm an.
»Du hast es ihm versprochen ...«
Er hatte ihr zugenickt und angefangen, zu schreiben:
»There is no sound at break of hearts,
Cheeks don't shine with unshed tears.
Lonely lives go on the same
With prayers no one hears.«
Dann hatte er einen Augenblick gestockt und sie suchend angesehen, bevor er weiterschrieb:
»Gone. Words could not hold a dream.

It is foretold of all who search so hopelessly:
We're lost. The song we tried to sing
Is a broken melody.«

»Magnifico!« hatte Romolo gejubelt. »Die erste Platte ist für Sie, Signor Martin!«

Seitdem waren sie nie wieder bei »Gigetto« gewesen.

Mitte November wurden im Institut die Namen der Studenten bekanntgegeben, die an der Mission in Fossanova teilnehmen sollten. Alle, die jetzt das dritte Kursjahr begonnen hatten, waren darunter, mit Ausnahme von Okamoto, der mit drei Tafelbildern beschäftigt war, die zu einer Ausstellung der Trecentomalerei nach Amerika geschickt werden sollten.

»Ich werde diese Mission nicht mitmachen«, erklärte Valeria bestimmt.

»Du hast dich schon vor der im letzten Frühjahr gedrückt. Die Pompadour hat dich auf dem Kieker«, warnte Piero.

Ärgerlich widersprach sie: »Und wenn, was geht dich das an?«

»Ja, er muß immer vorschreiben, was man tun und lassen soll«, pflichtete ihr Luca schnell bei. Die Keßler-Zwillinge stritten sich jetzt oft, seitdem sie im Sommer ihre Ferien getrennt verbracht hatten. Luca war auf einer Privatyacht zu einer Mittelmeerkreuzfahrt eingeladen worden, und Piero hatte sich begnügen müssen, bei seinen Eltern in Riccione zu bleiben.

Zu ihrer Überraschung war auch Gil entschieden dafür, daß sie an den Missionsarbeiten teilnehmen sollte.

»Du darfst dich nicht im Institut in ein schlechtes Licht

setzen, sonst behält Clifford recht damit, daß wir beide Lotosesser geworden sind.«
Zwei Tage später riß eine Katastrophe sie aus ihrer selbstsüchtigen Apathie, und faule Ausreden erübrigten sich: In der Nacht zum 22. November erschütterte ein schweres Erdbeben das etruskische Gräbergebiet um Viterbo – mehrere kurz aufeinanderfolgende Stöße, die in wenigen Sekunden Verheerungen anrichteten.
Am schlimmsten wurde Tuscania, eine antike, für ihre mittelalterlichen Kirchen berühmte Stadt, betroffen.
Schon am nächsten Tag versammelte Maselli alle in der großen Aula.
»Das ganze Institut wird unverzüglich zu einer Rettungsaktion eingesetzt. Was an Kunstwerken übriggeblieben ist, muß sofort geborgen werden. Zu dieser Jahreszeit kann die geringste Verzögerung den endgültigen Verlust bedeuten. Ich erwarte von Ihnen allen absolute Solidarität und Einsatzbereitschaft. Morgen früh um sechs fahren unsere Busse. Rechnen Sie mit einer mehrwöchigen Abwesenheit und rüsten Sie sich entsprechend aus.«
Die Nacht vor der Abreise verbrachte Valeria mit Gil, und im Morgengrauen begleitete er sie zur Stazione Termini, wo die vom Institut gemieteten Busse warteten. Es war kalt und regnete.
»Wir trennen uns zum erstenmal . . .«
Er nickte und sagte nur: »Steig bitte ein, du wirst sonst naß.«
Er schlug den Mantelkragen hoch, und sie winkte ihm zu. Doch er schien sie nicht wahrzunehmen hinter der Scheibe, gegen die der Regen trommelte.

Tuscania bot einen erschreckenden Anblick – und zwei weitere Erdstöße brachten, was bisher nur beschädigt gewesen war, zum völligen Einsturz. Die meisten Einwohner hatten ihre Wohnungen verloren, gruben unter den Trümmern nach vermißten Angehörigen und schrien ihre Namen. Bei jedem Schwanken der halbzerstörten Mauern und Dächer fürchteten sie ein neuerliches Erdbeben. Aber trotz überpanischer Angst blieben sie. Erst mußten die Vermißten gefunden werden, lebendig oder tot. In Kälte und Regen kampierten sie in den Häuserruinen, ständig in Gefahr, von einstürzenden Häusern erschlagen zu werden.

Die Busse des Instituts wurden erwartungsvoll umringt. Als sich jedoch herumsprach, daß all diese Leute nur der Kunstwerke wegen gekommen waren, schlug die Enttäuschung in offene Drohung um. Man hatte mit Feldküchen, Fertighäusern, Lazarettwagen gerechnet.

Mit ihren Türmen, Zinnen und Bastionen gleichen die Kirchen Tuscanias gewaltigen Festungen. Über ein Jahrtausend hatten sie die Stadtbewohner vor feindlichen Einfällen beschützt. Jetzt waren die wuchtigen Mauern unter den Erderschütterungen geborsten, die Glasmalereien der Fenster lagen als Scherbenhaufen auf den Fliesen, Schnee und Regen peitschten durch die eingestürzten Dächer in die Kirchenschiffe und vermischten sich mit Mörtel und Schutt zu dickem Schlamm.

Bevor man an die dem Unwetter preisgegebenen Gemälde und Statuen herankonnte, mußten Berge von Steinen und Glassplittern, Kalk und Stuck weggeräumt werden.

»Wir sind hier als Handwerker angestellt, nicht als Restauratoren«, jammerte Luca. Niemand hatte vorausgesehen, daß die Arbeitsbedingungen so hart und das Wetter so schlecht sein würde. Alle mußten sich Gummistiefel und Windjacken aus Rom nachschicken lassen.

Die Gruppe, der Valeria zugeteilt worden war, wurde in San Pietro eingesetzt, einer der ältesten und schönsten Kirchen, die oben am Berg über steil abfallenden Tuffwänden lag. In San Pietro war die Apsis eingestürzt; es galt jetzt mit größter Eile in der darunterliegenden Krypta die Fresken von den Wänden zu lösen und wegzuschaffen.

»Wenn das Gewölbe über uns zusammenbricht, werden wir hier unten wie die Ratten erschlagen«, sagte Alfio.

»Das Institut hat uns gegen Unfälle versichert.« Johanas Mitteilung schien allen nur ein schwacher Trost.

In der Gruft war es eisig. Das Regenwasser sickerte durch die gespaltenen Mauern und zuweilen hörten sie den dumpfen Aufprall neuer Steinmassen über ihren Köpfen.

»Was nicht schon eingefallen ist, ist einsturzgefährdet«, klagte Luca verängstigt. Er hatte das Feuer in Gang zu halten, das den ganzen Tag lang mit zersägten Dachbalken genährt wurde, damit der Kleister im heißen Wasserbad aufweichte. So schnell sie vermochten, kletterten die anderen mit den siedenden Leimtöpfen die Leitern hoch, um den Klebstoff, der in der Kälte schon nach wenigen Minuten erstarrte, rechtzeitig auf die Hanftücher streichen zu können, die auf die Fresken aufgelegt und glattgestrichen wurden. Die Anstrengung und der Wettlauf mit der Zeit sowie die ständig drohende Gefahr ließen keine Unterhaltung zu. Es war alles mühsam; die schwere Kleidung behinderte jede Bewegung, und unbeholfen tappten sie in den klobigen Stiefeln über die Planken der Gerüste. In Handschuhen hatte man kein Gefühl. Man mußte also mit bloßen Händen arbeiten und zuweilen eine Pause einlegen und sich am Feuer wärmen, bis die steifen Finger wieder durchblutet waren.

Die Ruanda-Urundi waren unter ihrer Schwärze violett angelaufen in der frostigen Luft, und Okamotos Gesicht schimmerte gelblich wie altes Elfenbein; bald hatten alle Frostbeulen an Händen und Füßen. Man arbeitete in verbissenem Schweigen, auch Luca jammerte nicht mehr. Der Wind pfiff durch die geborstenen, offenen Säulengänge des Mittelschiffs, und unter den Stößen schwankten die Gerüstständer und Leitern. Die letzten Dachpfannen wurden von den Simsen gerissen und zerschellten dröhnend.

Am dritten Morgen fanden Valeria und ihre Gruppe in der Kirche eine Schar mit Knüppeln bewaffneter Tuscaner an, die sie an der Arbeit hindern wollten, wenn die Regierung nicht sofort Lebensmittel und Arzneien entsandte.

»Unsere Kinder sterben«, brüllten sie. »Wir scheißen auf die Kunstwerke!«

Maselli eilte selbst nach Rom, um zu veranlassen, daß endlich Hilfsgüter gesandt wurden.

Die Restauratoren waren in Viterbo untergebracht worden; bei Morgengrauen wurden sie nach Tuscania gefahren und bei Dunkelwerden zurückgebracht. Von der anstrengenden Arbeit erschöpft, hatte keiner mehr Lust,

abends noch etwas zu unternehmen. Man rieb die Frostbeulen mit Salbe ein, ausgenommen Martino, der sie mit Urin begoß. »Billiger und wirksamer. Die Gebirgler der Abbruzzen machen es alle so«, erklärte er.
Nachdem die zerstörten Telefonleitungen wieder hergestellt worden waren, gelang es Valeria einmal, Gil anzurufen. Die Verbindung war sehr schlecht, und sie mußte mehrmals wiederholen: »Nächsten Sonnabend, ich komme nächsten Sonnabend zurück!«
Von dem, was Gil sagte, hatte sie nichts richtig verstanden. Aber der Klang seiner Stimme blieb ihr in den Ohren, auch nachdem sie entmutigt den Hörer aufgelegt hatte.
Die letzten sieben Tage vergingen schneller als die erste Woche. Zwar änderten sich die miserablen Arbeitsbedingungen nicht, aber daß jetzt ein Ende abzusehen war, machte sie erträglicher, und noch erträglicher wurden sie, als Luca zu den Leimtöpfen einen Wasserkessel auf das Feuer stellte, um jederzeit einen heißen Grog bereiten zu können. Leicht angeduselt wankten sie auf den Gerüsten herum, und manchmal brachen sie in hysterisches Gelächter aus. Unbeschwert fröhlich wurde die Stimmung aber erst auf der Rückfahrt im Bus.
»Ah, als erstes ein warmes Bad! Wir stinken wie die Ziegenböcke!« Es war alles glücklich überstanden, man kehrte nach Hause zurück. Die Schrecken des Erdbebens und die mühselige Arbeit erschienen ihnen bereits in romantischer Verklärung.
Im Flur der Wohnung stieß Valeria auf die Arcangeli.
»Es ist jemand da für Sie, im Salotto. Er wartet schon seit einer Stunde.«

»O ja!« Gil hatte sich nicht gedulden wollen, bis sie ihn anrief. Im Vorbeigehen sah sie ihr lächelndes Gesicht im Spiegel; sie klinkte die Tür auf.
Clifford wandte sich vom Fenster ab und kam auf sie zu. Die roten Samtvorhänge schluckten die trübe Helle des Wintermorgens; sie konnte seinen Ausdruck nicht erkennen und schaltete das Licht an.
»Clifford, warum bist du hier? Ist etwas mit Gil?«
Er faßte ihren Arm und zog sie auf das rote Plüschsofa.
»Gil hat sich . . . Gil ist gestorben.« Er hielt noch immer ihren Arm, als fürchtete er, sie wolle weglaufen; aber sie blieb ruhig sitzen.
»Man hat ihn gestern früh gefunden. Du solltest es nicht aus den Zeitungen erfahren, ich sollte das verhüten, nur diesen Wunsch hat er schriftlich für mich zurückgelassen. Deshalb bin ich gekommen.«
Er liebte mich nicht, sonst hätte er das nie tun können, dachte sie bloß.
Clifford ließ ihren Arm los. Sie würde nicht weglaufen. Wohin auch? Sie hörte ihn reden, als wollte er alle Fragen beantworten, die sie noch gar nicht gestellt hatte.
»Er hat es so oft versucht. Schon damals in Korea und vielleicht noch früher. Und voriges Jahr gegen den Tunneleingang . . . Einmal mußte es ihm gelingen.«
»Er liebte mich nicht. Sonst hätte er das nicht tun können«, wiederholte sie diesmal laut.
»Gil hat es dir wohl nie gesagt – aber mir hat er gesagt, was du ihm bedeutet hast. Dir verdankte er dieses letzte Jahr, du hast ihn glücklich gemacht und ihm die Kraft gegeben, sein Buch zu beenden. Er liebte dich . . .«
»Vielleicht. Aber das genügte ihm wahrscheinlich

nicht.« Sie fuhr erbittert auf: »Warum hat er nicht an mich gedacht?«

Clifford strich sich mit einer müden Gebärde über die Augen. »Ich glaube, er hat nur an dich gedacht. Sein Schicksal war für ihn unentrinnbar, jeder fehlgeschlagene Versuch war nur ein Aufschub – und er fürchtete, dich in sein Verhängnis hineinzureißen. Jetzt erst ist mir bewußt geworden, daß er Angst um dich hatte, Angst vor dem, was er deinem Leben antun könnte. Deshalb war er damals so aufgebracht über meine dumme Bemerkung, die vom Lotosesser. Er hat sie wie eine Anklage empfunden, die wohl gegen ihn erhoben werden durfte, aber nicht gegen dich.« Clifford fingerte nervös an den Quasten des Sofapolsters. »Wir waren in der Nacht seines Todes noch zusammen. Um Mitternacht, als ich ihn ablöste, haben wir in der Bar vor der Redaktion noch einen Kognak getrunken. Mir ist nichts Ungewöhnliches an ihm aufgefallen. Er redete nicht viel, und wie mir schien, nichts Besonderes – nur rückblickend spürt man die hintergründige Bedeutung der Worte. Er sprach von dir, und wie froh er sei, daß du an den Bergungsarbeiten in Tuscania teilnahmst. Es sei eine harte Zeit für dich, aber du würdest sie durchstehen. ›Valeria hat das ganze Leben vor sich, und sie liebt ihre Arbeit‹, sagte er. ›Ich hingegen bin ein hoffnungsloser Lotosesser und Clambake.‹ Clambake, wie kam er auf diese Idee? Ich mußte darüber lachen, als wir uns verabschiedeten.«

Sie schwieg. In dem überheizten Zimmer juckten ihre Frostbeulen. Eine harte Zeit für sie, aber sie würde sie durchstehen . . .

»Morgen ist das Begräbnis«, sagte Clifford. Er faßte beschwörend ihre Hand: »Valeria, bleib ein paar Tage bei uns! Nina hat mir aufgetragen, daß . . .«
Sie machte sich von ihm los. »Wozu? Ich kann es durchstehen, hat er doch gesagt!« Sanfter setzte sie hinzu: »Macht euch keine Sorgen um mich, du und Nina. Wir sehen uns morgen auf dem Friedhof.«
Als er sich an der Wohnungstür verabschiedete, bat er: »Tu mir den Gefallen: lies keine Zeitungen.«
Sie versprach es.

Auf dem protestantischen Friedhof bei der Cestiuspyramide waren viele Menschen zusammengekommen. Es wurden drei Reden gehalten: Zuerst ergriff der amerikanische Botschafter das Wort; ihm folgten in gestaffelter Rangordnung der italienische Lektor für amerikanische Literatur an der Universität Rom und der Direktor der Associated Press. Der Botschafter hob hervor, wieviel Italien für Gilchrist Martin bedeutet hatte; der Lektor betonte, wie sehr sich Dottore Martin um die Verbreitung der italienischen Literatur in Amerika verdient gemacht hatte; der Journalist rühmte den selbstlosen Einsatz seines Freundes Gil, der es trotz seiner anerkannten literarischen Tätigkeit nicht unter seiner Würde gefunden habe, die anonyme Arbeit eines Tagesschriftstellers zu verrichten. Alle drei erwähnten die Gräber von Shelley und Keats auf diesem Friedhof; zwischen zwei verstorbenen Dichtern wurde dem toten Literaten eine angemessene letzte Ruhestätte zuteil, fand man.
Es war ein klarer, kalter Tag, die Sonne schien ohne zu

wärmen, und die eisige Tramontana zerrte an den Kranzschleifen und rötete die Nasen.
Romolo war gekommen. Er trug einen dicken Wollschal, der bis zu den Augen reichte; ganz am Rande der Menschenmenge stand, klein und grau, Miß Helen Primrose.
Valerias Augen brannten vom Wind. Sterben ist eine Kunst wie alles. Ich kann es besonders schön. Sie starrte auf den Sarg, der jetzt hochgehoben wurde. Lag Gil darin mit der großen Angst in den Augen, wie damals auf der Bergstraße bei Subiaco oder wie in Santa Marinella, reglos, mit der tiefen Kerbe über der Brust? Egghead, Clambake, have I made you comfortable? Wer war denn wirklich in dem Kasten?
Der Sarg verschwand in der Erde. Sie wandte sich um und entfernte sich, erst langsam, dann immer rascher, als könnte sie jemand zurückholen.
Sie wollte zu Gil gehen, er mußte doch irgendwo auf sie warten wie immer, vor dem Institut, an ihrem gewohnten Tisch im »Da Maria«, in seiner Wohnung oder sonstwo. Sie hatte sich daran gewöhnt. Manchmal kam er ihr ungeduldig ein Stück entgegen. Gleich mußten sie sich treffen, und sie würde ihm alles genau erzählen von den drei Reden, und wie passend er liegen sollte zwischen Shelley und Keats.
Ein Demonstrationszug kam ihr entgegen, löste sich auf, und die Teilnehmer verschwanden in den Osterien. Es war Essenszeit; zu Mittag lösten sich in Rom alle Demonstrationszüge auf.
Plötzlich stand sie auf einer Brücke und erkannte die Engelsburg mit dem goldenen Engel, der sich hoch ge-

gen den glasklaren Himmel abhob, als flattere er in der Tramontana. Sie war in die falsche Richtung gelaufen, ein paar Kilometer, und hatte es nicht gemerkt!
Den Rückweg legte sie langsamer zurück. Sie hatte keine Verabredung, und es gab keinen Grund, sich zu beeilen.

13

Romolo kam ins Institut, um die Schallplatte für Valeria abzugeben. Auf dem Umschlag stand, »il celebre letterato« Gilchrist Martin, ein begeisterter Fan des jungen Romolo of Rome, habe – als letztes Werk kurz vor dem tragischen Ende – für ihn den Text von »Broken Melody« verfaßt. Der Agent verstand sich aufs Geschäft.

Clifford brachte ihr Gils Armbanduhr. »Ich dachte, es wäre dir lieb, einen persönlichen Gegenstand von ihm zu haben.«

Sie dankte ihm und trug die Uhr ein paar Wochen. Nachts glimmte das Zifferblatt im Dunkeln, als ob er noch neben ihr läge, und zweimal täglich strichen die Zeiger über den unbekannten Augenblick seines Todes. Nach einiger Zeit begann sie nachzugehen, und manchmal blieb sie auch stehen. Der Uhrmacher in dem kleinen Reparaturengeschäft neben »Da Maria« öffnete das Gehäuse, fixierte kopfschüttelnd durch seine Klemmlupe das Räderwerk und ließ den Deckel wieder zuschnappen.

»Wollen Sie die reparieren lassen? Das lohnt nicht. Der Mechanismus ist zu alt, sehen Sie, auch der Kronenaufzug hier, völlig verbraucht.«

Sie legte die Uhr in ein Kästchen zu den anderen Dingen, die sie nicht mehr trug und doch nicht wegwerfen konnte.

»Thanatos, The Deathwish in Modern Poetry« erschien vor Weihnachten, und Miß Primrose hatte ihr Schaufenster nur mit diesem Buch und mit Tannenzweigen geschmückt. Sie bestand darauf, Valeria ein Exemplar zu schenken.
»Das wäre Mr. Martins Wunsch gewesen«, beharrte sie und wies auf das Vorsatzpapier mit der Widmung:
»For Valeria with gratitude.«
Sie nahm das Buch mit nach Hause und legte es in die Schublade ihres Schreibtischs. Später würde sie es einmal lesen, gewiß. Jetzt konnte sie es nicht, jetzt wollte sie nicht wissen, welche Gedanken Gil auf Panarea bewegt hatten, als sie so sicher gewesen war, alles von ihm zu wissen, und er sich wohl bereits entschlossen hatte, sie zu verlassen.
Clifford rief mehrmals an, lud sie ein, mit ihm und Nina Konzerte und Theater zu besuchen. Aus Höflichkeit folgte sie seinen Einladungen, aber Gil stand immer zwischen ihnen, auch wenn sie ihn nie erwähnten, und sonst hatten sie sich nichts zu sagen. Mit Ausreden entzog sie sich schließlich den gutgemeinten Aufforderungen, und nach wenigen Wochen hatten sie sich aus den Augen verloren.
Ein Rechtsanwalt aus New York teilte ihr in einem Schreiben mit, Mr. Gilchrist Martin habe testamentarisch verfügt, daß die Honorare seines letzten Werkes Miß Vanni zugehen sollten, »zum Dank für ihre Mitarbeit«. Als der Brief eintraf, lag bereits die zweite Auflage von »Thanatos« in Miß Primroses Schaufenster, diesmal mit einer Buchschleife, auf der hervorgehoben wurde, »daß der Autor durch den eigenen Freitod mit extremer

Konsequenz die Ideologie seines Werkes proklamiert habe«. Auch der Verleger verstand sich auf »promotion«.

Valeria beschloß, die Weihnachtsferien in Santa Marta zu verbringen, einem kleinen Dorf am Rande des Bolsenasees, an dem sie vor Jahren bei einem Schulausflug vorbeigefahren war. Sie entsann sich einer Handvoll Häuser am Ufer des Sees, armselig und weltfern, trotz der Nähe Roms. Es würde nicht viel kosten, und vor allem kannte sie dort keinen Menschen. Sie wollte allein sein.

Bei einer Bauernfamilie fand sie ein Zimmer. Es gab keine Heizung; ein Kohlenbecken unter dem Eßtisch wärmte nur die Beine und verdarb die Luft. Abends schob ihr die Wirtin, um die Laken anzuwärmen, ein vorsintflutliches Holzgestell unter die Bettdecken, das einen Topf mit glühender Asche enthielt und unerklärlicherweise »il prete«, der Priester, genannt wurde.

Sie hatte sich Bücher mitgenommen. Aber es war zu kalt, um im Haus zu sitzen und zu lesen. Während ihrer Wanderungen durch die Wälder schien die Zeit stillzustehen, und der See, der den Krater eines erloschenen Vulkans füllte, war unter dem verhangenen Himmel wie ein kaltes graues Auge.

Heiligabend schneite es. Sie ging früh zu Bett und blieb lange wach liegen, mit hochgezogenen Beinen unter den rußig riechenden Laken. Aus der Küche drangen die Stimmen der Hausbewohner zu ihr, die sich um das Kaminfeuer versammelt hatten, um die Christnacht zu fei-

ern. Nach altem Brauch tranken sie vin santo zu Röstkastanien und spielten Tombola. Laut wurden die Nummern ausgerufen, und zwischendurch gellte der Jubelschrei des Gewinners: »Tombola!«
Sie lag verkrampft und steif unter der Last der schweren baumwollenen Pferdedecken, die sie niederdrückten in die Kälte.
Glockengeläut rief die Gläubigen zur Mitternachtsmette. Sie hörte die Schritte draußen auf dem Schnee knirschen. Auch ihre Wirtsleute waren wohl mitgegangen, denn unten in der Küche war es still geworden. Sie fiel in einen unruhigen Schlaf; doch bald schreckte sie wieder hoch und lauschte reglos ins Dunkel. Die Christmesse war anscheinend zu Ende, denn sie vernahm die Rufe der Heimkehrenden und eine entfernte Musik, die allmählich näher kam. Zampognari! fiel ihr ein, Dudelsackpfeifer, die die Weihnachtsnovene, das alte Lied der Hirten, spielten.
»Tu scendi dalle stelle, o Re del Cielo . . .«
Die Zampognari gehörten untrennbar zu den Weihnachten ihrer Kindheit; mit Schaffellen bekleidet, spitze Filzhüte auf dem Kopf, die Beine lederumhüllt, so wanderten sie immer zu zweit, meist Vater und Sohn, zur Adventszeit von ihren Dörfern in der Campagna nach Rom und spielten bis zum Dreikönigsfest vor den Kirchenportalen ihre uralten Weisen, der Ältere auf dem Dudelsack, der Junge auf einer Schalmei. Jetzt kamen kaum noch Zampognari in die Stadt, und der Klang ihrer primitiven Instrumente ging im Verkehrslärm unter. Statt dessen ertönte die Weihnachtsnovene laut und klar von Tonbandgeräten in den Supermärkten, wurde bald

allen über und war ohnehin lange nicht so beliebt wie »White Christmas«.

»... e vieni in una stalla al freddo ed al gelo ...« Die letzten Worte verklangen kaum noch hörbar am Ende der Straße.

Ihre steifen Glieder schmerzten, aber sie scheute sich, sie zu bewegen und weiter in der eisigen Kälte ihres Bettes vorzudringen, das sie wie ein Fremdkörper einkapselte. Was wollte sie eigentlich hier? Zampognari, il prete, vin santo, Christmette – Riten und Traditionen ohne Beziehung zu ihr, fern und unverständlich wie Fruchtbarkeitstänze auf den Fidschiinseln.

Drei Tage hielt sie es aus, dann fuhr sie nach Rom zurück.

Sie wollte nicht mehr allein sein.

»Über Neujahr ist Masellis Wohnung von Dieben ausgeraubt worden«, erzählte Martino. »Er war verreist, und als er wiederkam, war alles futsch, Silber, Bilder, Pelze, alles.«

»Und wißt ihr von Enzo, dem Assistenten aus der Archäologie?« unterbrach Colette. »Zwei Kerle haben ihn auf dem Aventin um ein Streichholz gebeten, ins Gebüsch geschleift, und weil er nur zehntausend Lire bei sich hatte, haben sie ihn bewußtlos geprügelt. Er liegt noch im Krankenhaus.«

Die Entführungen hatten zugenommen, weshalb die reichen Familien ihre Sprößlinge im Institut abmeldeten und im Ausland sicherstellten. Nach Einbruch der Dunkelheit wagte man sich ungern aus den Häusern. Seitdem am hellichten Tag auf der Via Condotti Damen von Rowdys auf Motorrädern die Pelze abgerissen worden waren, zeigten sie sich nur noch in schlichten Lodenmänteln; auch Handtaschen ließ man lieber daheim und steckte das Kleingeld einfach in die Handschuhe. Banden von jugendlichen Gaunern aus den Barackenvierteln brachen in die Geschäfte der Innenstadt ein, plünderten sie aus und zerstörten, was sie nicht mitnehmen konnten.

Rom, längst verwahrlost, chaotisch und hektisch, war jetzt auch gefährlich geworden. Revolution, Staatsstreich, Diktatur – man schien alles zu hoffen und zu fürchten und an nichts zu glauben und protestierte, ohnmächtig und verbittert, gegen die Roten, die Schwarzen, den Staat, die Reichen und alle anderen. Man mußte jemandem die Schuld geben.

Valeria ging gleichgültig durch die verschmutzten Straßen, wo die Umzüge von Streikenden und Demonstranten, die in Brand gesteckten Polizeiwagen und zertrümmerten Schaufenster ein gewohnter Anblick geworden waren. Über den noch heilen Auslagen kündigten grellbunte Plakate einen vorzeitigen Ausverkauf an. Die Untergangsstimmung um sie herum entsprach ihren eigenen Empfindungen. Es fiel ihr leicht, sich mit dieser Stadt zu identifizieren, die wie eine einzige, allumfassende Konkurserklärung erschien.

Auch sie gab jemandem die Schuld für ihre Verzweiflung: Gil – der ihr mit seinem Tod die Sinnlosigkeit des Daseins offenbart hatte. Sie klagte ihn nicht an, weil er sie verlassen hatte, sondern weil er sie einem Leben ausgeliefert hatte, das sein Ende als wertlos verurteilte.

Im Freskensaal wurden die aus Tuscania geborgenen Wandgemälde restauriert.
Piero, der mit Valeria und Johana an derselben Himmelfahrt beschäftigt war, legte seine Palette nieder und zündete sich eine Zigarette an.
»Manchmal fragt man sich wirklich, was das hier für einen Sinn hat! Pinseln, kleben, leimen, retuschieren, dann kommt ein Erdbeben, eine Überschwemmung oder sonstwas, und die ganze Arbeit geht flöten.«
»Man braucht keine Katastrophe zu bemühen«, mischte sich Alfio ein. »Die beste Restaurierung hält höchstens ein paar Jahrzehnte.«
»Solange hat man ein Kunstwerk aber wenigstens bewahrt, und nach uns wird es wohl auch weiterhin Restauratoren geben«, ließ sich Johanas gesunder Menschenverstand vernehmen.
»Mir hängt alles zum Hals heraus«, beharrte Piero.
Die Ruanda-Urundi arbeiteten verbissen, ohne aufzusehen, während Martino seinen Tisch verließ und sich eine Zigarette aus Pieros Packung nahm.
»Darf ich dich mit der Mitteilung trösten, daß es in Klöstern bald nichts mehr zu restaurieren geben wird?« fragte er grinsend. »Die geschäftstüchtigen Gottesmänner verkaufen alles unter der Hand. Geh in die Läden der Antiquitätenhändler, um dich davon zu überzeugen: Beichtstühle als schicke Hausbar, Leuchter, Kreuzwegstationen, Chorgestühl, Monstranzen in jeder Preislage. Sogar Reliquien gehen wie warme Semmeln weg: Man kriegt einen Zahn von Sankt Cosimus als Anhänger oder drei Haare der heiligen Emerenziana in silbernem Medaillon als Halsschmuck. Ich kenne eine Luxusnutte, bei

der steht ein Betpult des Cinquecento im Schlafzimmer ...«

»Und jetzt erst hat sich unser Kulturministerium dazu entschlossen, eine Bestandsaufnahme aller Kunstgüter der Kirche vornehmen zu lassen! Den Brunnen zudekken, nachdem das Kind hineingefallen ist!« empörte sich Piero.

Valeria rührte gedankenverloren in dem Leimtopf auf dem Spirituskocher. Sie mochte sich nicht an dem leeren Gerede beteiligen, aber auch Okamotos und Johanas bedenkenloser Arbeitseifer und der sture Fleiß der beiden Neger fielen ihr auf die Nerven.

Carmine, einer der Pförtner, steckte den Kopf durch den Türspalt. »Signorina Vanni wird von Professoressa Tieri gewünscht!«

»Wahrscheinlich hat sie wieder etwas zu meckern«, bemerkte Alfio.

»Mir kann sie gestohlen bleiben!« Diese trotzige Einstellung spiegelte sich noch in ihrer Miene, als sie das Zimmer betrat und der Aufforderung folgte, sich zu setzen.

»Ich möchte Sie um einen Gefallen bitten, Valeria«, begann die Pompadour, und die Sanftheit des Tons war so ungewohnt wie die Vertraulichkeit der Anrede. »Eine Gruppe des zweiten Kursjahrs wird demnächst zu einer Mission nach Arezzo geschickt, um die Kirche von San Francesco, vor allem den Freskenzyklus des Piero della Francesca, zu restaurieren. Ich kann eine so verantwortungsvolle Arbeit nicht ohne Aufsicht ausführen lassen und habe daher an Sie gedacht, wenn Sie abkömmlich sind.«

Valeria fühlte etwas in sich aufsteigen, dessen sie nicht Herr zu werden vermochte. Sie wollte sprechen, brachte aber kein Wort hervor. Die Pompadour redete auch schon weiter.

»Ich schätze Ihre Fähigkeiten. Sie haben Einfühlungsvermögen, und die Wiederherstellungstechnik von Fresken liegt Ihnen ganz besonders.« Ihre Stimme wurde leiser, wärmer: »Manchmal läßt man nach, das hat weiter keine Bedeutung, jedenfalls nicht bei Ihnen. Sie finden sich wieder.«

Valeria merkte, wie ihr die Tränen in die Augen stiegen. Wie lange hatte sie nicht mehr geweint! Und ausgerechnet jetzt mußte sie sich so gehenlassen. Das unerwartete Mitgefühl der Pompadour hatte sie ihre mühsam bewahrte Selbstbeherrschung verlieren lassen. Was ahnte sie von ihr? Beschämt und doch erleichtert, gleichsam von einem Zwang erlöst, nickte sie, ihrer Stimme noch nicht sicher, mit Nachdruck.

»Sie übernehmen also die Leitung, das freut mich.« Der Ton der Pompadour war wieder nüchtern und praktisch, als würde sie einem Gestrauchelten unter die Arme greifen, um ihn wieder auf die Beine zu stellen. »Die Abreise ist für Anfang Februar festgelegt. Natürlich werde ich Sie vorher noch über die Einzelheiten des Arbeitsprogramms unterrichten.«

Die sechs Wochen, die Valeria in Arezzo verbrachte, glichen einer schwierigen, aber täglich fortschreitenden Genesung. Ganz wie nach einer überstandenen lebensgefährlichen Krankheit kam sie nur langsam wieder zu sich. Ihr war, man habe sie aus Ersatzteilen neu zusam-

mengesetzt, und nun dauerte es eben seine Zeit, bevor sie richtig funktionierten.
Sie wohnte mit der Gruppe zusammen in einer Jugendherberge. Wer wollte, durfte über die Wochenenden nach Rom fahren. Doch sie machte nie Gebrauch davon, und auch die anderen zogen es vor, sonntags gemeinsame Ausflüge in die Umgebung zu unternehmen, nach Siena, Perugia, Assisi, Chiusi – auf Jahre hinaus hätte man sich neue Ziele aussuchen können.
Sie fühlte sich wohl in dieser Gruppe, stellte sie fest. Die Studenten, die noch am Anfang ihrer Ausbildung standen, brachten noch Arbeitseifer und Begeisterung mit. Wer im dritten Kursjahr stand, verbarg sie entweder unter Blasiertheit oder hatte sie in der täglichen Routine bereits verloren.
»Wir arbeiten im Chorgang der San-Francesco-Kirche an den Fresken des Piero della Francesca. In zehn, fünfzehn Meter Höhe spazieren wir über die Planken und klettern wie die Gebirgsziegen die Gerüste rauf und runter. Manchmal kommt man sich da oben wie in einem Mastkorb vor oder auf einer luftigen Bergspitze. Ich kann schon nach unten schauen, ohne mich festhalten zu müssen. Sollte ich in Zukunft keine andere Erwerbsmöglichkeit haben, könnte ich es als Fensterputzerin von Wolkenkratzern versuchen«, schrieb sie an Guido.
Sie hatte ihre Korrespondenz mit ihm wieder aufgenommen – freundschaftliche Plaudereien, vertraut, aber unverbindlich. Sie erhoben keine Ansprüche mehr aufeinander, und das machte ihre Briefe jetzt zwangloser und ehrlicher, als es ihre Liebesbriefe gewesen waren, und unbeeinträchtigt von Ressentiments.

»... Wenn ich da oben arbeite, kommt es mir vor, als sei ich in diesen gemalten Himmel aufgenommen worden, geläutert und (lach ruhig) neugeboren ...« Ein pathetischer Gemeinplatz? Sie wollte den letzten Satz ausstreichen, dann ließ sie ihn stehen. Warum eigentlich diese Scheu vor Gemeinplätzen, die doch allgemein gültige Empfindungen ausdrücken? Wenn einem das Herz vor Leid bricht oder vor Freude zerspringen will, soll man es einfach so sagen.

Tosca, die alte Frau, die jeden Morgen in die Kirche kam, die abgebrannten Kerzen ersetzte und frische Blumen auf den Altar stellte, erzählte ihr die fromme Sage, die den Künstler zu seiner Darstellung inspiriert hatte:

»Diese Geschichte heißt ›la leggenda dell 'albero‹, die Baumlegende. Als unser Urvater Adam betagt und lebensmüde geworden war, schickte er seinen Sohn Seth zum Pförtnerengel des Paradieses, um anzufragen: ›Wann kann ich denn endlich sterben?‹ Der Engel antwortete: ›Seth, kehre zurück zur Erde, denn dein Vater ist entschlafen‹, und er gab ihm ein Reis mit vom Baum der Erkenntnis, das er auf das Grab des Vaters pflanzen sollte. Da, siehst du«, sagte Tosca, die alle duzte, weil ihr eine förmliche Anrede zu schwierig war, und wies nach oben. »Dort wird der tote Adam ins Grab gelegt, und das kleine Reis ist schon zu einem mächtigen Baum gewachsen, und aus seinem Holz wird dann Pilatus das Kreuz zimmern lassen, an dem unser Heiland gestorben ist.«

Tosca wußte über alle Teilnehmer an der wunderbaren Pantomime Bescheid und kommentierte sie mit ehrfürchtiger Vertrautheit. »Da drüben kommt die Königin von Saba an, die den König Salomon besuchen will, den dort mit dem weißen Bart.«

»Und wer ist der Mann, der in dem Bett unter dem gelben Zelt schläft?« erkundigte sich Valeria.

»Der Kaiser Konstantin, während ihm der Engel im Traum erscheint und ihm das heilige Kreuz zeigt: ›In diesem Zeichen wirst du siegen!‹«

». . . Propheten, Heilige, Kaiser, Engel und Krieger scheinen von den Wänden herunterzusteigen, um sich von Tosca vorstellen zu lassen«, schrieb Valeria an Guido. »Jeden Morgen bringt sie uns Kaffee und begutachtet unsere Fortschritte, als restaurierten wir hier in ihrem Auftrag. Im Grunde hat sie recht, denn Menschen wie sie geben unserer Arbeit mehr Sinn als der aufgeblasene Dünkel der Kunsthistoriker. In dieser Kirche ist sie getauft und getraut worden wie ihre Kinder, die Gestalten dieser Fresken haben sie das ganze Leben begleitet, und vielleicht stellt sie sich vor, daß sie nach dem Tod zu ihnen aufsteigen wird, irgendwo ein kleiner Engel unter den anderen . . .«

Valeria lief unbeschwert über die sanft wippenden Planken durch ein toskanisch empfundenes Morgenland, das grenzenlos und klar war. Milde schimmernde Farben und eine durchsichtige Weite, sauber und belebend, als würde ihr diese gemalte Luft bis in die Lungen dringen. Mit dem Gefolge der Königin von Saba, das einem Hofstaat des Quattrocento nachgebildet war, zog sie durch sonnenklare Landschaften und lichtdurchflutete Räume, und hier fand sie Gil wieder und söhnte sich mit ihm aus. Zusammen konnten sie im Schatten des Baumes der Erkenntnis rasten, in stillem, zärtlichen Einvernehmen wie unter dem Sternenhimmel von Panarea. Pinselnd, schabend und Farben mischend führte sie ein endloses stummes Zwiegespräch mit ihm. Er war der tote Adam, der in die weiche Erde versenkt wurde wie ein Fruchtkern – endlich am Ziel, endlich in Frieden. Have I made you comfortable, dearest?

Während dieser Wochen wurde sie sich bewußt, daß sie ihre Arbeit liebte, und daß alle Fragen über Zweck und Sinn von selbst eine Antwort fanden, wenn man sich darauf beschränkte, Tag um Tag seine Aufgabe zu erfüllen.

Manchmal kamen Touristen in den Chorgang, musterten die Malereien, verglichen sie mit den Hinweisen in ihren Reiseführern, und ihre Stimmen hallten laut wider.

»Von Piero della Francesca gibt es noch was in der Domkirche, steht hier . . .«

»Schenken wir uns das. Für heute haben wir genug gesehen. Signorina«, riefen sie mit hochgereckten Hälsen zu ihr hinauf. »Können Sie uns sagen, wo man in Arezzo gut ißt?«

»Bei Cecco auf der Piazza Grande!«

Die Touristen hatten es meistens eilig, nur einer, ein etwa dreißigjähriger Mann, soweit sie von ihrer Höhe aus feststellen konnte, in brauner Lederjacke und mit einem dichten schwarzen Haarschopf, besaß Ausdauer. Er kam täglich eine ganze Woche, verweilte vor jedem Detail, machte sich Notizen und ließ den Pfarrer rufen, ging mit ihm durch die Sakristei und die Krypta und ließ sich auch den Tabernakel aufschließen.

Er erschien ihr wie ein Eindringling, und seine Selbstsicherheit fand sie irritierend, ein Eindruck, der bestätigt wurde, als er am letzten Morgen einfach die Leiter erklomm und sich auf das Gerüst schwang; grätschbeinig setzte er sich auf die Planke neben sie. Eine Weile sah er schweigend zu, wie sie den Breitpinsel in den Topf tauchte und die Grundierfarbe auf die stuckierte Fläche strich.

»Sie übermalen ja das Ganze«, sagte er dann.

Verblüfft wandte sie sich zu ihm um und maß ihn ironisch.

»Was glauben Sie denn, wie ich retuschieren kann, wenn ich vorher nicht die fehlende Patina ersetze?«

»Stimmt, Sie haben recht«, gab er ganz unbekümmert zu.

»Ich möchte Sie darauf aufmerksam machen, daß es Unbefugten untersagt ist, die Gerüste zu besteigen«, bemerkte sie kühl und wandte ihm ostentativ den Rücken zu.

Nachdem er gegangen war, fand sie, daß sie doch etwas zu schroff gewesen war, und als müsse sie sich rechtfertigen, schrieb sie in ihrem nächsten Brief an Guido:

»Neulich war einer von den Leuten da, die das Ministerium ausschickt, um die kirchlichen Kunstschätze zu inventarisieren (wie mir der Pfarrer hinterher gesagt hat), natürlich ein Kunsthistoriker, der nichts versteht von Tuten und Blasen, aber unbedingt zu allem seinen Senf abgeben muß . . .«

Ende März war die Wiederherstellung der Fresken beendet; Maselli, Professor Tieri und seine Schwester erschienen zum Abschluß, um das Resultat zu begutachten.

Obwohl die Pompadour wahrscheinlich nicht gewohnt war, sich auf einem so hohen Gerüst zu bewegen, ließ sie sich das nicht anmerken und prüfte jede Einzelheit der Instandsetzung.
»Sehr gut, Valeria«, stellte sie befriedigt fest. »Haben Sie sich schon Gedanken gemacht, welches Thema Sie für Ihre Arbeit zur Abschlußprüfung im Oktober wählen wollen? Ich würde Ihnen vorschlagen: ›Restaurierung der Fresken von Piero della Francesca in Arezzo‹. Die Aufnahmen der Arbeitsphasen, die jetzt in unser Archiv kommen, stehen Ihnen als Illustrationsmaterial zur Verfügung.«
Tosca lud alle in die Osteria ihres Sohnes zu einem Abschiedsessen ein.
Am Ende der Mahlzeit erhob sie sich: »Grazie a tutti«, sagte sie mit Würde, »grazie für eure saubere Arbeit.«

14

Der Frühling war schon weit vorgeschritten in Rom, als Valeria zurückkam. Die allgemeine Stimmung um sie herum war noch genauso gärend und unruhig wie vor ihrer Abreise, aber sie empfand sie jetzt mit einer lebendigeren Anteilnahme. Es stimmt nicht, sagte sie sich, daß uns der eigene Schmerz für das Unglück der anderen mitfühlender macht, im Gegenteil. Man ließ sich von seinem persönlichen Leid einkapseln, und nur wenn man es überstanden hatte, gingen einem die Augen für die Umwelt auf. Sie fühlte sich erholt, gestärkt und nun geradezu verpflichtet, jedem Mitmenschen von ihrem neuerwachten Lebensmut abzugeben.

Am ersten freien Sonntag fuhr sie in die Villa del Fauno zu ihrer Mutter.

»Hast du meine Ansichtskarte aus Arezzo erhalten?«

»Aus Arezzo? Ja, ich glaube ... Und wie war es, hast du dich amüsiert?«

»Ich habe dort gearbeitet, Mama!« erwiderte sie entmutigt. »Du siehst gut aus«, setzte sie hinzu, um dem Gespräch eine erfreulichere Wendung zu geben.

»Dieser Winter nimmt kein Ende ...«, seufzte ihre Mutter.

Valeria blickte schweigend von dem sonnenüberfluteten Balkon zu den hellgrünen Baumkronen des Parks.

»Und dein Freund, Mr. Martin, wie geht es ihm?« fragte ihre Mutter vor dem Eisengitter beim Abschied und fuhr

gleich fort: »Sein Buch, das er mir geschenkt hat, habe ich noch nicht lesen dürfen. Lektüre ist zu anstrengend für mich, meint der Professor ... Richte Mr. Martin meine Grüße aus, wenn du ihn siehst, vergiß es nicht!«
»Ja, Mama.«
Ihre Schwester Valentina besuchte sie am nächsten Tag, nach den nachmittäglichen Unterrichtsstunden. Ihr Patensohn war schon zu Bett gebracht worden, und sie beugte sich über das schlafende Kind.
»Man sieht auch so, daß er gewachsen ist.«
»Er war krank, Mandelentzündung, und seitdem ist er schrecklich quengelig«, sagte Valentina, als sie ins Wohnzimmer zurückgingen. Sie sah auf die Uhr. »Sandro ist zu einer Parteitagung gegangen. Ich sitze immer auf Kohlen, wenn er so lange ausbleibt. Mm ... möchtest du etwas zu trinken?«
»Nein, danke.« Valeria musterte ihre Schwester. »Warst du auch krank?«
»Krank nicht. Ich erwarte ein Kind.«
»Mein Gott, ihr wolltet doch keins mehr!«
»Wir wollten nicht, aber nun ist es eben geschehen, und man muß sich damit abfinden«, entgegnete Valentina heftig. Sie strich sich mit nervöser Ungeduld die Haare zurück. »Es hat schreckliche Auseinandersetzungen gegeben mit Sandro deswegen. Er bestand auf einer Abtreibung, aber ich habe mich geweigert.«
»Warum, hattest du Angst?«
»Nein, ich bin im Prinzip dagegen.«
»Im Prinzip dagegen! Ich dachte, du bist dafür! Wir waren doch zusammen damals bei der Kundgebung, wo es um die Legalisierung der Abtreibung ging!«

»Ich bin dagegen«, wiederholte Valentina störrisch.
Valeria schwieg bestürzt, dann fragte sie leise:
»War es kein Versehen, und du hast diese Schwangerschaft bewußt gewollt?«
Valentina begann zu schluchzen und stieß die Worte mit haltloser Verzweiflung aus: »Ja, ich will noch ein Kind, ich will eine richtige Familie, ich will, daß Sandro endlich Vernunft annimmt, und ich will nicht jeden Abend hier allein sitzen und vor Angst vergehen, daß ihm der Kopf eingeschlagen wird oder man ihn wieder verhaftet hat. Er soll seine blöden Ideale begraben und eine Stellung in der Daedalus United annehmen. Was schert es uns, daß dieses Unternehmen mit amerikanischem Kapital arbeitet? Schmecken die Spaghetti, die wir davon kaufen, deshalb anders?« Sie putzte sich die Nase und holte Atem. »Ich will weg von hier in eine vernünftige Wohnung, die Fenster und keine Schießscharten hat und ordentliche Möbel und ein Badezimmer, das nicht durch einen Vervielfältigungsapparat verbaut ist . . .«
Nebenan wachte der Kleine auf und fing an zu weinen.
Als Valentina ins Wohnzimmer zurückkam, war sie ruhiger.
»Entschuldige bitte. Manchmal tut es gut, sich gehenzulassen . . . Diese Schwangerschaft wird schwerer sein als die andere. Ich habe etwas an den Nieren, sagt mein Arzt. Noch vier Monate bis zum August . . . Wenn ich wenigstens wüßte, daß du dann hier bist!«
»Ich werde bestimmt hier sein«, versprach Valeria.
Sie würde demnächst auch ihren Vater anrufen, nahm sie sich vor, während sie im Aufzug hinunterfuhr, nicht

diese Woche, in der nächsten oder vielleicht nach Ostern.
Noch hielt sie an ihren guten Vorsätzen fest, aber der freudige Elan, der sie gleich nach ihrer Rückkehr beschwingt hatte, hatte merklich nachgelassen.

Im Institut begannen die Studenten vom dritten Kursjahr zu erörtern, welche Arbeitsmöglichkeiten sich ihnen im kommenden Herbst, nach Abschluß ihrer Ausbildung, bieten würden.
Für Okamoto gab es keine Probleme. Er konnte mit einer sicheren Anstellung im Nationalmuseum von Tokio rechnen, und auch Colette hatte schon eine Stellung in Genf, aber für die anderen waren die Aussichten äußerst ungewiß.
»Ich werde mich zuerst an einem Wettbewerb für eine staatliche Anstellung beteiligen«, sagte Martino.
»Ja, tausend Bewerber für zwei Posten! Wenn man da nicht handfeste Beziehungen hat, soll man lieber spazierengehen«, entgegnete Alfio.
»Der freie Beruf wäre das Beste«, mischte sich Piero ein. »Man ist sein eigener Herr und kann sich die Aufträge aussuchen. Empfehlungen und Verbindungen braucht man da allerdings auch und ein kleines Kapital, um sich einzurichten.«
»Hast du das?« fragte Valeria.
»Nein.«
Alle lachten.
Guido, der seinen Auftrag in Persien noch um ein Jahr verlängert hatte, schrieb ihr:
»Warum kommst Du nach dem Abgangsexamen nicht

erst einmal nach Isfahan? Einen Arbeitsvertrag kann ich Dir allerdings nicht verschaffen, aber wenn man erst einmal an Ort und Stelle ist, springt immer was raus ...«

In den nächsten Monaten, bis zum Beginn der Ferien, gab es im Institut so viel zu tun, daß sogar die Unterrichtsstunden manchmal ausfielen. Die Restaurierung der Fresken aus Tuscania sollte abgeschlossen werden, und täglich trafen von den Museen Gemälde ein, die geleint, gesäubert und integriert werden mußten.

Valeria verschob die Zusammenstellung ihrer Abschlußarbeit auf die Sommermonate und nahm sich vor, dem Vorschlag der Pompadour zu folgen. Das würde ihr Gelegenheit geben, noch ein paarmal nach Arezzo zu fahren und vielleicht angesichts der gemalten Phantasien von Piero della Francesca den beglückenden Zauber wiederzufinden.

Nach Ostern schienen sich die Tage zu jagen, und nur wenn die Geldanweisung ihres Vaters eintraf, wurde sie sich bewußt, daß ein weiterer Monat verflossen war. Den Tagesablauf bestimmte der Stundenplan des Instituts, und abends ging sie gleich schlafen; sie hatte weder Zeit noch Lust, sich zu zerstreuen.

Der amerikanische Verleger sandte ihr eine unerwartet hohe Honorarabrechnung für »Thanatos« und teilte mit, eine dritte Auflage sei bereits im Druck. Sie hatte noch nie soviel Geld besessen. Zum erstenmal nach Gils Tod lud sie Miß Primrose bei Babington zum Tee ein. Alles war wie immer – die englischen Servierfräuleins, das altmodische Teeservice, der Apfelkuchen. Nur Gil fehlte; aber er war in ihren Gedanken, gewiß auch in de-

nen von Miß Primrose, und er begleitete sie noch, als sie allein den Rückweg durch den Park der Villa Borghese einschlug. Sie schrak zusammen, als jemand ihren Namen rief.
Mirella kam, einen Kinderwagen schiebend, auf sie zu und umarmte sie überschwenglich.
»Bin ich froh, dich wiederzusehen! Komm, setzen wir uns auf die Bank, du mußt mir erzählen. Was gibt es Neues im Institut?« Sie hob das Kind aus dem Wagen. »Das ist Giuseppina. Su, dai un bacino!«
Die Kleine ließ sich nicht bewegen, das geforderte Küßchen zu geben, und Valeria wehrte ab:
»Laß doch, Mirella, sie kennt mich ja gar nicht. Ich finde es ganz richtig, wenn ein Kind nicht gleich jedem Fremden um den Hals fällt.« Pflichtschuldig setzte sie hinzu: »Sie ist reizend, deine Giuseppina.«
»Ich wollte sie eigentlich Deborah taufen, aber meine Mutter hat auf Giuseppina bestanden, so hieß nämlich ihre Mutter. Ich rufe sie Giusy, das klingt nicht so altbacken.«
Mirellas Fragen überstürzten sich: Freunde, Lehrer und was sonst im Institut vor sich ging, sie wollte alles wissen. »Manchmal habe ich solche Sehnsucht nach alldem«, sagte sie schließlich resigniert.
»Was hält dich denn ab, dich im nächsten Herbst wieder einzuschreiben? Das geht bestimmt. Dein Leben gehört dir, nicht den anderen!«
Mirella schüttelte den Kopf und drückte ihre Tochter leidenschaftlich an sich. »Wenn ich bedenke, daß ich sie fast umgebracht hätte, dann mache ich mir furchtbare Gewissensbisse. Ich will mein Leben nur ihr widmen!«

Beim Abschied drängte sie wieder erfolglos: »Giusy, dai un bacino!«
Valeria winkte der Kleinen freundlich zu und sah in Ilarios spöttische graue Augen. Arme Mirella, dachte sie.
Die Arbeiten im Institut wurden noch rechtzeitig abgeschlossen, und bevor man für die Ferien auseinanderging, lud Filippo die Gruppe des letzten Kursjahres zu sich zum Mittagessen ein.
Valeria ging ungern in seine Wohnung, mochte ihn jedoch nicht durch eine Absage kränken; er war zu ihr immer liebenswürdig und hilfsbereit gewesen in diesen drei Jahren, obwohl sie seine Hoffnungen enttäuscht haben mußte.
»Nehmt schon Platz, es ist alles fertig. Valeria, hilf mir nur das Kaninchen tranchieren . . .« Er bildete sich viel auf seine Kochkünste ein und hatte sich große Mühe gegeben. In der Küche flüsterte er ihr zu:
»Können wir uns nicht manchmal sehen?«
»Das haben wir doch bisher fast täglich!« wies sie ihn lachend ab.
»Das meinte ich nicht . . .« Sein schwermütiger Blick blieb unverändert. »Ich will dir nur sagen, daß ich dir jederzeit zur Verfügung stehe, auch nach deinem Abgang vom Institut . . .«
Die Fröhlichkeit bei Tisch wirkte gezwungen. Keiner schien mit seinen Gedanken richtig da zu sein, und es war ein willkommener Anlaß zum Aufbruch, als Alfio vorschlug:
»Gehen wir zum Palazzo Venezia, dort ist jetzt die Eröffnung der Gemäldeausstellung der Manieristen des Cinquecento.«

Als sie ankamen, hatte der Kulturminister seine Begrüßungsrede eben beendet und die Besucher zerstreuten sich in den Sälen. Unter den Bildern erkannte Valeria mit einem plötzlichen Aufwallen von Freude – eine Tafel des Malers Federico Baroccio, die sie vor zwei Jahren restauriert hatte – das erste bedeutende Werk, welches ihr von der Pompadour anvertraut worden war –, und das Wiedersehen berührte sie wie die Begegnung mit einem alten Freund. Ihre Restaurierung hatte sich gut gehalten, höchstens der Firnis war etwas nachgedunkelt, stellte sie fest.

»Das ist der schönste Baroccio, den wir in Urbino haben. Baroccio stammte aus Urbino – aber das wissen Sie bestimmt.«

Neben ihr stand ein schwarzhaariger Mann im eleganten dunklen Anzug. Er sprach, als würde er eine bereits begonnene Unterhaltung fortführen, aber außer ihnen stand niemand vor dem Gemälde. Sie sah ihn verwundert an.

»Entsinnen Sie sich meiner nicht?« Er lächelte vergnügt. »Unsere erste Begegnung war nicht sonderlich gelungen. Ich heiße Gianni Schieri.«

Der Besserwisser mit Lederjacke auf dem Gerüst in der Kirche von Arezzo, fiel ihr ein.

»Valeria Vanni«, sagte sie etwas steif. »Ich habe Sie nicht gleich wiedererkannt so in vollem Ornat.«

»Zwangsweise, um den Minister gebührend zu empfangen.«

»Und das Inventar, sind Sie damit fertig?« fragte sie, weil ihr nichts anderes einfiel.

»Längst. Inzwischen habe ich an einem staatlichen

Wettbewerb teilgenommen, bin Kunstinspektor in Urbino geworden, und mein Amt, die dortige Sopraintendenza, hat mich mit der Auswahl der Gemälde zu dieser Ausstellung beauftragt. Deshalb mache ich hier die Honneurs ...« Seine dunklen Augen blitzten verschmitzt. »Und Sie, welche Fresken haben Sie gegenwärtig in Kur?«
»Keine. Ich muß meine Abschlußarbeit schreiben. Im Herbst gehe ich vom Restaurierungsinstitut ab.«
Sein Ausdruck wurde besonnen. »Und nachher? Warum kommen Sie nicht zu uns nach Urbino? Wir können jemanden brauchen, der sich mit Fresken auskennt wie Sie ...«
Zu ihrer Erleichterung bemerkte er nicht ihre Verwirrung, denn er hatte sich umgewandt und fuhr sich durch den Haarschopf.
»Verflixt, ich habe ganz vergessen, daß ich hier den Bärenführer spielen und den Minister geleiten soll!« Während er sich entfernte, winkte er ihr zu: »Ciao, Valeria, einstweilen ...«

Dieser Sommer war der längste und heißeste, an den sie sich erinnern konnte. Sie hatte noch nie einen ganzen Sommer in Rom verbracht, und die Stadt kam ihr unbekannt vor, wie in Hemdsärmeln, von der Glut matt und ausgelaugt, eine breite, klebrige Häusermasse, dickflüssiger Brei über den sieben Hügeln, der sich von den ärmlichen Vororten bis weit hinaus in die Campagna verteilte. Die Brücken wirkten übertrieben groß für den halb ausgetrockneten Tiber. Ruinen, Fontänen, Marmorfassaden und Denkmäler erschienen in der gleißen-

den Helle aus der Ferne flach, ohne Tiefendimension, und wie ein Vexierbild wuchsen sie plötzlich zu erdrükkender Monumentalität, wenn man näher kam.
Fast alle Geschäfte waren geschlossen, es gab kaum Verkehr außer den großen klimatierten Bussen der Reisegesellschaften, denen die Touristen widerwillig auf Befehl des Führers entstiegen, um wie Ausgesetzte über die weiten Plätze zu taumeln.
Nur in die Gassen drang keine Sonne. Sie blieben dunkel und feucht, als schwitzten sie im Fieber. Aus den aufgetürmten Müllsäcken stieg ein Gestank von Verwesung auf. In den staubigen Schaufenstern der Kramläden lagen seit Jahren dieselben verblichenen Blusen aus, und die dumpfen Werkstätten der Korbflechter und Rahmenmacher waren schwarze Löcher, die in die Unterwelt zu führen schienen.
Gleich zu Beginn der Ferien hatte sich Okamoto nach einem wie immer geheimgehaltenen Ziel entfernt. Auch der Handelsreisende machte Urlaub. Die Arcangeli hielt alle Fensterläden geschlossen gegen die Hitze und schlurfte durch die finstere, stickige Wohnung oder lag aufgelöst auf dem Sofa im Salotto. Wenn Valeria ihr im Flur begegnete, wechselten sie wenige Worte, meistens dieselben über die Hitze, die steigenden Preise, den unrettbaren Niedergang des Belcanto.
Valeria stand noch vor Tagesanbruch auf, um die frischen Morgenstunden auszunützen, rückte den Tisch mit der Schreibmaschine vor das offene Fenster und arbeitete, bis es zu heiß wurde und die verschwitzten Finger von den Tasten rutschten.
Manchmal irrte ihr Blick von den Manuskriptseiten hin-

aus durch den Hinterhof zu den alten Häuserwänden gegenüber mit dem schorfigen Verputz und den Rohrleitungen, die rot und blau bemalt waren wie die Arterien und Venen auf der Tafel mit dem Blutkreislauf in Biologiebüchern.

Abends verließ sie die Wohnung und ging durch die fast menschenleeren Straßen, um sich auszulaufen.

Den Mauern und Pflastersteinen entströmte die Glut der langen Sommertage, und auch der leichte Wind, der bei Sonnenuntergang vom Meer herwehte, war noch warm.

Welche Richtung sie bei diesen Gängen auch einschlug, jede führte sie in eine Vergangenheit zurück – eine Vergangenheit, die aus vielerlei Schichten bestand, wie erdgeschichtliche Formationen.

Die Gegend ihrer Kindheit – ein tiefverschüttetes Paläozoikum; Guidos Haustür (hatte man oben in der Stube das »Entjungferungsporträt« übertüncht?), das Café, in dem sie sich getroffen hatten – ein fast vergessenes Mesozoikum: und dann, auf Schritt und Tritt, die Erinnerung an Gil, gegenwärtig und überwältigend. Alles war vertraut und fremd zugleich, und alles für sie nunmehr unzugänglich, selbst Straßen, Lokale, Plätze, die sie betreten konnte.

Das Tor des Gebäudes, in dem Gil gewohnt hatte, war verriegelt; über die Sommermonate wurde die Sprachenschule geschlossen, und auch die Holzläden der vier Fenster seiner Wohnung oben im letzten Stock sah sie immer geschlossen. Es gab anscheinend keinen neuen Mieter, die Zimmer hatte man wohl ausgeräumt, und nur die Geräusche waren zurückgeblieben, das Glucksen in der Wasserleitung, der rasche Trommelwirbel der Katzenpfoten über den Dachpfannen und das Gebimmel der Glocke, das die Nonnen in der Klausur zum Gebet weckte.

Ihre Einsamkeit in diesen Wochen empfand sie nicht bedrückend; dieses Alleinsein hatte nichts Endgültiges, es erschien ihr wie eine nachdenkliche Pause vor einem neuen Anfang, der sie irgendwo erwartete.

». . . wie sich die Heiligen in die Wüste zurückzogen, um in sich selbst Einkehr zu halten«, schrieb sie an Guido. »Ich bin zwar von Heiligkeit weit entfernt, und Rom ist auch keine Wüste, trotzdem, in dieser freiwilligen Isolierung komme ich mir näher.«

Anfang August wurde Valentina im Krankenhaus eingeliefert; die letzten Wochen vor der Entbindung sollte sie das Bett nicht verlassen, war ihr geraten worden. Valeria besuchte sie und ging mit ihrem Patensohn manchmal spazieren.

Eines Nachmittags gingen sie von der Terrasse des Pincio bis zum Kasperletheater auf der Wiese unter den Steineichen. Dem Publikum, das hauptsächlich aus Kindern bestand, wurde ein beschränktes Repertoire geboten: Der arme Kasperle, konsequent vom Unglück verfolgt, bekam andauernd kräftige Hiebe mit einem Knüppel auf seinen Holzschädel; kein Wunder, daß er sich bei jeder Gelegenheit in gleicher Weise revanchierte, und was es an Text gab, ging in solcher Prügelei unter. Die kleinen Zuschauer waren jedoch mit dieser Darbietung zufrieden. Jeder Hieb wurde mit Gelächter begrüßt. Von dem Beispiel animiert, sammelten sie Stekken und Zweige und schlugen ebenfalls drauflos.

Die Erwachsenen sahen der Vorstellung gelangweilt zu und kamen nur der Kinder wegen. Deshalb überraschte es Valeria, als sie Piero entdeckte.
Er ließ sich neben sie auf das Gras fallen. »Aggressivität ist ansteckend . . .« Er wies von den herumdreschenden Handpuppen zu den Kindern. »Vielleicht tut es gut, wenn man sich abreagieren kann.«
»Willst du es auch probieren?« fragte sie. Lächelnd hielt sie ihm den Stecken hin, den sie ihrem Patenkind abgenommen hatte; er nahm ihn und hieb ein paarmal lustlos durch die Luft.
»Ich wußte nicht, daß du in Rom geblieben bist«, sagte sie vorsichtig. Trotzdem reagierte er gereizt:
»Wo sollte ich hin? Bei meinen Eltern, wie im vorigen Jahr, halte ich es nicht aus.«
Und Luca? wollte sie fragen, traute sich aber nicht.
»Wir haben uns getrennt«, sagte er spontan nach einer Weile. »Luca hat sich von einem dicken Scheckbuch verführen lassen, von einer Yacht und einer Villa in Portofino.« Er strich sich die langen blonden Haare zurück. »Merli, du kennst ihn . . .«
»Nein«, sagte sie bestürzt.
»Doch, du entsinnst dich nur nicht mehr. Merli, der Bankier, er war bei der Eröffnung im Palazzo Branzi. Damals haben sie sich kennengelernt.« Er stocherte mit dem Stecken in der Erde.
»Hat er eure Wohnung verlassen . . . endgültig, glaubst du?«
Piero nickte. »Ich bin auch weggezogen. Ich habe es dort nicht mehr ertragen.«
Wer weiß, wer die Siamkatze Melissa behalten hat,

dachte sie flüchtig. Sie hätte ihn trösten wollen und wußte nicht wie; zaghaft legte sie ihm eine Hand auf den Arm und zog sie wieder zurück.
Ein wandernder Fotograf, der sie hoffnungsvoll wahrgenommen hatte, baute sein altmodisches Gerät vor ihnen auf. »Una bella foto ricordo?« Auf ihr Schweigen zog er enttäuscht wieder ab.
Der Höhepunkt der Vorstellung im Puppentheater nahte und somit die Katharsis, denn endlich gewann der ständig Unterlegene die Oberhand: In dem kleinen Viereck des Kastens hieb der Kasperle wie irr nach allen Seiten, und seine Gegner stürzten besiegt in einen unsichtbaren Höllenschlund. Die Kinder jauchzten.
»Nimm es nicht so schwer. Es wird alles wieder gut . . .«
Er schien ihre Worte nicht gehört zu haben. Es war auch besser so, weil sie selbst nicht daran glaubte. Nichts wurde je wieder gut, es wurde anders, manchmal sogar besser, aber nie wieder gut. Soviel wußte sie aus eigener Erfahrung. Ihre Eltern würden nicht wieder zueinander zurückfinden; sie konnte sich nicht wieder in Guido verlieben; Gil war und blieb tot.

»Ich bin Simona«, sagte die Stimme am Telefon.
Valeria mußte sich einen Augenblick besinnen; die Stimme war ihr unbekannt, und der Name sagte ihr auch nichts, bis ihr einfiel: Simona, die Freundin ihres Vaters.
»Ich habe versucht, bei Valentina anzurufen, aber es antwortet dort niemand; dann habe ich endlich deine Nummer gefunden. Es handelt sich um euren Vater . . .«

»Ja«, sagte Valeria, den Atem anhaltend.
»Er hat vorgestern eine innere Blutung gehabt und ist ins Krankenhaus gebracht worden. Sein Magengeschwür . . .«
»Oh . . .«
»Heute morgen wird er operiert. Kein gefährlicher Eingriff, glaube ich. Jedenfalls muß jemand nach ihm sehen, ihm frische Wäsche bringen und was er sonst braucht. Mir ist das leider unmöglich. Ich bin gerade für eine Tournee verpflichtet worden, unser Ensemble spielt sechs Wochen in Norditalien, und ich kann auf keinen Fall absagen. Er hätte dich und Valentina bestimmt nicht belästigen wollen, es war mein eigener Einfall, anzurufen.«
»Aber sicher, das mußtest du auch!« Sie notierte sich die Adresse des Krankenhauses und legte auf.
Als sie das Zimmer betrat, war die Operation schon überstanden, und ihr Vater erwachte langsam aus der Narkose.
»Valeria«, lallte er mit schwerer Zunge und versuchte zu lächeln.
»Ich wußte nicht, daß du krank bist«, sagte sie leise. Sie setzte sich an sein Bett und streichelte die schlaff herabhängende Hand. Er war abgemagert, der Siegelring rutschte ihm fast vom Finger, und er war unrasiert – ein ungewohnter Anblick. Der Kranke in dem anderen Bett sah zu ihnen herüber, und sie fühlte sich gehemmt.
»Was kann ich für dich tun? Brauchst du etwas?«
Er zögerte. »Verlier keine Zeit mit mir . . .«
»Aber ich habe Zeit, massenhaft, jetzt sind Ferien. Soll ich dir etwas aus der Wohnung holen?« Sie wandte sich

an die eintretende Krankenschwester, und diese nahm ein Wäschebündel aus dem Schrank.
»Er braucht einen frischen Schlafanzug und ein Handtuch. Handtücher liefert das Krankenhaus nicht.«
»Der Hausschlüssel ist in meiner Hosentasche«, sagte er mühsam.
»Weißt du was, ich werde, solange du hier sein mußt, in unsere Wohnung übersiedeln. So kann ich mich um die Wäsche kümmern und bin leichter zu erreichen. Auf meine Hauswirtin kann ich mich bei Anrufen nicht verlassen. Das heißt, wenn dir das recht ist.«
»O ja, das wäre schön. Es tut mir gut, dich zu Hause zu wissen.«
Sie drückte einen Kuß auf seine Wange. Die Berührung mit der unrasierten Haut war befremdend. »Soll ich Nonna benachrichtigen?«
»Nein, nein«, sagte er hastig. »Sie ist auf Ischia zur Kur und würde sich nur unnütz sorgen. In ein paar Tagen bin ich wieder auf der Höhe.«
Das Wiedersehen mit der Wohnung, die sie vor drei Jahren verlassen hatte, berührte sie seltsam. Die großen, stillen Räume kamen ihr vor wie eine leere Schale – ein Resonanzkasten für ihre Erinnerungen. Auf den ersten Blick sah alles unverändert aus, vielleicht etwas vernachlässigt. Die Vorhänge hatte man wohl lange nicht abgenommen und gewaschen.
Dann merkte sie, daß im Wohnzimmer einige Gemälde fehlten – der kleine Bronzino, zwei Stilleben eines holländischen Meisters, der Prophetenkopf von Ribera. Wo sie gehangen hatten, zeichnete sich auf der Tapete hellere Fläche ab. Wahrscheinlich waren die Bilder in

Sicherheit gebracht worden, weil jetzt soviel eingebrochen wurde.
Sie wusch den Schlafanzug aus und mußte lange reiben, um die Blutflecken zu beseitigen. Mit einem Anflug von Mitgefühl dachte sie an ihren Vater; es erleichterte sie, etwas für ihn tun zu können.
Als sie am nächsten Morgen ins Zimmer kam, verriet sein gespannt zur Tür gerichteter Blick, daß er auf sie gewartet hatte. Er sah besser aus, fand sie, und konnte sich schon aufsetzen; sein Gesicht war rasiert, und der leichte Seifenduft, der ihn umgab, schien ihr wie ein Symbol zurückgewonnener Ordnung und baldiger Genesung. Beim Essen fiel ihm der Löffel aus der Hand; er starrte verwirrt auf das befleckte Laken, und seine Hilflosigkeit rührte sie.
»Laß dich füttern«, sagte sie mit Bestimmtheit, und er willigte ohne Widerspruch ein. Aber als sie nachher vorschlug: »Ich möchte mit dem Arzt sprechen, um genau zu wissen, wie es um dich steht«, da war wieder elterliche Autorität in seiner Stimme:
»Nein, das habe ich bereits!«
»Wie du willst.« Sie gab gehorsam nach. Sie räumte das Geschirr weg und blieb an seinem Bett sitzen, ohne zu wissen, über was sie reden sollte.
»Soll ich deine Nägel maniküren?« fiel ihr ein. Das hatte sie früher oft getan, aus Spaß, weil er es mochte.
»Ja, gern. Du machtest es immer so gut, weißt du noch?« Ein Lächeln glitt über seine Züge. »Hautschere und so weiter müssen im Beutel auf dem Tisch sein.«
Seine Finger waren blaß und zart geworden; sie hob seine Hand, die ganz leicht war, aus dem Seifenwasser,

trocknete sie ab und begann geschickt die Rundungen der Nägel zu feilen.
»Sie haben eine gute Tochter«, sagte der Mann im Nachbarbett.
»Ja, sie ist eine gute, liebe Tochter«, bestätigte ihr Vater, als sei sie nicht anwesend.
Am nächsten Morgen war der andere Kranke nicht mehr da. »Man hat ihn in die Abteilung für Nierenkranke gebracht. Vielleicht bleibe ich allein; jetzt im Hochsommer gibt es weniger Patienten. Ich bin lieber allein . . .« Er sah zu ihr auf. »Allein mit dir.«
An diesem Tag und an allen folgenden blieb sie über die Besuchszeit hinaus, und die Krankenschwester gestattete es ohne Beanstandung.
Zaghaft, als müßten sie sich erst von neuem kennenlernen, fanden sie wieder zueinander, und dann war es, als hätten diese drei Jahre den Altersabstand zwischen ihnen ausgelöscht. Es gab nicht mehr den Unterschied zwischen Vater und Tochter, sie war eine Erwachsene wie er, und ihre Verwandtschaft bestand nicht zufällig, blutsbedingt, sondern es war eine freiwillige Wahl, die geheimnisvollere Wurzeln hatte.
Wenn sie morgens ankam, ließ sie die Rolläden aus Kunststoff herunter, denn der grelle Reflex der Sonne ermüdete seine Augen; das durch die Spalten dringende Licht tauchte den Raum in grünes Halbdunkel, und auch ihre Stimmen waren gedämpft, ein sanftes Fluten von ausgesprochenen Gedanken und Empfindungen.
Sie empfand keine Scheu mehr, Fragen zu stellen; alles schien sie beide in gleicher Weise zu betreffen und einzubeziehen.

»Du hast Mama immer besucht in diesen letzten Jahren . . .«
»Ja«, antwortete er. »Ich wollte sie nicht verlassen.«
»Hoffst du noch, daß sie zurückkommt?«
»Nein. Sie kann nicht mehr zurück.«
»Aber warum? Vielleicht, wenn sie nie in diese Klinik gegangen wäre . . .«
Er schüttelte den Kopf. »Sie hatte sich schon lange vorher entfernt, allmählich und unaufhaltsam. Ich weiß nicht, wann es anfing, vor acht, zehn Jahren. Der Arzt hat versucht, mir zu erklären, was in ihr vorgeht, ein progressiver Autismus, sagt er.«
»Acht, zehn Jahre«, wiederholte sie, »so lange schon! Es muß schwer gewesen sein für dich, dieses Alleinsein.«
Seine Finger in ihrer Hand krampften sich leicht zusammen.
»Ich hatte Zeit, mich abzufinden. Richtig einsam bin ich erst geworden, als du plötzlich weggingst.«
»Du hattest doch jemanden. Ich dachte . . .«, flüsterte sie zögernd.
»Simona, meinst du? Wir hatten uns auf Valentinas Hochzeit kennengelernt, sie hat mich um eine Empfehlung an einen Spielleiter, einen Jugendfreund von mir, gebeten; ein paarmal sind wir zusammen ausgegangen. Dann, als es klar war, daß du mich nach deiner Rückkehr aus New York nicht mehr sehen wolltest, ist sie zu mir gezogen. Das war ihr Wille. Ich glaube, ich tat ihr leid.«
Valeria schwieg. Alles wäre anders geworden, wenn sie damals Valentinas Bemerkung keine Bedeutung beigemessen hätte und bei ihrem Vater geblieben wäre, alles anders, zweifellos, und dennoch unvorstellbar: Sie hätte

Guido nie kennengelernt, und Gil wäre nicht in ihr Leben getreten, und heute hätte sie einen anderen Beruf. Sie wäre ein anderer Mensch geworden, von anderen Erlebnissen geprägt. Instinktiv wehrte sie sich gegen diese Möglichkeit. Unsinnige Überlegungen, widersprach sie sich nüchtern, es gab keine Alternativen.

»Simona hat mir sehr geholfen«, unterbrach ihr Vater ihre Gedanken. »Ich bin ihr dankbar. Sie hat die schlimmste Zeit mit mir durchgestanden. Länger darf ich ihr nicht im Weg stehen.«

»Was bedeutet das? Wird sie nicht mehr zu dir zurückkommen?«

»Nein. Jetzt muß sie an sich denken, an ihre Karriere. Sie hat Talent und Willenskraft, sie wird es schaffen, aber es wird nicht leicht sein.« Nach einer Pause setzte er hinzu: »Es war noch nie leicht, jung zu sein.«

So mußte Gil mit Clifford über sie gesprochen haben an dem letzten Abend, dachte Valeria, während sie aufstand, zum Fenster ging und den Rolladen hochzog. Die Sonne war untergegangen, und der letzte rotgoldene Widerschein auf der Anhöhe verlosch im stumpfen Blaugrau der Dämmerung.

Sie wandte sich um und trat rasch an das Bett. »Ich bin so glücklich, daß wir uns wiedergefunden haben«, sagte sie überstürzt, »und ich will zurück, nach Hause, und bei dir bleiben. Nein, nein, nicht weil du jetzt krank bist! Vielleicht habe ich es mir schon lange gewünscht, unbewußt . . .« Sie setzte sich auf den Bettrand und umarmte ihn. »Bald wirst du gesund sein, und wir können zusammen leben wie früher. Es ist nichts Unwiederbringliches geschehen, nichts zwischen uns beiden . . .« Sie ließ ihn

los, und er sank auf die Kissen zurück. »Du bist doch einverstanden?«
Er nickte wortlos, und um ihre Bewegung zu verbergen, redete sie sofort weiter, hastig und zusammenhanglos:
»Das paßt wunderbar! In ein paar Monaten habe ich mein Abschlußexamen hinter mir, und die Arcangeli, meine Hauswirtin, droht schon seit Ewigkeiten, daß sie wegziehen will, dann müßte ich mir sowieso eine neue Wohnung suchen, und die wäre bestimmt viel teurer. In unserem Haus ist Platz genug. Ich könnte versuchen, als selbständige Restauratorin zu arbeiten. Dazu müßte ich mir ein Atelier einrichten. Nonnas ehemaliges Zimmer, ich glaube, das eignet sich am besten, es liegt nach Norden und hat auch Deckenlicht.« Sie betonte: »Ich könnte mir nichts Besseres wünschen!« Er sollte sich nicht einreden, daß sie es ihm zu Gefallen tat. Sie brauchten sich beide.
Zwei Tage später wurde sie in der Nacht von einem Anruf geweckt. Als die Taxe sie vor dem Krankenhaus absetzte, verblaßte die Straßenbeleuchtung im anbrechenden Morgenlicht.
»Er ist schmerzlos gestorben an einer erneuten inneren Blutung. Als ich um drei Uhr die Runde machte, war er schon tot. Sein Fall war hoffnungslos, und er wußte es. Der Chirurg hatte ihm auf seinen Wunsch nicht die Wahrheit verschweigen können«, sagte die Stationsschwester und händigte ihr den Siegelring aus, der ihm vom Finger gerutscht war.
Man hatte ihn schon aus seinem Zimmer weggebracht. Ein Krankenwärter begleitete sie hinab in das Kellergeschoß zur Leichenhalle und entfernte sich diskret.

Der Raum war klein und fensterlos, von einer Neonröhre an der Wand fahl beleuchtet. Ihr Vater lag auf einem eisernen Gestell, nur von einem Laken bedeckt; die Hände hatte man ihm auf der Brust übereinandergelegt. Sein Profil ragte steil auf und warf einen großen Schatten an die Mauer.

Jetzt wußte sie, was sie an ihm bei dem gemeinsamen Mittagessen im vorigen Sommer so an Gil erinnert hatte: im Ausdruck von beiden spiegelte sich die Ahnung ihres baldigen Todes.

Sie fröstelte in dem dünnen Sommerkleid, und es kam ihr vor, daß auch er frieren mußte hier unten. Seine Züge waren unverändert und zugleich befremdend unnahbar. Seltsam, daß er so greifbar vor ihr lag und doch nicht mehr zu erreichen war.

Ihr Blick blieb auf seinen Händen haften, auf den langen, zarten Fingern mit den Nägeln, die sie vor wenigen Tagen manikürt hatte. Die Nägel wachsen noch nach dem Tod, fiel ihr ein, und als sei dieser scheinbare Lebensbeweis ein letzter Zugang zu ihm, küßte sie die kalten Hände und verließ den Raum.

Valeria brachte ihren Patensohn in die Entbindungsklinik, um ihm den neugeborenen Bruder zu zeigen. Argwöhnisch starrte er auf das Bündel, aus dem nur der Kopf, eine runde Kugel mit schwarzen Haaren, hervorstach. Als es der Mutter an die Brust gelegt wurde, verzerrte sich sein Gesicht in plötzlichem Schrecken. Er machte sich los, stolperte auf den Säugling zu und versuchte ihn wegzuzerren.

»Er frißt Mama!« schrie er gellend.

Sandro fing ihn ab. »Aber nein, er trinkt doch nur, nun sei schön brav!«
»Bringt ihn hinaus . . .«, bat Valentina erschöpft. Sie schien dem Weinen nahe, und Valeria sagte beruhigend:
»Wir gehen jetzt lieber alle, du brauchst Ruhe.«
Sie setzten sich in Sandros Wagen, und Valeria nahm ihren Neffen auf den Schoß. Er schluchzte noch immer und wiederholte:
»Ich schmeiß ihn weg, ich schmeiß Calimero weg!«
Sandro lachte nervös. »Calimero ist ein häßliches schwarzes Küken im Fernsehprogramm für Kinder. Die Ähnlichkeit ist vorläufig nicht abzustreiten.« Er ließ den Kleinen bei seinen Eltern und fuhr weiter. »Ich bringe dich bis zu deiner Wohnung, ich muß sowieso in die Gegend.«
Der Wagen schoß durch die Unterführung bei der Piazza Fiume und hinauf in die Sonnenglut.
»Arme Valentina, es war eine schwere Geburt. Warst du dabei?« fragte Valeria.
»Ja, ich hatte es ihr versprochen. Sie hatte solche Angst davor, und es war entsetzlich. Ich dachte, sie würde sterben.«
»Das wäre furchtbar gewesen – du allein mit zwei kleinen Kindern. Aber jetzt besteht doch keine Gefahr mehr, nicht wahr?«
»Keine, wenn sie sich vorsieht. Sie darf sich nicht anstrengen und muß wieder zu Kräften kommen. Und vor allem keine Aufregung, hat der Arzt gesagt. Für meinen Teil werde ich mein Bestes tun.« Er lachte wieder unfroh. »Mein Vater hat mich bereits bei der Daedalus United vorgestellt. Sein Einfluß ist so unwiderstehlich,

daß man bereit zu sein scheint, über meinen bisherigen, für konservative Kreise leicht anstößigen Lebenslauf wegzusehen. Endlich eine vernünftige Stellung, wie Valentina sagt. Ich habe ihr alles versprochen, auch ein vernünftiges Haus mit vernünftigen Möbeln und einen vernünftigen Mann, mit dem man vernünftige Kinder aufziehen kann.«

Valeria warf ihm einen verstohlenen Blick zu. Er sah bereits anders aus, besiegt und resigniert und würde bald einen Bauch ansetzen wie seine Ideale.

15

Vor dem Tor des Instituts verteilte ein junges Mädchen Flugblätter. Es streckte auch Valeria eins hin und sagte: »Das Programm unserer Bewegung. Wir sind dabei, eine neue Partei zu gründen.«

»Noch eine! Wir haben doch schon die größte Anzahl Parteien in Europa, vielleicht in der Welt: ein Dutzend im Parlament, und ich weiß nicht wieviel außerparlamentarische!«

»Unsere Partei ist anders. Sie besteht nur aus jungen Menschen und wird endlich unsere Interessen vertreten!« Das Mädchen ereiferte sich zusehends: »Jetzt ist schon wieder die Regierung gestürzt, zum vierunddreißigstenmal seit Kriegsende – und wer wird die neue Regierung auf die Beine stellen? Dieselben alten Knacker natürlich! Sie werden die Ministerien untereinander aufteilen, und alles bleibt sich gleich, gehüpft wie gesprungen. Dem will unsere Jugendbewegung ein Ende setzen. Wenn wir uns alle zusammenschließen, sind wir die größte Partei des Landes und werden Wortführer für unsere Probleme haben. Hast du eine Ahnung, wieviel Jugendliche nach abgeschlossenem Studium arbeitslos auf der Straße landen und wie viele unterbeschäftigt sind?«

Valeria trat über die Schwelle des Instituts.

»Wir haben morgen eine Tagung, die Adresse steht auf dem Programm!« rief ihr das Mädchen nach.

Während sie langsam die Treppe zum dritten Stock hinaufstieg, überflog sie die Flugschrift.
»Giovani, uniamoci ed andremo al Potere! Die Jugend an die Macht . . .«
Wie lange war man eigentlich jung? Und nachher, was machte man dann? Wurde man wegen überschrittener Altersgrenze ausgebootet und konnte sich nur einer Partei für reifere Jahrgänge anschließen? Und welche Probleme und Interessen betrafen ausschließlich die Jugend und nicht auch gleichzeitig die Allgemeinheit?
Sie zerknüllte das Blatt, trat in den Saal, in dem die mündlichen Prüfungen stattfinden sollten, und setzte sich nach hinten, um abzuwarten, bis sie aufgerufen wurde. Die Reihenfolge war alphabetisch, sie würde die letzte sein.
Das schriftliche Examen – eine chemische Analyse und die Zeichnung –, Kopie eines Gemäldes – hatte sie gestern abgelegt. Am Prüfungstisch sah sie Maselli sitzen, links und rechts von ihm Professor Tieri, die Pompadour und die übrigen Lehrkräfte.
»Beranger!« rief Tieri, und Colette ging nach vorn und nahm Platz.
Valeria konnte nicht hören, was am Prüfungstisch gesagt wurde. Alfio neben ihr bemerkte:
»Heute gibt die Pompadour ihre Galaabschiedsvorstellung. Sie hat sich endlich abfinden müssen, pensioniert zu werden – zwei Jahre nach dem vorgesehenen Termin –, wahrscheinlich fürchtete sie, das Institut könnte ohne sie zusammenbrechen.«
Daß sie ohne das Institut zusammenbrechen könnte, das ist ihre Furcht, dachte Valeria. Abgeschoben, zur Ruhe

gesetzt, die von keiner Berufung rückgängig zu machende Verurteilung, alt zu werden.
»Hast du schon gehört, die Keßler-Zwillinge . . .«, kicherte Alfio.
Sie nickte rasch, um seinen Mitteilungen vorzubeugen, und begann einen Brief an Guido. Das würde die Wartezeit ausfüllen.
». . . Ich danke Dir für die guten, einfühlenden Worte zum Tod meines Vaters. Du hast recht, man hat Gewissensbisse, wenn es zu spät ist. Bis jetzt habe ich nicht die Ruhe gehabt, Dir zu antworten, denn es gab soviel zu regeln – Erbschaftsangelegenheiten und was damit zusammenhängt. Ich bin völlig unerfahren in diesen Dingen, es war nicht leicht, und ich habe alles allein machen müssen, denn Valentina war noch lange angegriffen, und mein Schwager hat genug eigene Probleme um die Ohren. Die Vanni Costruzioni hat infolge der Krise im Bauwesen im vorigen Jahr Konkurs angemeldet, und unsere Wohnung ist sofort versteigert worden, um die Gläubiger zu entschädigen. Was wir an marktgängigen Bildern besaßen, hatte unser Vater schon verkaufen müssen. Bloß das kleine Ferienhaus in Santa Marinella war unbelastet, und wir haben es verkauft. Nach Bezahlung der Erbschaftssteuern und Anwaltskosten ist nicht viel übriggeblieben, doch das spielt keine Rolle, denn Valentinas Mann hat jetzt einen gutbezahlten Posten, und ich werde hoffentlich bald in der Lage sein, mich allein durchzubringen. Was mich betrübt, ist nur der Gedanke an meinen Vater, der sich allein mit seinen Sorgen abgequält hat. Ich habe seine Hilferufe nie gehört, vielleicht nicht hören wollen und, wie Du sagst, mit ver-

späteten Gewissensbissen läßt sich nichts mehr gutmachen . . .«
Sie versuchte, sich an ein Gedicht zu erinnern, das sie als Kind manchmal von ihrer Großmutter gehört hatte:

»Oh, lieb, so lang du lieben kannst;
Oh, lieb, so lang du lieben magst!
Die Stunde kommt, die Stunde kommt,
Wo du vor Gräbern stehst und klagst.«

Es war ein langes Gedicht, von dem ihr nur noch Brokken einfielen: ». . . Der Mund, der oft dich küßte, spricht nie wieder: ›Ich vergab dir längst.‹ Er tat's, vergab dir lange schon . . .« Ihr Vater würde sie mit denselben Worten getröstet haben, wenn er es gekonnt hätte, sagte sie sich.
Vor zwei Wochen hatte ihre Großmutter Rom verlassen und war nach Deutschland in ein Altersheim übergesiedelt. Sie hatte ihr beim Packen geholfen, eine Arbeit, die schnell erledigt war, denn die alte Frau hatte nur ein paar Handkoffer mitgenommen.
»Es freut mich, daß Valentina jetzt in diese Wohnung einziehen will und auch die Familienmöbel behält und die anderen Sachen, so können sie noch weiterleben. Ich fürchtete, das sei ihr alles viel zu unmodern.«
»Aber Nonna, willst du nicht wenigstens deine Bücher mitnehmen, du hängst doch an ihnen«, hatte Valeria eingewendet. »Ich werde sie für dich einpacken und nachschicken.«
»Nein, laß nur, mein Kind. Ich behalte sie, auch wenn sie hier bleiben. Welchen Wert hätten sie je für mich gehabt, wenn ich mir ihren Inhalt nicht jederzeit ins Gedächtnis zurückrufen könnte?«

Valeria zuckte zusammen; ihr Name war aufgerufen worden. Sie nahm die Mappe mit dem Manuskript ihrer Arbeit und ging nach vorn zum Tisch der Prüfungskommission.

Ab Montag, den 30. Oktober, würde die Liste mit den Resultaten des Abschlußexamens in der Eingangshalle des Instituts ausgehängt sein.
Am Nachmittag trat Valeria durch das Portal. Sie wechselte erst ein paar Worte mit dem Pförtner und sah zu, wie ein Sarkophag und einige Vasen, die man kürzlich in einem etruskischen Grab bei Vulsci gefunden hatte, ausgeladen und in den Lagerraum getragen wurden. Sie wollte Zeit gewinnen, um ihre Nervosität zu beherrschen. Dann ging sie an das Anschlagbrett. An erster Stelle stand Okamoto Ikura, darunter ihr Name und der Johanas, alle mit der gleichen Bewertung. Okamoto hatte seinen Vorrang verdient, fand sie, und sie konnte mit der zweitbesten Beurteilung wirklich vollauf zufrieden sein.
Langsam schritt sie die Rampe hinunter, die vom Institut auf die Straße führte, und lief ziellos weiter. Ein guter Abschluß, über den man sich freuen sollte. Aber keine Freude schien aufzukommen, denn es gab niemanden, mit dem man sie hätte teilen können. Sie dachte zurück, wie es vor drei Jahren gewesen war.
»Das müssen wir feiern«, hatte Guido damals gesagt.
In der Asso-Bar machte sie halt, trank einen Espresso und steckte eine Münze in die Jukebox.
»Love, you are a smile that lingers for a while on lips that never are for me and the song I tried to sing, is a broken

melody . . .« Romolo of Rome hatte den Durchbruch geschafft.
Sie ging, bevor das Lied endete. Die Luft war noch lau; auf den Karren der Obsthändler türmten sich süß und schwer die überreifen Weintrauben, von trunkenen Mückenschwärmen umtanzt. Der Verkehr brauste durch die Straßen. Fußgänger hasteten an ihr vorbei, alle schienen einem Ziel zuzusteuern, und nur sie wußte nicht, wohin sie wollte.
Gedankenverloren kehrte sie um und stieg die abgetretenen Stufen zu ihrer Wohnung hinauf.
In der Küche, am Ende des dunklen Flurs, stand die Arcangeli und plättete. Seit der Nachricht, daß das vatikanische Kreditinstitut, dem das Gebäude gehörte, beschlossen hatte, im kommenden Frühjahr den ganzen Häuserblock abzureißen, war sie schwermütig und reizbar geworden. Sie fuhr wild mit dem Plätteisen über das Wäschestück, als wolle sie einen Gegner ausbügeln, und sah nicht auf.
»Buona sera«, erwiderte sie verdrossen Valerias Gruß. Dann hielt sie plötzlich inne. »Es war jemand da für Sie vorhin. Ich glaube, derselbe, der auch ein paarmal angerufen hat gestern, als Sie aus waren. Er heißt, warten Sie mal, sein Name muß mir einfallen . . .« Ihr rundliches Gesicht nahm einen konzentrierten Ausdruck an. »Er ist nämlich genau wie der von dem Held aus einer Oper von Puccini . . .«
»Pinkerton?« schlug Valeria lächelnd vor.
»Nein, nicht aus der Butterfly! Ah, jetzt fällt er mir ein: Gianni Schicchi!« sagte sie triumphierend.
»Oh, Schieri, Gianni Schieri.«

Die Arcangeli hörte nicht hin. »In Gianni Schicchi bin ich aufgetreten, das war in Catania, damals habe ich auch die Suor Angelica gesungen, man hat alle drei Opern gegeben, auch den ›Mantel‹ . . .«

»Was hat er gesagt?« unterbrach Valeria sie ungeduldig.

»Er hat einen Zettel für Sie dagelassen.« Sie wies zur Anrichte.

Die Handschrift war klar, schwungvoll, weitausholend, aber ohne Schnörkel.

»Ich bin der Unbefugte, der zu Ihnen aufs Gerüst gestiegen ist in Arezzo. Sie scheinen immer schwer erreichbar zu sein. Das Institut hat mir Nummer und Anschrift gegeben, aber mit keinem Anruf hat es geklappt, und jetzt sind Sie auch nicht da. Morgen muß ich zurück nach Urbino, und vorher möchte ich Sie sprechen. Können wir zusammen zu Abend essen? Ab sieben werde ich in der Bar Ecke Corso-Via della Croce sein.« Anstelle der Unterschrift nur ein großes Fragezeichen: ein sich aufbäumender, wie eine Woge in runder Schräge abfallender und wieder aufsteigender Schwung über einem Punkt.

Sie ging in ihr Zimmer und zog sich um. Aus der Kommode nahm sie einen Schal; später würde es kühl werden. In dem Spiegel über dem Waschtisch betrachtete sie ihr Gesicht. Ihr forschender Blick begegnete ihr kritisch abschätzend wie der einer Fremden. Graue Augen, die manchmal grün wirkten, regelmäßige Züge, von langen, rotbraunen Haaren umrahmt. Hübsch, urteilte sie ohne Wohlgefallen, ein Gesicht wie tausend andere und nur ein vorläufiges, noch kein eigenes.

Auf der Straße kam es ihr vor, als ob es jetzt die anderen seien, die ziellos müßig dahintrieben. Sie schlug Bogen um die schlendernden Fußgänger, um rascher vorwärtszukommen. Schon halb acht. Wartete er noch? Vor den Schaufenstern rasselten die Gitter herunter; die Kellner der Cafés stapelten draußen Tische und Stühle auf, als räumten sie die Bühne ab für einen Szenenwechsel.
Via Frattina, Via della Vite, Via Borgognona, Via Condotti zählte Valeria die Seitenstraßen des Corso im Vorbeigehen ab.
An der Ecke zur Via della Croce kam jemand in einer Lederjacke aus der Bar an den Rand des Gehsteigs und winkte ihr über den Fahrdamm zu.
Die Verkehrsampel zuckte auf Rot. Ich komm noch hinüber, dachte sie und begann zu laufen.